커틀러스 던전

범례
- 문
- 화살 날아가는 곳
- 밟으면 화살
- 밟으면 돌 떨어짐
- 함정(구덩이)
- 밟으면 가동되는 함정
- 경보음
- 보물

검을 뽑으면 문 닫힘
(에버딘 일행이 들어간 곳)

절벽

호수
물 위로 얼굴을
비추면 봉인됨

검

돌

돌

출구

키 150cm 이상
경보

드워프 전세

몸무게 합계
130Kg 이상
경보음

밟으면
구덩이로
미끄러짐

빠지면서
하루 동안 잠듬

해골 쌓인 곳, 벌레

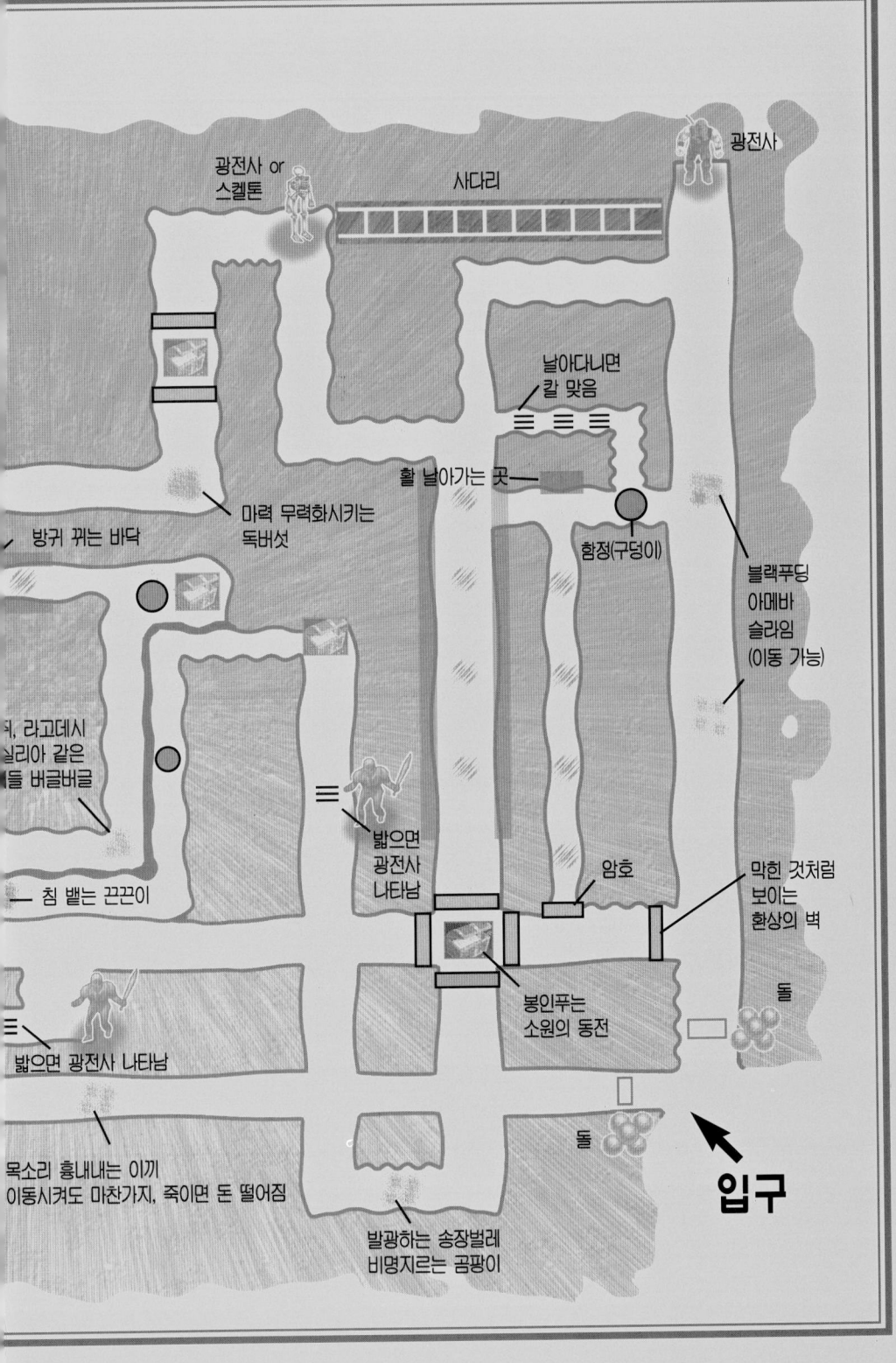

광전사 or
스켈톤

사다리

광전사

날아다니면
칼 맞음

활 날아가는 곳

방귀 뀌는 바닥

마력 무력화시키는
독버섯

함정(구덩이)

블랙푸딩
아메바
슬라임
(이동 가능)

워, 라고데시
질리아 같은
들 버글버글

침 뱉는 끈끈이

밟으면
광전사
나타남

암호

막힌 것처럼
보이는
환상의 벽

봉인푸는
소원의 동전

돌

밟으면 광전사 나타남

목소리 흉내내는 이끼
이동시켜도 마찬가지, 죽이면 돈 떨어짐

돌

입구

발광하는 송장벌레
비명지르는 곰팡이

Ades

아데스

환생편(상)

Ever after I

아데스 [환생편 상권]
김성희 판타지 장편 소설

초판 1쇄 찍은 날 § 2001년 7월 15일
초판 1쇄 펴낸 날 § 2001년 7월 25일

지은이 § 김성희
펴낸이 § 서경석
펴낸곳 § 도서출판 청어람
편집 § 문혜영 · 허경란 · 박영주 · 김희정 · 권민정
마케팅 § 정필 · 강양원 · 김규진

등록번호 § 제1081-1-89호
등록일자 § 1999. 5. 31
어람번호 § 제1-0123호

주소 § 경기도 부천시 원미구 심곡1동 350-1 남성B/D 3F ㈜420-011
전화 § 032-656-4452 팩스 § 032-656-4453
e-mail § eoram99@chollian.net

ⓒ 김성희, 2001

값 7,500원

ISBN 89-5505-040-2 (SET) / ISBN 89-5505-136-0 04810

Ades
아데스
환생편(상)
Ever after I

김성희 판타지 장편 소설

도서출판
청어람

목차

아데스 환생편을 시작하며…

글을 시작할 때는 언제나 같은 기분으로 시작합니다.

보는 사람도 재미있으면서 스스로도 즐기며 쓸 수 있는 그런 글을 쓰기를.

스스로 지금의 제 글을 읽어보면 부족한 점도 많고 더 열심히 해야겠다는 생각에 투지가 끓어오르지만, 역시 글을 쓴다는 것은 왜 이렇게 어려운 건지.

책을 읽어주시는 독자님께서 이름을 기억해 주는 작가가 되고 싶습니다.

제 이름만 보고도 안심하고 책을 선택할 수 있는…

그렇게 될 수 있도록 더 더욱 노력하겠습니다.

많이 응원해 주십시오.

아데스 본편에서 약속드린 5권 완결은 1권이 더 늘어난 6권으로 변경되었습니다(본편 4권 완결, 환생편 2권 완결의…). 실망하시는 분보다 기뻐하시는 분이 더 많으셨으면 좋겠습니다.

여러 가지로 작가로서 첫발을 디디게 해준 아데스. 마지막 지점으로 달려가고 있는 지금 골인 지점까지 팽팽한 신경을 놓고 싶지 않네요.

많이 사랑해 주시고 부디 재밌게 즐겨주시길……

마지막으로, 이 책은 아데스 본편을 읽어야만 재밌게 즐길 수 있는 책입니다.

만일 본편을 보시지 않으셨다면 본편부터 봐주시길 권유드립니다.

　고마운 분들…

　못난 작가 덕에 죽도록 고생하고 결국 머리 속에서 뛰쳐나가 한동안 심난하게 만들어준 아데스의 모든 캐릭터들. 얼마 안 남았다. 조금만 버텨다오.

　남주, 이도, 경희, 수경, 자작 클럽 카페와 칼럼 분들 모두 고마워요~♡

　청어람의 모든 분들, 서경석 사장님, 허경란 언니 앞으로도 잘 부탁드립니다.

　아데스 책이 나오기까지 고생해 주신 모든 분들께 감사드립니다.

　그리고 열심히 써 내려가 결국은 환생편까지 달리고 있는 내 자신에게… 게으름 좀 작작 부려!! 라고 펀치를 날리고 싶네요.

　마지막으로 이 책을 읽고 계시는 독자님들, 여러분이 계시니까 저도 있답니다.

　힘내서 열심히 달리겠습니다. 행복하세요~♡

2001. 6. 10.

어디로 갔을까.

거대한 날갯짓으로 하늘을 지배하고,

육중한 몸으로는 지상의 중심을 잡아주던…….

모든 것을 꿰뚫어 보는 눈은 이제 어디에서 찾을 수 있을까.

포효하던 그 목소리는 어디에 가면 들을 수 있을까.

감히 입에 담을 수조차 없는 존재, 드래곤이여!

그대들은 모두 어디로 간 것인가…….

제1장
마이라를 향해서

시작되는 이야기

"정말 이러다가 코아 할아버지 그냥 가버리실 것 같아."

초록빛의 긴 머리카락이 바람에 흔들리며 열세 살 가량 소녀의 얼굴을 간지럽혔지만 소녀는 귀찮다는 듯 인상을 찡그릴 뿐이었다.

"오빠들과 시간 약속을 잡으면 언제나 손해 보는 건 나뿐이야. 누군가를 기다리는 거, 어쩐지 불안해져서 정말 싫은데……."

입술까지 뿌루퉁하게 내미는 걸 보면 아무래도 삐치긴 단단히 삐친 모양이다.

"시에라—!"

먼발치에서 금발을 휘날리며 누군가가 열심히 달려오는 게 보였지만 시에라라고 불리운 소녀의 얼굴은 좀처럼 밝아지지 않았다.

"애버딘 오빠? …이번에도 얼렁뚱땅 넘어가려는 거 누가 모를 줄 알아?"

소녀의 갈색 눈동자 가득 가쁜 숨을 몰아쉬며 빨개진 얼굴로 미안한 표정을 짓고 있는 얼굴이 들어왔지만, 그녀는 짐짓 모르는 척하며 고개를 휙 돌려 버렸다.

결이 가는 금빛 머리카락은 마치 부드러운 비단같이 윤기가 흘러넘쳤으며, 하늘빛에 가까운 푸른 눈은 선량한 이미지를 풍기는, 전체적으로 날씬하며 늘씬한 키를 자랑하는 애버딘은 마을 사람들이 입만 다물고 있는다면 그를 전혀 모르는 타지 사람들은 그를 미소녀라고 말해도 속아 넘어갈 만큼 아름다운 소년이었다. 시에라와는 같은 고아원에서 입양된 남매 사이였지만, 친남매보다 더 사이가 좋았다.

물론 마을 사람들은 그 모든 것들을 좋은 양부모를 만난 덕분이라는 소리로 일축해 버렸지만, 그들의 양부모는 언제나 쑥스러운 미소를 지으며 아이들이 착해서라는 말만 되풀이하였다. 아무튼 단란하고 화목한 가정에서 자란 애버딘이 전사 계열의 수업을, 시에라는 정령 계열의 수업을 받아온 지도 대략 5~6년이 흘렀다.

그동안 슬슬 요령들이 생긴 그들은 각각 어른들을 교묘하게 따돌리고 엘프들의 숲—또는 진실의 숲—이라 불리우는 이곳에서 만나기로 한 것이다. 솔직하고 단순한 시에라와는 달리 요령 좋고 능청스러운 애버딘은 항상 약속 시간보다 한두 시간 먼저 빠져나오곤 했다.

그러나 엘프들의 숲 입구에서 기다리는 쪽은 언제나 시에라였다. 애버딘의 못 말리는 호기심이 시에라와의 약속 시간이 가까워진다고 해서 줄어들 리가 없었던 것이다. 마을에는 열다섯 살짜리의 소년이 흥미로워할 만한 것들 투성이다 보니 애버딘은 본의 아니게 약속 시간보다 늦게 도착해서 시에라의 기분을 상하게 하는 일이 많았다.

"헉헉… 이번엔 안 늦으려고 했는데… 휴우~"

어느새 시에라가 있는 곳까지 달려온 애버딘은 가쁜 숨을 고르며 그녀에게 변명조의 말을 꺼냈지만 여전히 그녀는 시선조차 돌리지 않았다.

"화… 났니?"

조심스럽게 시에라의 어깨를 건드리며 그녀의 표정을 살피던 애버딘은 미안한 얼굴로 그녀의 마음을 풀어보려 했으나 이번에는 단단히 화가 났는지 여전히 뿌루퉁한 표정 그대로다. 머쓱해진 애버딘은 주변을 두리번거리다 결국 화제를 전환시키기 위해 입을 열었다.

"그런데 카디프 형은 어디에 간 거야?"

카디프라는 이름에 영원히 굳게 다물 것만 같던 시에라의 말문이 터졌다.

"어디에 간 것 같아요?"

"…아직 안 온 거야?"

애버딘은 품 안에서 다목적용 빛을 꺼내 들었다. 곧 초저녁이라 숲에 오래 머물 수는 없었다.

"카디프 오빠도, 오빠도 다 미워요! 앞으로는 절대 기다리지 않을 거예요! 이렇게 늦어버렸으니 코아 할아버지가 안 계실지도 모르고, 계신다고 해도 금방 집에 가야 하잖아요. 매일매일 그렇게 얘기했는데도… 오빠들 정말 나빴어요!"

한번 말문이 터지자 그동안 쌓인 게 꽤 많은 듯 시에라는 씩씩거리면서도 자기 할 말을 모조리 읊어대기 시작했다.

"도대체 어떻게 하면 약속을 지킬 거예요?"

"미안미안, 앞으로는 절대로 늦지 않도록 할게."

애버딘이 자신의 두 손을 앞으로 모으며 싹싹 빌자 시에라는 마음이 풀어졌는지 반쯤 웃는 표정으로 변했다.

"정말이죠?"

"그럼!"

자신만만한 표정으로 고개까지 끄덕이던 애버딘은 갑자기 뒤로 홱 고개를 돌리더니 대번에 인상을 찡그렸다.

"카디프 형! 왜 이렇게 늦었어?"

카디프라는 소리에 시에라의 얼굴이 대번에 애버딘의 시선을 따라 뒤로 돌아갔다. 어디에서도 찾아보기 힘든 은빛 머리카락에 한없이 깊어 보이는 짙은 남색 눈동자, 섬세하게 짜여진 갸름한 얼굴. 아무리—애버딘의 미에 길들여진—시에라라 할지라도 가슴이 두근거릴 정도로 멋진 소년이었다. 게다가 카디프는 애버딘이 가지지 못한 길고 뾰족한 두 귀까지 가지고 있는… 이제는 사람들의 머리 속에서 사라져 가는 엘프 아닌가.

"미안, 내가 조금 늦은 모양이군."

"조오~ 그음~? 지금 조금이라고 하셨어요?"

시에라가 그의 옷깃을 확 잡아끌고는 시선을 맞추며 다시 한 번 말해 보라는 듯한 표정을 짓자 카디프는 영문도 모른 채 움찔한 표정으로 애버딘에게 시선을 돌렸다. 지금까진 아무리 늦어도 살짝 인상을 찡그리는 게 전부였는데……

"아아… 시에라, 그쯤 해둬. 어머니께서 그러셨잖아. 엘프들은 시간 관념이 부족하다고."

"그치만, 그치만……"

"게다가 카디프에겐 점심 먹을 즈음에 보자고 했지, 정확히 언제 보자는 말은 하지 않았다구. 그쯤 해두고 코아 할아버지께 가는 게 어때?"

"우우~ 카디프 오빠!"

시에라가 슬그머니 손을 놓으며 새침한 표정으로 무게를 잡자 뭔지 모를 불안감에 사로잡힌 카디프는 움찔한 눈으로 그녀를 바라보았다.

"으응… 왜 그래?"

"다.음.부.턴."

말 하나하나마다 힘을 주며 또박또박 발음하는 시에라에게 애버딘과 카디프는 어머니에게 야단맞는 어린애 같은 표정으로 얌전히 고개를 숙였다.

"점심 식사는 일찍 하도록 해요!"

"에?"

예상외의 말에 애버딘이 저도 모르게 벙찐 얼굴로 시에라를 바라보자 그녀는 애버딘에게 그 정도의 말도 못하느냐는 표정을 지어 보였다.

"맞잖아요. 식사만 빨리했으면 이렇게까지 오랫동안 기다리게 했겠어요?"

애버딘은 긴 한숨을 내쉬며 머리를 절레절레 흔들었다.

과연 내 동생은 머리가 모자란 걸까, 아니면 이게 바로 애정도의 차이란 걸까.

"아앗, 이러다가 정말 늦겠어요. 그럼 카디프 오빠, 오늘도 부탁드릴게요."

여느 때와 변함없는 아름다운 미소.

"그럼 갈까?"

애버딘이 아직도 멍하게 서 있는 카디프의 어깨를 툭툭 치며 정신 차리라는 듯한 표정을 짓자 카디프는 시에라를 향해 피식 미소를 지은 후 숲으로 그들을 안내했다.

사실 요즘 매일같이 드나드는 숲인지라 구태여 카디프의 안내를 받을 필요가 뭐 있을까 싶지만, 어렸을 때 이 숲에서 한번 엘프들에게 단단히 혼이 나고부터 시에라는 절대로 혼자서 엘프들의 숲으로 들어가는 법이 없었다.

사실 그녀는 유난스럽게 나무를 좋아하는 소녀였다. 보통 시에라 또래의 소녀라면 꽃을 더 좋아하기 마련인데 그녀는 그렇지가 않았다. 그리고 자신에게 선물하기 위해서 꽃을 꺾거나 나뭇가지를 꺾어 오는 것조차 화를 내며 눈물을 글썽거릴 정도로 식물을 아꼈다.

감수성이 풍부해서 그런 거라며 그들의 부모님은 웃어넘기고 말았지만 혼자 숲 속에 있는 것도 마치 자기 방에 앉아 있는 것마냥 편안해하는… 뭐랄까, 그녀 주변의 공기만 달라지는 듯한 느낌마저 든달까? 아무튼 그 모습은 예전에 그림책에서 본 숲의 종족이 연상될 만큼 아름답다. 그러고 보니 얼핏 카디프가 시에라에게 숲의 향기가 나는 소녀라고 말했던 것이 떠올랐다.

"흐음……"

애버딘은 자신의 옆에 있는 여동생을 곁눈질해 보았다. 과연 미소녀란 탄성이 저절로 나올 만한 외모의 시에라라 마을 안에서 인기가 최고였지만 그들에겐 넘어야 할 산이 있었다. 바로 애버딘이라는.

잔꾀가 통하지 않는다면 미모로, 미모가 통하지 않으면 실력이란 애버딘의 동생 지키기(?)는 백전백승이란 말이 나올 정도로 철두철미했다. 솔직히 애버딘의 잔꾀에 당한 모자란 녀석이 절반, 나머지 절반에서 애버딘의 미모에 넘어가 위험한 길로의 전환을 할 것인가 말 것인가에 대해 딴에는 진지한 고민을 하다가 결국에는 자포자기하는 바보 녀석들이 절반의 반, 눈물겹게 받아온 훈련 덕에 자연스럽게 쌓인 실력으로 쫓아내 버린 끈기없는 녀석들이 그 나머지를 차지하니 애버딘이 호락호락하게 자신의 여동생을 내줄 리가 없었다.

"무슨 생각을 그렇게 하는 거예요? 서두르지 않으면 카디프 오빠 놓칠 텐데……"

자신을 나무라는 소리에 정신을 차린 애버딘은 벌써 저만큼 사라져 가고 있는 카디프의 뒤를 따라 달리기 시작했다. 시에라도 그렇겠지만 애버딘의 빠른 속도는 그 자신에게 있어 대단한 자랑거리였다(물론 그들이 자신을 따라올 수 있도록 카디프가 어느 정도는 배려해 주었기에 가능한 이야기긴 하지만, 엘프를 뒤쫓아갈 수 있다는 것 자체만으로도 이미 보통 녀석은 아니란 소리다).

카디프의 발 빠른 안내 덕분에 숲 안까지 무사히 도착한 그들은 혹시나 코아가 나와 있을지도 모른다는 생각에 주위를 둘러보았지만 온통 나무투성이의 숲 속에서 트랜트인 코아를 찾아내기란 밤하늘의 별 중 오늘 갓 생긴 별을 찾아내기만큼이나 어려운 법이었다.

"흐음… 할아버지! 저희 왔어요! 어디 계세요?!"

애버딘이 입가에 두 손을 대고 나팔 모양을 만들어 보이며 쩌렁쩌렁 소리가 울릴 정도로 고함을 질러댔지만 숲은 그 소리를 흡수해 여러 개의 잡음—새가 푸드득거리며 날아간다거나 산짐승이

도망가는 등의—을 만들어낼 뿐이었다.

"좀 더 안쪽으로 들어가 볼까?"

카디프가 시에라와 애버딘을 바라보며 묻자 그들은 고개를 끄덕였다.

"내 생각이긴 한데… 코아 할아버진 날 싫어하는 게 아닐까?"

애버딘이 부지런히 카디프의 뒤를 따라 걸으며 또다시 입을 열었다.

"이제까지 형이랑 갔을 땐 분명히 싫어하는 기색이 없었다면서? 자격지심인지 몰라도, 날 처음 보셨을 때도 그다지 고운 시선은 아니셨던 것 같아. 내게 뭔가 마음에 들지 않는 구석이라도 있으셨던 걸까?"

"그냥 오빠 기분 탓 아니에요?"

시에라는 자신을 바라보며 고민스러운 표정을 짓는 애버딘에게 신경 쓰지 말라는 듯한 얼굴로 반문하긴 했지만 솔직하게 말한다면 그녀 역시 줄곧 그런 의심을 품고 있었다.

"뭐, 트랜트가 비교적 인간들에게 우호적인 편이라고는 하지만… 그건 어디까지나 취향의 문제라는 거 무시는 못하는 거니까."

카디프가 은근 슬쩍 애버딘의 귀가 솔깃해질 만한 여운이 남는 말을 던지자 마치 며칠을 굶주린 늑대 앞에 살찐 토끼를 흔들어댄 것 같은 표정으로 애버딘이 덥석 카디프의 손을 붙잡았다.

"형! 뭔가 아는 거라도 있는 거야?"

"아는 거라기보다……."

카디프의 표정에서 그가 뭔가 바라는 게 있다는 것을 읽어낸 애버딘은 한숨을 내쉬며 원하는 게 뭐냐는 듯한 얼굴을 해 보였다.

"형, 짧게 말해 봐. 내게 뭐 원하는 거 있지?"

"후후, 눈치 빠른 건 알아줘야겠군."

카디프는 쑥스러운 표정을 지으며 가던 걸음을 멈췄다.

"음… 뭔가 중요한 얘기예요?"

시에라는 오늘따라 자신들의 이야기에 급급한 카디프와 애버딘을 못마땅한 얼굴로 바라보았지만 그들은 어깨를 으쓱해 보일 뿐 자신들의 이야기를 나누느라 정신이 없었다.

"형, 간단하게 말해 봐요. 나에게 원하는 게 뭐예요?"

"…아직 장로님께 말씀드리지 않아서 어떻게 될지 알 순 없지만, 만약……."

"아~ 거참! 경어까지 써줬는데 질질 끌 거야? 본론을 말해 봐, 본론을."

애버딘이 카디프의 말을 자르고 나서자 카디프는 피식 미소를 지으며 알아들었다는 듯 고개를 끄덕였다.

"너희들, 곧 레벨 상승 시험 본다고 했지?"

"네. 그렇지만 시험이라고는 해도 여행을 다녀오는 것뿐이니까 그렇게 어렵진 않을걸요."

시에라가 그건 왜 물어보냐는 듯한 얼굴로 대답하는 것과 대조적으로 애버딘의 표정은 점점 황당함과 곤혹스러움이 뒤섞였다.

"혹시… 혹시 형이 말하려는 게 내가 생각하는 그건 아니겠지?"

"아아, 안심해, 안심해."

카디프의 느긋한 얼굴에 애버딘이 안도의 한숨을 내쉬며 빨리 원하는 것을 말해 보라는 듯한 표정을 짓자 그는 정색을 해 보였다.

"안심해도 돼. 네가 생각하는 그거니까 말이야."

"에?"

"그.거.라니까, 그.거."

"우에에에에엣?!"

"뭐냐, 그 오크 빰치는 괴성은?"

카디프는 귀가 따갑다는 듯 인상을 찌푸리며 토끼처럼 길다란 귀를 축 늘어뜨렸다.

"후후… 카디프 오빠, 그러고 있으니까 너무 귀여워요."

"시에라, 넌 좀 가만히 있어봐! 그러니까 형이 지금 우리 여행에 끼겠다는 거야?"

"말하자면 그런 셈이지."

"에? 갑자기 그게 무슨……?"

"갑자기라니? 너만 지금까지 다른 데 갔다 오기라도 한 거야? 가끔씩 느끼는 거지만 시에라, 넌 평상시엔 영리하게 굴면서 꼭 한 번씩 맹하게 굴더라."

애버딘의 말에 시에라는 불쾌하다는 표정을 짓기는 했지만 뭐라고 반박하진 않았다. 그에게 그런 말을 듣지 않아도 그녀 스스로 충분히 느끼고 있었기에.

"형, 그런데 갑자기 웬 여행타령이야?"

"한번 여행 다녀오는 것도 나쁠 것 같진 않아. 이제 나도 그럴 수 있는 나이이고, 혼자 여행을 떠났다간 언제 돌아올지 기약이 없으니까 너희들과 함께라면 적어도 심심하진 않을 것 같아서… 시에라는 내가 함께 가는 게 싫어?"

"아니요, 전 카디프 오빠랑 함께 가는 편이 훨씬 좋아요. 그렇지 않아도 애버딘 오빠는 덜렁거리는 편인데 카디프 오빠가 있으면 든든할 것 같거든요."

　살짝 얼굴을 붉히며 그녀답지 않게 애버딘의 점수까지 깎아 내려가며 그가 함께 가줬으면 하자 애버딘은 수상하다는 듯한 얼굴로 카디프와 시에라를 번갈아 보았다.

　"혹시 서로 좋아하는 거 아니야?"

　그의 말에 시에라의 두 뺨이 가을날의 단풍잎처럼 붉게 물들었다.

　"이런이런, 분명히 말해 두지만 형은 곤란해."

　의외의 말이었는지 이제까지 느긋한 표정을 짓고 있던 카디프의 얼굴에 야릇한 표정이 스치고 지나갔다.

　"어째서 곤란하다는 거지?"

　"어째서라니. 카디프 형이랑 시에라가 공유하는 시간이 같을 거라고 생각해? 우리가 지금보다 더 꼬맹이였을 때도 형은 지금 모습 그대로였다구. 우리가 할머니, 할아버지가 된다 해도 형은 그대로겠지. 내 동생에게 그런 기분 맛보게 하고 싶진 않아. 게다가 형은 엘프잖아. 인간과 함께 산다면 엘프들이 가만있으려 들겠어?"

　"본심은 뭐야? 네가 하는 말들은 오크들도 할 수 있는 말이고, 뭔가 더 큰 이유가 있을 텐데? 솔직하게 말해 봐."

　미간을 찡그리며 약간은 불쾌하다는 것을 보이기 위해서인지 카디프의 트레이드 마크 같던 여유로운 표정도 시간 공유가 어쩌니, 엘프가 저쩌니 할 때부터 싹 지워져 있었다.

　"아아, 그렇게 정색하지 마. 시에라 나이가 지금 몇이라고 생각해?"

　"내가 언제 정색을 했다는 거야?"

　둘의 목소리가 점점 높아지자 시에라의 얼굴은 수줍음을 넘어

창백해지기까지 했다. 여차하면 울어버릴 듯한 기세였지만 그들은 이미 그녀가 자신들과 함께 있다는 사실을 잊어버렸는지 여전히 티격태격거리며 그녀를 곤란하게 만들었다.

"난 예전에 전해 들었던 엘프들의 이미지에 회의를 느끼는 중이라구. 솔직히 형을 보고 누가 귀족적인 느낌의 우아한 엘프라고 하겠어? 형은 잘생겼다는 거랑 오랫동안 늙지 않는다는 것 빼면 내가 상상한 엘프와는……"

잠시 말을 멈춘 애버딘은 울창한 나뭇가지와 잎새들 사이로 손바닥만한 하늘을 가리키며 한숨을 내쉬었다.

"하아~ 말로 설명될 일이 아냐. 형은 저 위 보이지? 저기 내 손바닥보다 작아 보이는 하늘 말이야."

카디프의 시선이 자연스럽게 애버딘의 손끝을 따라 마치 군데군데 구멍난 듯 초록빛의 잎새 사이로 보이는 어둑어둑해지려는 하늘에 고정되자 그는 피식 미소를 지었다.

"훗! 바로 저게 지금의 내 기분이라는 거야. 난 평범한 쪽이 좋거든. 그게 엘프이거나 사람이거나."

"흠… 그러니까 평범하지 않은 내가 가족이 되는 것은 싫다?"

"그렇다는 거지 뭐."

"쯧쯧… 너, 나에게 뭔가 부탁할 것이 있다고 하지 않았어?"

카디프가 승자의 미소를 지으며 슬쩍 자신의 입장을 애버딘의 머리 속에 상기시키자 그는 치사하다는 표정으로 눈을 부라렸다.

"형, 솔직히 말해 봐. 형이 생각해도 좀 치사하다는 생각 안 들어?"

"전~ 혀."

불꽃이 튀는 듯한 그들의 눈빛이 묘한 긴장감마저 불러일으키

자 보다 못한 시에라가 드디어 커다란 갈색 눈동자에 투명한 눈
물을 쏟아내기 시작했다.

"오빠들, 다 미워—!"

어느새 사라져 가고 있는 시에라의 뒷모습에 그들은 당황한 표
정으로 머리를 긁적거려 댔다.

"삐쳤겠지?"

조심스럽게 묻는 애버딘에게 카디프는 난처한 표정으로 고개를
끄덕였다.

"이제 어쩐다?"

달리는 것이라면 누구에게도 뒤지지 않을 자신이 있었다. 그리
고 기분이 나쁜 일도 기분 좋은 바람이 귓가를 스치고 지날 때 함
께 날려 버릴 자신이 있었다. 시에라는 무작정 한껏 속도를 올리
며 달리기 시작했다. '너무해' 라는 생각이 머리 속에서 지워질 때
까지.

"흐음, 너, 지금 뭐 하는 거냐?"

음울한 목소리가 그녀의 귓가를 잡아끌자 시에라는 빨갛게 충
혈된 눈으로 주위를 두리번거렸다.

"그러고 있으니까 꼭 토끼같구나. 얼굴을 보아하니 또 카디프랑 애버딘
녀석이 놀려댔나 보군."

"코아 할아버지? 어디에 계세요?"

그녀는 서운한 마음마저 잊었는지 두 눈을 살짝 비비고는 다시
한 번 주변을 살폈지만 여전히 시에라의 눈에 들어오는 것은 개
성없이 빽빽하게 들어선 낡은 고목들뿐이었다.

"코아 할아버지?"

"쯧쯧, 이젠 내가 어디 있는지 찾지도 못하는 거냐?"

한심하다는 투로 말을 꺼낸 코아는 잎사귀가 풍성한 나뭇가지를 손처럼 앞으로 내밀며 그녀의 어깨를 툭툭 건드렸다.

"어머! 제 뒤에 계셨던 거예요?"

그녀는 지금까지 자신의 행동을 지켜봤을 코아를 떠올리자 쑥스러웠는지 배시시 미소를 지으며 발그스레해진 두 뺨에 손을 가져다 대고는 얼굴을 가렸다.

"이봐, 네 뒤에 있었다니? 말은 바로 하라고. 편안하게 휴식을 취하고 있는데 갑자기 불쑥 나타나서 날 찾아댄 건 시에라, 너잖아?"

비난하는 듯한 말투지만 그것에 악의가 없다는 걸 그녀는 잘 알고 있었다. 코아는 자신을 바라보며 생글거리는 미소녀—시에라—에게 살짝 인상을 찌푸려 보이고는 겁을 주듯, 그렇지 않아도 음침한 목소리를 더 낮게 깔며 입을 열었다.

"혼자 왔을 리는 없고… 어딘가에 네 떨거지들도 와 있겠지?"

코아의 퉁명스러운 목소리에 시에라는 이제까지의 오빠들에 대한 서운한 마음이 다 날아갔는지 그들의 편을 들며 애꿎은 코아만 뚫어져라 노려보았다.

"오빠들은 떨거지가 아니에요. 괜히 오빠들에게 심술 부리지 말아요."

"쯧쯧, 시에라, 너 애가 착한 거냐, 아니면 단순한 거냐?"

그녀가 퉁퉁 부은 얼굴로 코아의 얼굴에 해당하는 나무 기둥에 등을 바싹 붙이며 심술을 부리듯 떨어지지 않자, 그는 당혹스러운 표정으로 언성을 높였다.

"푸욹! 내 입에 지금 뭘 들이대는 거냐?! 썩 비키지 못하겠어?!"

"싫.어.요."

"우워! 뭐가 싫다는 거냐?! 어헉! 그 등짝 좀 치우라니깨! 잘생긴 내 코가 뭉개지고 있잖아!"

코아의 신경질적인 말에도 아랑곳없이 그녀는 자신이 화가 났다는 것을 그에게 보여주기 위해서인지 여전히 코아에게 붙어 떨어지지 않아, 코아는 자신의 튼튼하고 굵은 나뭇가지를 손처럼 뻗어 덥석 시에라의 허리를 붙잡고는 자신과 조금 떨어진 곳으로 그녀를 옮겨 놓았다.

"우우… 할아버지, 미워요."

"이봐이봐, 갑자기 왜 날보고 밉다는 건데?"

그는 살짝 인상을 찌푸리며 시에라가 또다시 자신에게 달라붙지 못하도록 한 발짝 물러섰다. 그리고 그녀에게 어린애를 달래듯 단조로운 목소리로 되묻자, 그녀는 잔뜩 화가 나서 털을 바짝 세우고 있는 앙칼진 고양이 같은 표정으로 코아의 말을 받았다.

"오빠들에게 뭐라고 하지 마세요. 오빠들이 할아버지 얼마나 좋아하는데 매일 오빠들 구박만 하시고… 정말 자꾸 그러시면 할아버지 미워할 거예요!"

기세 좋게 코아를 야단치고 난 그녀의 귓가에 익숙한 소리들이 들려왔다.

"시에라! 코아 할아버지, 여기 계셨군요."

"애버딘 오빠! 카디프 오빠!"

그녀가 양쪽 팔로 그들의 팔을 덥석 잡고는 조금 전까지 토라져서 무작정 자리를 박차고 나간 그녀와 동일 인물이라고 생각할 수 없을 정도로 그들을 반겨대자 코아는 한심하다는 듯 피식 미소를 지었다.

"이봐, 이런 변덕쟁이를 혼자 숲에서 돌아다니게 해도 되는 거냐?"

카디프는 반성하고 있다는 듯한 표정으로 그의 말을 받았다.

"오늘은 꽤 오랫동안 이곳에 계셨군요."

"너희야말로 오늘은 왜 이렇게 늦은 거냐?"

어쩐지 코아의 목소리에서 '이 몸을 한참 기다리게 하다니, 어떤 식으로 괴롭혀 줄까?' 라는 분위기가 물씬 풍겨오자 카디프를 비롯한 일행들은 배시시 미소를 지으며 그의 주위를 빙 둘러쌌다.

"혹시 말인데요……"

"저희를 기다렸다는 그런 뜻인가요?"

시에라의 초롱초롱한 갈색 눈동자가 유난히 반짝거리는 것을 신호로 애버딘이 그녀의 말을 재빠르게 받아냈다.

"흐음… 어쩐지 믿어지지 않는걸? 지금까지 귀찮다고 피해 다니셨으면서 갑자기 무슨 바람이 분 겁니까?"

카디프의 미소는 악의가 없었지만 내심 찔리는 것이 있는 코아로서는 그의 아름다운 미소가 곤혹스러울 뿐이었다.

"무, 무슨 소릴 하는 거야? 내가 어째서 너희들을 기다린다는 거지? 난 그냥… 오늘따라 햇살이 너무 따사로운 데 오랜만에 일광욕을 즐기려고 했던 것뿐이야."

누가 보면 동네 개구쟁이 꼬마 녀석들이 불쌍한 나무 기둥에 낙서를 한 것이라 생각할 정도로 붉어진 코아의 얼굴을 보며, 시에라와 애버딘은 야릇한 미소를 지으며 그가 더 이상 변명을 하지 않도록 배려해 주었지만 그의 오랜… 어린 친구인 카디프는 눈치도 없이 코아를 골탕 먹일 만한 말들을 툭툭 내뱉었다.

"일광욕은 한낮에 즐기시는 거 아닙니까?"

"…아무래도 카디프라는 이름엔 저주가 걸린 것 같군."

코아는 살짝 미간을 찌푸리며 호기심으로 반짝이는 눈들을 외면해 버렸지만 카디프는 자신의 이름에 대한 이야기를 알고 있었는지 아까와 같은 미소를 지으며 그의 말을 받아쳤다.

"제 이름을 지어주신 분께서 그런 말씀을 하시다니… 어쩐지 책임감없게 느껴집니다만. 후훗, 기분 탓입니까?"

"그래, 나 책임감없다. 그래서 뭐 어떻게 할거냐?"

애버딘과 시에라는 뭔지 모르게 묘하게 분위기가 좋아 보이는(?) 그들 사이에 끼어들지 못하겠는지 눈만 크게 뜨고 코아와 카디프를 번갈아 바라볼 뿐이었다. 만일 에버딘과 시에라의 눈동자가 말을 할 줄만 알았다면 코아와 카디프는 기꺼이 그들이 자신들의 단란함에(?) 끼어들 틈을 만들었겠지만, 시선 의식에 둔한 그들로선 시에라와 애버딘이 눈에서 파이어 볼을 뿜어낸다 해도 눈치 채지 못할 것이다.

"그런데 오늘은 또 무슨 시답잖은 소리를 하려고 날 찾은 거냐?"

코아의 말에 시에라와 카디프는 괜스레 시선을 다른 곳으로 돌리며 딴청을 부렸다. 언제나 별다른 용건 없이 무작정 찾아와서는 귀찮게 굴어댔으니 그가 짜증을 부린다 해도 할 말이 없었던 것이다.

"뭐냐? 오늘도 하릴없이 엘프들의 숲에 온 거란 말이냐?"

"그거야… 코아 할아버지께서 이 숲 밖으로는 한 발자국도 나오시지 않으니까 그런 거잖아요."

시에라의 말에 그는 살짝 인상을 찌푸리며 나뭇가지를 손처럼 내젓고는 근엄한 목소리를 내려는 듯 안 그래도 음침한 목소리를 한층 더 낮게 깔았다.

"너희들은 도대체가 어떻게… 트랜트들의 장로 중 대장로라 일컬어지는 이 코아님께서 너희 같은 꼬맹이를 만나러 인간들이 득실득실거리는 마을로 내려가 구경거리가 되라고 말할 수 있는 거냐?!"

"코아 할아버지, 오버예요. 우리들 중 할아버지께 마을로 내려오시라고 한 사람은 아무도 없어요."

애버딘의 말에 코아는 잠시 멍청한 표정을 지으며 무성한 나뭇잎들이 마치 머리카락을 연상시키는 부분을 긁적거려 댔다.

"그, 그랬나?"

"말한 지 얼마나 됐다고… 그새 잊어버리기라도 하신 겁니까?"

카디프의 말에 코아는 몇 번 헛기침을 하고는 재빨리 화제를 전환시켰다.

"흠흠! 아무튼 엘프들의 숲은 인간들이 함부로 드나들 수 있는 곳이 아니다. 너희들이 고지식한 엘프들을 어떻게 설득시킨 건지 내 알 바는 아니다만, 너희들도 인간인 이상 가급적이면 이 숲엔 오지 않는 게 좋아."

"그렇지만… 엘프들의 허락을 얻고서도 이곳에 오는 걸 자제한다면 그건 너무 아까운 짓 아닌가요? 이 숲을 드나들 수 있는 인간은 현재로썬 저희들밖에 없는데 뭐, 특권 의식이라고 해도 할 말은 없지만 누릴 수 있는 특혜라면 누릴 수 있을 만큼은 누릴 생각입니다."

애버딘이 자신의 말에 악의가 없다는 걸 보여줄 생각인지 코아를 향해 생긋 미소를 지었지만, 그의 표정은 여전히 자신의 심기가 편치 않다는 듯 일그러져 있었다.

"인간들의 말 중에 늙은이의 충고는 언젠가는 약이 된다라는 말이 있다지? 나이 많은 트랜트들에겐 세월과 경험이 담긴 지혜라는 게 있다. 너 같은 애송이가 이해하긴 힘들겠지만."

"하하, 혹시 이런 말 들어보셨습니까? 애송이들은 불도 만져 봐야 뜨거운 걸 알고, 때로는 뜨거운 걸 알면서도 불 속으로 뛰어든다는……."

얼굴은 여자라고 착각할 만큼 예쁘지만 배짱만큼은 드래곤의 이빨을 뽑아올 만큼 두둑한 그였다. 코아는 한숨을 내쉬더니 피곤하다는 듯 하품을 해 보였다.

"후아암ー! 충고를 받아들이지 못하겠다면 그걸로 끝난 거지. 너희들 목적이 그저 내 얼굴을 보기 위해서였다면 난 이만 다른 곳으로 가겠다. 피곤한 건 딱 질색이라서……."

투덜거리며 황급히 돌아서려는 그를 애버딘이 잽싸게 막아섰다.

"아앗! 잠깐! 잠깐! 오늘은 용건이 있어서 찾아온 겁니다. 물어볼 게 있어서 말이죠."

그의 말에 코아의 얼굴이 호기심으로 가득 찼다. 그가 이 숲에 처음 발을 내디뎠을 때부터 지금까지 자신의 눈앞에 있는 애버딘이란 녀석이 단 한 번이라도 용건이라는 말을 꺼내본 적이 있던가.

"용건? 무슨 용건이냐?"

"조금 있으면 저와 시에라가 모험이랄까… 시험 여행 비슷한 걸 다녀와야 하는데 시에라나 저나 태어나서 지금까지 이곳 아렌에서 벗어나 본 적이 없으니 여행지나 여행을 다녀왔다는 증거를 접하는 것도 힘들어서 말입니다."

"그래서 내게 몬스터가 자주 출몰한다던가 시간이 오래 걸린다던가 등등의 폼나는 곳을 가르쳐 달라는 말이냐?"

코아가 시큰둥하게 되묻자 애버딘은 끝까지 들어보라는 듯 고개를 흔들었다.

"설마 제가 그렇게 쉬운 걸 물어보겠습니까? 아무리 아렌이 작은 마을이라지만 몬스터가 자주 출몰하는 곳이라든지 유명한 던전 같은 곳은 어른들이나 가끔 마을에 찾아오는 여행자들에게 귀가 따갑도록 듣고 있으니, 그런 곳에 가려고 했다면 애당초 물어보지도 않았죠."

"뭐… 하긴 그렇게 유명한 곳은 단순히 애송이들의 모험지로는 부적합하지. 목숨이 여러 개도 아니고. 그럼 도대체 날 찾은 이유가 뭐냐?"

애버딘의 지루한 설명을 참기 힘들었는지 코아는 그의 말을 싹둑 자르고는 본론으로 들어가라는 얼굴로 그를 살짝 노려보았다.

"간단하게 말하자면, 그다지 위험하지 않으면서 사람들에겐 잘 알려지지 않은 그런 곳 없습니까? 이왕이면 보물도 꽤 많이 숨겨져 있다거나……."

"이런 도둑 심보 같으니라구. 그것도 하나의 시험이라면 시험인데 공짜로 먹으려 드는 거냐?"

코아의 빈정거림에 부끄러운 생각이 들었는지 시에라의 얼굴이 온통 붉게 물들었지만 이 정도로 무너질 애버딘이었다면 처음부터 이야기를 꺼내지도 않았을 그였다.

"에이~ 그런 말씀 마시고 가르쳐 주세요."

"만일 그런 게 궁금한 거였다면 번지수를 잘못 찾아도 한참 잘못 찾았다. 아무리 움직일 수 있다고 한들 트랜트의 본질은 나무지. 너, 나무가 이것저것 짐 싸 들고 모험이니 여행이니 하는 걸 해봤다는 소릴 들어본 적 있냐?"

코아의 만사가 귀찮다는 듯한 얼굴에 애버딘은 최대한 귀여워 보이는 미소를 지으며 마치 손자가 할아버지에게 그러듯 애교를 떨어댔다.

"그러지 말고 가르쳐 주세요~ 한 곳이라도 알려주시면 더 이상 귀찮게 굴지 않고 그곳으로 갈 테니까. 네? 네에~?"

같은 가족으로서 살아온 시에라조차 면역되지 않을 정도로 장미꽃이 떠오르는 배경에 깨물어주고 싶을 만큼 해맑은 미소, 무서우리만치 반짝이는 눈동자.

"흠흠… 뭐, 그렇다면 내가 좋은 곳을 알고 있긴 한데… 거긴 좀 많이 힘들텐데……."

"아아, 힘든 쪽은……."

애버딘은 곤란하다는 듯한 표정으로 미소를 지었지만 트랜트의 특성상 한번 터져 나온 이야기는 불을 갖다 붙인다 해도 마무리를 지어야 했기에 코아에게 그의 표정이 어떤지 따위는 이미 관심 밖의 일이 되어버린 것이다.

"음… 드래곤이 지금처럼 전설이 아니라 공포와 경외의 대상이 되었을 때, 그러니까 한 천 년 정도는 가뿐히 넘어가려나? 그때는 문명이 아주 발달되어 있었지. 거의 지금의 수준이랄까… 뭐, 그때는 전쟁이 별로 없었으니까."

"뭐, 믿긴 힘들지만 리절트랑 다크가 낮과 밤만 지속되었다는 동화에나 나올 법한, 옛날로 시작되는 이야기들은 거의 전해 내려오는 바가 없지 않습니까?"

자신의 말을 도중에 끊으며 앞으로 나서는 카디프에게 코아는 살짝 눈을 부라렸다.

"너희들 모두 내가 이야기하는 도중엔 끼어들지 말아라. 카디프, 넌 주변의 엘프들에게 이야기도 못 들었더냐? 너희 장로나, 아니, 네 아버지만 하더라도 바로 어제 있었던 일마냥 생생하게 기억하고 있을 테니 오늘 가서 물어보렴. 뭐, 나 같은 트랜트가 거짓말을 하리라 의심한다면 말이다."

"제가 실수한 것 같군요. 죄송합니다."

카디프가 순순히 사과하며 한 발짝 뒤로 물러나자 코아는 흡족한 미소를 지어 보였다.

"안다면 됐다. 그래, 카디프 말처럼 한때 그런 일들이 있긴 했었지. 너희들의 이름은 그래… 이미 인간들에겐 전설이나 신빙성없는 동화처럼 전해지고 있겠구나, 카디프."

코아가 그답지 않게 옛일을 회상하는 늙은이의 눈으로 카디프를 바라보자 다들 코아의 주변으로 둘러앉았다. 그가 저런 눈으로 이야기를 시작한다는 건 이야기가 길어질 것을 의미했다. 그렇다고 해서 애버딘들이 코아가 들려주는 이야기를 싫어하는 건 아니었다. 오히려 코아의 걸쭉한 입담에서 흘러나오는 이야기는 그들의 호기심과 재미를 채워주기에 충분했다. 그러다 보니 애버딘들은 코아에게 옛날이야기를 들려달라고 졸라대기 일쑤였고, 지금도 그가 들려주는 이야기에 기대감으로 두 눈을 반짝이며 귀를 기울이는 것이다.

"카디프, 너 리절트나 다크에 어둠과 빛을 되찾아준 자가 누구인 줄 알고 있겠지?"

"물론이죠. 드래곤들이 직접 가르쳐 준 이야기라고… 그리고 소문을 내는데 트랜트들의 힘을 빌렸다는 이야기까지… 예전부터 들어서 잘 알고 있습니다."

카디프의 말에 시에라 역시 뭔가 기억이 났다는 듯 눈을 동그랗게 뜨며 끼어들었다.

"아! 그 대마법사이자 사라진 공주가 나오는 이야기 말이죠?"

"호오~ 알고 있었냐?"

코아가 의외라는 듯 시에라를 향해 얼굴을 돌리자 그녀는 배시시 미소를 지으며 고개를 끄덕였다. 어지간해선 모습을 드러내지 않는 드래곤이, 그것도 두 마리나 나타나 믿기 힘든 이야기를 읊어댔다 하니 뭔가 기록을 남기기 좋아하는 인간들에 의해 책 한

페이지를 장식했다 해도 이상할 건 없었다.

"사실은 그 이야기 저보단 오빠가 더 좋아하는걸요."

"아앗! 내가 언제?"

"언제는 남자의 로망이 어쩌고저쩌고, 공주가 예쁘겠다느니 뭐라느니 하지 않았어? 나중에 커서 기사가 되면 제일 먼저 그녀의 행방을 찾아 떠나겠다는 말을 한 사람은 어디 사는 누구였더라?"

카디프마저 애버딘을 놀리듯 꽤 어린 시절에 그가 했던 말들을 끄집어내자 애버딘은 발그레해진 얼굴로 변명하듯 입을 열었다.

"그때야 어릴 때니까 그런 동화 속에서나 벌어질 법한 이야기에 약하지 않겠어?"

"하하, 그런가?"

"무슨 말이 하고 싶은 건데? 설마 실제로 존재하는지 어떤지도 모르는 사람을 내가 좋아하기라도 한다는 거야 뭐야?"

시에라와 카디프는 서로를 바라보고 생긋 미소를 지으며 여유 있게 말을 돌렸다.

"훗, 누가 뭐라고 했어?"

"오빠, 뭐 찔리는 거 있나 봐요?"

"아아, 그래. 내 첫사랑이다, 어쩔래?"

코아는 주변에 웅성거려 대는 애버딘들이 짜증스러웠던지 인상을 찌푸리며 버럭 소리를 질러 댔다.

"야! 야! 정말이지, 요즘 젊은 것들은 왜 이렇게 수다스러운 건지… 내가 분명히 이야기할 때 끊지 말라고 하지 않았냐. 꼭 중간에 끼어들어서 말을 끊질 않나, 말 좀 해야지 싶으면 저희들끼리 수군수군거리질 않나, 정말이지 시끄러워서 흥이 깨져 버린다니까."

"저런저런, 너무 열받지 말아요. 그러다 불이라도 붙으면 어쩌시려는 겁니까?"

애버딘의 능청스러운 말에 그들은 순간 자신들의 눈을 비벼댔다. 마치 누군가 코아의 잎사귀에 불이라도 붙인 것처럼 하얀 김이 모락모락 피어나는 듯한 환각이 보였기에.

"모처럼 그 공주에 대한 이야기를 하려고 했더니… 듣고 싶은 생각이 없는 것 같으니 그만두겠어! 젠장, 괜히 혈압만 오르는군."

"우아앗! 저희가 잘못했어요. 조용히 할게요."

"그런 이야긴 진작 했어야죠. 역시 코아 할아버진 모르는 게 없으시다니까……."

"그렇게까지 말한다면 좋아, 이번 한 번만 특별히 봐주지. 아무튼 대마법사라 일컬어지는 공주의 이름은 리즈라고 했단다. 그녀는 과묵하지만 영리한 애버딘이라는 전사와 카디프라는 엘프와 함께 신검 세인트를 찾아 나섰지. 그 와중에 그녀는 몇 번이나 일행들을 구해내고 마법의 종족이라 일컬어지는 드래곤들을 그녀의 발 아래 굴복시켰다고 전해진단다. 뭐, 리도스라는 크로매틱 드래곤의 왕이라 불리운 자는 그녀의 신하로서 이 여행을 끝낼 때까지 내내 함께했고, 신이 리절트와 다크의 어둠과 낮을 되돌려 주는 대가로 그녀를 어떻게 했다는 게 인간들의 전설이고 실제 리도스라는 드래곤에게 들었던 이야기다."

"리도스? 우리 아버지 이름과 똑같네요."

시에라가 신기하다는 얼굴로 코아에게 묻자 그는 피식 미소를 지어주며 자신의 말을 이었다.

"지금은 다크와 리절트가 묘하게 연결되어 세계지도라고 해봤자 커다란 땅덩어리가 다지만 그땐 님프의 강이라든지 여러 가지 섬들도 있었단다. 그 섬들이 바로 드래곤들의 서식지였다마는, 지금은 예전 지도로는 그곳들을 찾아낼 수가 없을 정도로 지형들이 변해버렸지."

"헤~ 그렇다면 드래곤들이 어디서 살고 있는지도 알아낼 수 없겠군요."

코아는 잠시 자신의 밑둥을 뒤적거리다가 꽤 오래된 듯한 손때 묻은 낡은 스크롤을 꺼내 들고는 애버딘에게 그것을 내밀었다.

"펼쳐 봐."

애버딘은 의아한 표정으로 조심스럽게 스크롤을 펼쳐 들었다. 복잡해 보이는 여러 갈래의 길들이 실 타래처럼 얽혀 있는 지도 는 언젠가 코아에게 들었던 미궁 속 던전을 연상시켰다.

"음… 무슨 지도 같은데요?"

시에라가 살짝 발뒤꿈치를 들어 애버딘이 들고 있는 스크롤을 흘끗 바라보고는 카디프에게도 보라는 듯 그의 등을 툭툭 건드리 며 말하자 애버딘은 카디프에게 스크롤을 건넸다.

"지도 같은 게 아니라 지도인걸. 그런데 이거, 어쩐지 느낌이 좋 지 않아……."

카디프는 살짝 미간을 찌푸리며 애버딘에게 스크롤을 되돌려 주었다.

"그건 예전에 리도스라는 드래곤이 가지고 있던 던전의 지도다."

코아의 말에 순간 모두의 눈이 커다랗게 떠졌다.

"어떠냐? 힘들긴 하겠지만 아주 값진 여행이 될 것 같은데."

그의 말에 시에라의 안색이 어두워졌다. 인간에게 아직도 최대 의 공포로 남아 있는—그게 비록 전설이나 소설 속의 이야기라 해 도—드래곤의 던전은 숙련된 파티의 일원들이라 할지라도 목숨을 걸어야 하는 곳이다. 겨우 시험이나 치르러 가는 자신들에게 온몸 에 기름 칠을 하고 불구덩이 속으로 뛰어드는 어리석은 일을 벌 이라니…….

"코아 할아버지, 이건 저희 능력 밖의 일이에요. 솔직히 전 아직 중급 정령을 다루는 것도 벅차요. 특히 불의 정령의 경우엔 하급 정령인 카샤 비위 맞추기도 힘든데……."

"대신 실프나 운디네를 다루는 솜씨는 수준급이잖아. 놈도 그렇고. 불 계열의 정령 빼고는 다들 입에서 침이 마르도록 찬사를 보낼 정도로 대단한 솜씨를 가진 네가 어째서 그렇게 자신이 없는 건데?"

애버딘의 말에 시에라는 고개를 설레설레 흔들었다. 대마법사이자 샤아플린의 공주인 리즈의 이야기는 애버딘이 아주 어렸을 때부터 강한 흥미를 보인 유일한 이야기였다. 근성없고, 얼핏 보면 외모만 믿고 깝죽거려 대는 걸로 보일 수도 있겠지만 애버딘은 자신이 흥미를 느낀 대상에겐 집요하리만치 강한 집착을 보였다. 이대로라면 그의 뛰어난 말솜씨에 말려들어 괜히 리즈에 대한 단서 찾기 여행으로 여행 목적까지 변해 버릴 것이 분명했다.

"저기… 그거 정말 그 드래곤의 던전 지도가 확실한가요?"

시에라는 최대한 꼬투리를 잡아내야만 했다. 그래야만 이미 기대감과 흥분으로 꽉 차 있는 애버딘의 머리 속에 현실이라는 단어를 집어넣을 수 있을 테니 말이다.

"그럼 내가 거짓말을 한다는 거냐? 믿지 못하겠다면 그거 이리 돌려다오."

코아가 기분이 상했다는 표정으로 애버딘에게서 스크롤을 빼앗으려 하자 그는 재빨리 스크롤을 든 손을 뒤로 돌리며 시에라에게로 고개를 돌렸다.

"왜 그러는 거야?!"

"아니, 코아 할아버지 말을 못 믿겠다는 것이 아니라 그 리도스라는 드래곤 정말로 존재한다면… 그 나이도 어마어마할 텐데… 전설로만 전해지고 있을 뿐 아무도 그에 대한 최신 정보를 가지고 있지 않잖아요."

"그게 뭐?"

"오빠, 아직도 감이 안 잡혀요? 그 스크롤, 다시 한 번 자세히 보세요. 리도스라는 드래곤이 관련된 물건이라기엔 너무 새것 같지 않아요? 만약 그 지도가 리도스라는 드래곤이 만든 게 아니라 운 좋게 살아 나온 모험가들의 솜씨라 해도 지형이 바뀌기 이전의 것이라고 생각해야 하는데—왜냐하면 코아 할아버지 말씀대로 지형이 너무나 많이 변해 버렸으니까 크로매틱 드래곤의 섬은 찾을 수가 없잖아요—아무리 보관을 잘했다고 한들 이렇게 오랜 세월이 지난 후에도 지도를 보는 데 아무런 어려움을 느끼지 못할 정도라는 건 솔직히… 의심스럽죠."

시에라의 날카로운 말에 뒤로 한 발짝 물러나 있던 카디프가 다시 애버딘에게서 스크롤을 넘겨받고는 유심히 살펴보더니 고개를 설레설레 흔들었다.

"아무런 마법적 장치도 되어 있지 않고, 그렇다고 신의 축복을 받은 물건 같지도 않아. 그저 평범한 스크롤인걸. 시에라의 말대로 이 지도가 진짜인지 어떤지 의심스럽긴 하네. 그리고 이건 별 상관 없는 말이지만 말이야……."

카디프가 살짝 뜸을 들이자 기분 나쁘다는 듯 점점 험악하게 일그러진 코아의 얼굴에선 어디 한번 계속해 보시지라는 표정이 떠올랐다.

"으음… 정말 기분이 좋지 않다구. 이거 보고 있으니까 어쩐지 고생이라는 단어가 꾸물꾸물 올라오는 듯한 게… 그렇다고 이대로 외면하면 뭔가 나중에 엄청난 일이 생길 것 같고……."

카디프의 말이 끝나기가 무섭게 코아는 그에게서 스크롤을 뺏어 들고는 도로 자신의 밑둥 속에 집어넣어 버렸다.

"너희들, 뭔가 아주 대단한 착각을 하는 것 같아서 하는 말이다만, 드래곤의 던전이라고 해서 꼭 그 던전이 드래곤의 서식처에 있으란 법은 없지. 던전은 실제로 발견되기 이전까지는 던전이었는지도 모르는 곳들이라는 게 정답이니까 말이다."

코아의 말에 시에라는 고개를 갸웃거렸다.

"그건 그렇다지만 지도는……."

"그게 큰 착각이란 거다!"

자신의 말에 자꾸 끼어드는 게 짜증스러웠는지 코아가 버럭 고함을 지르자, 움찔한 그녀는 카디프의 등 뒤로 쪼르르 달려가 얼굴만 빼꼼이 내밀고는 조심스럽게 그의 눈치를 살폈다.

"뭐가 착각이라는 거죠?"

"쯧쯧, 똑똑한 척은 혼자서 다 하더니…분명히 이 지도는 리도스라는 드래곤의 던전 지도야. 여러 가지로 추측해 볼 땐 동굴이 아닐까 싶지만, 이 던전 내부도 변하지 말라는 법은 없으니까 지금의 모습이 어떤지는 알 수 없어."

"그게 이 지도가 진짜라는 것과 무슨 상관입니까?"

"내가 내 말 자르지 말랬지!! 남매가 세트로 아주 내 잎사귀에 불을 붙이려는구나! 이 바보들아, 내가 스크롤을 보여주면서 뭐라고 하든?"

거의 사람 허벅지만한 굵기의 나뭇가지가 마치 사람의 손처럼 애버딘의 허리를 감싸 올리자 애버딘은 잠시 고민스러운 표정을 지어 보였다.

"이 지도가 리도스라는 드래곤의 던전 지도라는 말씀을 하셨습니다만……."

"그래, 난 이것이 그 지도라는 얘기를 했지, 이 지도가 원본이란 말은 하지 않았다. 그런데 너희들끼리 아주 쇼를 하더구만."

"이 지도가 원본이 아니라면 무슨 소용이 있다는 겁니까?"

애버딘의 말에 코아는 답답하다는 듯 한숨을 내쉬고는 그를 다시 바닥으로 내려놓았다.

"하아, 너 말이다. 만일에 시에라가 사야 할 물건 목록을 적은 쪽지를 발견했다고 치자. 그런데 실수로 그 쪽지를 더럽혀서 새 종이에 그 목록들을 옮겨 적었다고 쳐. 그럼 네가 쓴 쪽지는 시에라에게 필요없는 종이냐?"

"아니죠. 어차피 필요한 물건 목록을 적은 것일 뿐인데 다시 옮겨 적었다고 필요없게 되진 않아요. 적어도 물건을 다 사기 전까진 말이에요."

"누가 시에라, 너에게 물었냐? 뭐, 좋다. 그런 건 아무래도 상관없겠지. 그렇다면 지도의 목적은 뭐냐? 이 지도를 물려주고, 자신이 그 지도를 보고 똑같이 따라 그린다고 해서 지도가 필요없어지겠냐?"

"어차피 골동품이 아닌 지도 자체로의 목적을 생각한다면 오히려 잘된 일이겠죠. 뚜렷하고, 보다 튼튼한 지도를 얻게 되는 거니까요."

자신이 원하는 대답이 시에라의 입에서 흘러나오자 그제야 코아는 만족한 듯한 미소를 지어 보이며 고개를 끄덕였다.

"바로 그 말이지. 뭐… 이 스크롤은 내가 잘 아는 누군가에게 받은 거라 확신할 수 있어. 원한다면 너희들에게 넘겨주도록 하지. 어떠냐?"

"지도만 받는다고 그곳으로 갈 수 있는 건 아니잖아요. 어디까지나 이 지도는 던전의 내부만 그려져 있을 뿐인 데다가 이 던전 안에 뭐가 있는지도 모르고……."

"정말 불만이 많군. 요즘 사춘기냐? 설마 내가 그거 하나만 달랑 던져 주고 너희보고 찾아가라고 하겠냐? 만일 너희들이 가겠다라고 한다면 거기에 관련된 정보를 제공해 줄 수 있으니까 말을 해보는 거지."

시에라는 걱정스러운 얼굴로 카디프와 애버딘에게로 시선을 돌렸다. 남자들은 유달리 모험을 좋아한다. 때로는 자신의 목숨까지 걸고 위험 속으로 뛰어들며 그것을 일종의 용기라고 생각하는, 그녀로서는 이해하기 힘든 면을 지니고 있는 것이다.

"우리 가보지 않을래? 어차피 모험이란 약간의 위험이 따르기 마련인데."

'아아, 안 돼… 카디프 오빠마저……'

"형 생각도 그렇지? 약간의 위험은 어디에나 있기 마련이니까."

자신에게 들으라는 듯 생긋 미소까지 지어 보이며 말하는 애버딘의 눈동자 가득, 이미 아무도 말릴 수 없는 의욕의 빛으로 넘쳐나자 시에라는 이마에 손을 짚으며 눈을 질끈 감아버렸다.

'아아… 안 돼……'

"그렇게 결정했다면 너희들의 용기를 칭찬하는 뜻에서 아주 좋은 선물을 주도록 하마."

코아는 자신의 밑둥에서 종이로 된 지도를 꺼내 보였다.

"이건 그 전설 속의 인물들이 살았던 시대의 지도야. 너희들이 지금 지도와 비교해 가면서 없어진 곳의 위치를 대강 파악해 보도록 해. 분명히 공통된 무엇인가를 찾아낼 수 있을 거다. 뭐, 너무 무책임한 소리라고 해도 할 수 없지만, 우선은 크로매틱 드래곤의 서식지 찾기부터 시작해 봐. 거기에서 뭔가 단서가 나올지도 모르는 일이니까."

그의 말에 지금까지 난감한 표정으로 서 있던 시에라는 속으로 안도의 한숨을 내쉬었다.

세계는 넓고 단서는 적다. 아무리 전설이니 뭐니 이야기한들 지금의 인간들은 드래곤의 존재 여부에 대해서도 의심을 품는 자들이 수두룩하다. 아무리 애버딘이라 해도 달랑 지도 두 개, 그것도 확실치도 않은 것을 가지고 세계를 돌아다니는 짓은 하지 않을 것이다.

"차라리 오크들 사이에서 꽃미남 찾기를 하라고 하지 그러세요? 트랜트나 엘프같이 오래 산다면 몰라도, 설마 오빠랑 저에게 평생 거기에만 매달리라는 건가요?"

"아얏! 너희들, 인간이었지!"

"뭐냐? 가만 보면 카디프, 넌 한 번씩 바보 같은 말을 하더라. 뭐… 시에라, 네 말대로 너희들은 카디프나 나에 비하면 너무나 짧은 세월을 가졌지. 그렇지만 짧은 세월을 지닌 너희들이기에 언제가 그만둘 때인지 비교적 빨리 깨닫지 않겠냐? 강요할 생각은 없으니까 싫으면 그만둬."

코아가 가지를 손처럼 내밀고는 지도를 받아가려면 받아가고 말려면 말라는 식의 시큰둥한 표정으로 애버딘의 마음에 묘한 갈등을 불러일으켰다.

"야! 야! 팔이 슬슬 저려오는 게 만일 이러다 지도가 바닥으로 떨어진다면 싫다는 거로 알고 집어넣어 버릴 거니까 알아서들 해."

코아는 장난치듯 스크롤을 들고 있는 나뭇가지를 이리저리 움직여 대며 떨어질 듯하면 '어! 어!' 하는 효과음까지 내는 등 더욱더 애버딘의 마음을 심란하게 만들었다.

"그런다고 오빠가 받을 줄 아세요?"

시에라가 또다시 뭔가를 말하려는 듯 앞으로 나서자 코아는 살짝 인상을 찌푸리더니, 다시 슬그머니 장난기 넘치는 미소를 지으며 지도를 공중으로 던졌다.

"아아앗!"

순간적으로 비명을 지른 애버딘은 잽싸게 바람을 타고 날아가는 지도를 낚아챘다.

"꺄아앗! 안 돼~!!"

시에라의 비명 소리를 뒤로한 채 코아는 흡족한 얼굴로 호탕한 웃음을 터뜨렸다.

"하하하핫! 역시 남자는 배짱이지. 아무렴, 배짱이고 말고."

"저… 혹시 저희가 이곳으로 여행을 떠난다고 해서 코아 할아버지께 이득이 되는 거라도 있으세요? 어쩐지 자꾸 가라는 듯한 인상을 풍기는 게 수상해요."

최후의 방책을 꺼내 든 시에라가 거의 매달리는 듯한 심정으로 트집을 잡아대자 발끈한 코아는 누가 보면 저러다 불나는 거 아닐까 싶을 정도로 버럭버럭 화를 내기 시작했다.

"무슨 소릴 하는 거냐?! 내가 설마 이득 따위로 너희들을 위험 속으로 내몬다 이거냐?! 이것 참, 정말이지 기가 막히는군. 허! 너희가 옛이야기에 관심이 많길래 배려해 줬더니만……!!"

"죄송합니다. 시에라가 악의가 있어서 그런 건 아닐 겁니다. 시에라, 얼른 죄송하다고 사과드려. 처음엔 쉬운 곳을 알려달라고 찾아온 거였지만, 어차피 이렇게 된 거 꼭 이 던전에서 리즈 공주님에 대한 무언가를 찾아내겠습니다."

사명감에 불타오르는 듯한 애버딘에게 코아는 화가 풀렸다는 듯 너털웃음을 터뜨렸다.

"크흐흐, 그래, 바로 그런 마음가짐이야말로 모험을 떠나기 전 너희들이 배워야 할 만한 자세지. 볼일이 끝났다면 얼른 돌아가라. 나도 이젠 좀 쉬어야겠다."

코아가 등을 돌리며 더 이상 이야기하고 싶지 않다는 표정으로 애버딘과 시에라를 향해 손을 휘휘 저어댔다.

"하긴 이쯤에서 돌아서지 않는다면 다들 걱정하실 테니까 슬슬 저희도 일어나야죠. 오늘도 감사했어요. 며칠 간은 올 수 없겠지만, 아니, 어쩌면 몇 달이나 몇 년이 될 수도 있겠지만 돌아올 때까지 건강하셔야 해요."

시에라의 말에 뭔가 마음이 시큰해진 코아는 특유의 퉁명스런 목소리로 그녀를 불렀다.

"시에라, 할아버지가 한번 안아주마, 이리 와보거라."

그녀는 얌전히 코아에게로 가서 아무리 한껏 뻗어도 코아의 절반이나 가려질까 말까 한 두 팔로 그를 꼭 껴안았고, 그 역시 손녀딸을 예뻐하는 할아버지같이 상냥한 눈으로 그녀를 바라보며 꼬옥 안아주었다.

"몸조심해서 잘 다녀오너라."

그의 말에 시에라가 고개를 끄덕이며 한 발 뒤로 물러서자 애버딘이 불쑥 그에게로 다가가 두 팔을 벌렸으나 코아의 상냥했던 눈빛은 온데간데없이 사라지고 '너 뭐 하는 거냐?' 하는 띠꺼운 표정이 대신하고 있었다. 무안해진 애버딘은 어색한 미소를 지으며 머리를 긁적거렸다.

"에에… 시에라만 못 보는 게 아니라 저도 당분간은 못 볼 텐데 작별 인사는 해야 하지 않겠습니까?"

"흥, 당분간은 네놈 얼굴을 안 봐도 된다니까 얼마 전 물 빨아들이다 뿌리에 걸린 잡초가 속 시원히 뽑혀나가는 듯한 기분이구나."

"그런 말씀 하시면 서운하죠. 그래도 전 꼬맹이 때부터 할아버지께 와서 놀고 그랬는데."

애버딘의 말에 카디프까지 두 팔을 활짝 벌리며 코아에게 달려왔지만 코아는 그 사이로 허리—에 해당하는—각도만 살짝 비틀어 쉽게 그를 피해냈다.

"난 징그런 사내 녀석들에게 둘러싸이고 싶은 생각 없다. 뭐, 어차피 다 녀올 거네 녀석들도 건강하게 잘 다녀오도록 하렴."

코아는 뜻 모를 미소를 지으며 유유히 손—에 해당하는 나뭇가지—을 흔들며 사라져 갔다.

"할 건가요?"

"물론 해봐야지. 형은?"

"끼워준다면 기꺼이."

"장로님 허락은 꼭 얻어와야 하는 거 알지?"

"걱정 말고 슬슬 나가자. 괜히 나.까.지. 너희 어머니께 찍히고 싶지 않다구."

"잠깐! 잠깐! 형 '나.까.지.'라는 말은 무슨 뜻이야? 내가 어머니께 찍히기라도 했다는 거야 뭐야? 형, 가만히 보면 한 번씩 얄미운 말 하는 거 알아?"

"자, 갈까, 시에라?"

"우웃! 형, 무시하는 거야?"

"좋아요, 카디프 오빠. 저녁 식사하고 가는 게 어때요?"

"그거 좋지. 그러려면 정말 서둘러야겠는걸? 어머니께서 늦는 것도 싫어하시지만 저녁상을 두 번씩이나 차리시게 하는 것도 대단히 실례니까 말이야."

"후후, 정말… 엄마 성격상 식사 시간이 넘어버리면 아예 식탁 구경도 못할걸요."

카디프와 시에라의 행복해 보이는 웃음소리와 함께 빠른 발걸음으로 뒷모습이 실루엣으로 변해가는 것과 대조적으로 그 자리에 못 박힌 듯 서 있던 애버딘에게선 뭔가 분노가 느껴지는 어두운 기운이 펼쳐졌다.

"우아아앗! 둘이서만 러브러브 파워를 뿜어내지 마! 제길! 씹지 말란 말이다! 내가 무슨 슬라임 젤린 줄 알아?!"

애버딘의 처절한 외침을 무시하며 행복해 보이는 그들의 실루엣은 이윽고 애버딘의 시야에서 점이 되어 멀어졌다. 그는 할 수 없이 깊은 한숨을 내쉬고는 그들의 뒤를 쫓아 달리기 시작했다. 아무리 엘프들의 허락을 받았다 한들 어두워진 숲에 혼자 있을 만큼 어리석은 그가 아니었기에 다소 속이 뒤집어지는 한이 있더라도 따라갈 수밖에 없었다.

"쳇! 아주 이젠 난 보이지도 않는다 이거지?"

"이왕 주려거든 제대로 된 지도를 줄 것이지 이게 무슨 약취미란 말이오?"

"호호호, 사실 예전의 지도를 줄 수도 있었지만, 그러면 곱게 기른 사랑스런 아이들이 더 힘들어지지 않겠어요? 이왕에 만들어진 이벤트라면 이 정도 배려는 해줄 수도 있는 거랍니다. 오호호홋!"

살짝 입을 가리고 웃는 여인을 보며 코아는 깊은 한숨을 내쉬었다.

"하아, 그런 말씀하시려거든 시에라나 덜 영리하게 키우시지 그러셨소? 아무리 생각해도 그앤 정말 날카로운 구석이 있달까……."

"뭐, 그거야 애버딘 녀석을 조금이라도 평범하게 기르려고 노력하다 보니 그런 거죠. 그리고 솔직히 내 딸이 어디가 어떻다고 자꾸 시비예요, 시비가?"

하얀 머리카락과 대조적으로 구릿빛 피부의 섹시함과 건강함이 풍겨 나오는 미모의 여인이 눈을 매섭게 치켜뜨자 이제까지 고자세를 유지해 왔던 코아가 놀랍게도 찔끔하는 듯한 표정을 지어보였다.

"아아, 제 말실수입니다. 그냥 안 들은 걸로 해주시죠."

"하하, 훼이나, 정신 차려. 우린 보모지, 부모가 아니라고. 역할에 너무 빠져든 거 아니야?"

이제까지 가만히 있었기에 그가 있다는 사실조차 몰랐던 코아는 소리가 들리는 쪽으로 고개를 돌렸다. 화려하기 짝이 없는 붉은색, 검은색, 흰색 등의 다섯 가지 색으로 염색된 머리카락을 휘날리며 남자답게 생긴 얼굴이 호쾌한 미소를 지으며 훼이나라 불리운 여인을 달래자 코아는 내심 안도의 한숨을 내쉬었다.

"이런, 리도스님께서 이곳에 계신지 미처 몰라서 인사드리지 못했습니다. 서운하게 생각지 말아주십시오."

오늘따라 격식을 무척 많이 갖추게 된다고 생각하니 어쩐지 피로가 몰려오는 듯한 느낌이 들었지만 성질 더럽다고 소문난 공인 커플인 그들 앞에서 실수를 할 순 없었다.

"뭐, 그런 거라면 신경 쓰지 마십시오. 제가 기척을 나타내지 않은 거니까. 그런데 의심스러운 게 있어서 그럽니다만, 제 질문에 솔직하게 대답해 주실 수 있습니까?"

"제가 알고 있는 거라면……."

"그 리도스가 무릎을 꿇었다느니, 애버딘이 과묵한 전사라느니, 리즈가 대마법사라느니 하는 소리들은 도대체 어떻게 하다가 퍼진 겁니까?"

그의 말에 훼이나의 어깨가 조금씩 흔들린다 싶더니 결국 참지 못하고 큰 소리로 웃기 시작했다.

"후! 과묵하안~? 대마법사아~? 호호호홋~ 리도스가, 천하의 리도스가 인간에게 무릎을 꿇었다고? 호호홋! 오호호홋! 정말이지 거론할 가치도 없는 문제들이군. 풋! 푸하하핫!"

"그렇게까지 웃진 말아줘. 아무래도 이 이야기가 내가 잠시 인간계를 등한시한 사이에 확산되어 이미 전설이 되어버렸더군. 어. 떻.게. 된 거지?"

어쩐지 질문의 방향이 코아에게서 훼이나에게로 옮겨진 듯하자 그녀의 얼굴에서 어느덧 웃음기가 사라져 버렸다. 그 대신 뭔가를 숨기고 있는 자에게서 공통적으로 찾아볼 수 있는 특유의 시선 회피라던가, 뭔가 찔린다라는 듯한 표정으로 그녀가 이 사건에(?) 남들이 알지 못하는 뭔가로 비교적 깊이 관련되어 있음을 알 수 있었다.

훼이나… 하얀 마녀로 드래곤 사이에서도 여러 가지 의미로 잘 알려진 그녀는 전대 드래곤 로드이기도 한 능력있는 드래곤이었다. 표정 관리쯤이야 일도 아니지만 그녀에게 있어 리도스라는 존재는 유일한 예외, 그리고 특별한 연인 그 이상의 것이었다.

"아아, 그렇게 힘줘서 말할 거 없잖아? 어차피 지나간 일인데."

"호오~ 어차피 지나간 일? 그래, 그 말인 즉 넌 뭔가 안다는 그런 말이겠지?"

화이트 드래곤답지 않게 영악함을 자랑하는 훼이나라 해도 리도스 앞에선 고양이 앞의 쥐 신세였다. 결국은 눈만 데굴데굴 굴리다 사실을 실토할 수밖에 없는……

"그게… 리도스, 네가 애버딘 일행 사건에 대해서 적당히 소문을 흘려달라고 하고는 지금의 로드와 함께 사라져 버려서 그만…
욱하는 성질 때문에……."

"뭐라고 해부렀으? 그러니까 지금 훼이나, 네가 헛소문을 흘려
버렸다 뭐, 그런거여, 뭐여?!"

흥분하면 튀어나오는 리도스 특유의 말투에 그녀는 최대한 콧
소리 섞인 애교스런 목소리로 리도스를 달래기 시작했다.

"자기야~ 난 아주 조금, 정말 조금만 이야기를 다듬은 것뿐이
야~ 자기가 이해해 줘~ 응?"

"무슨 이해? 으?! 무슨 말을 어떻게 다듬었으?!"

"그냥 애버딘이 어지간히 미인 소리를 듣는 여자들보다 훨씬
예쁘고 인간치고는 검술이 뛰어났다는 말, 피스는 그냥 빼버렸
고—어쩐지 하고 싶지 않아져서—리즈는 예측 불허의 마법만을 구
사한다는 것과 샤아플린의 공주이자 가장 마지막 살아남은 자라
는 말밖에 안 했어. 말 그대로 다듬은 것뿐이잖아. 뭐, 잘못한 거라
도 있어?"

훼이나는 겉으로는 최대한 청순 가련한 표정을 연출해 냈지만
속으로는 이것저것 꽤 찔리는 일들이 많이 생각나 마음을 졸일
뿐이었다.

'그야, 내가 뭐… 애버딘이 시끄럽게 떠든다거나 천방지축으로
설치고 돌아다닌다는 말은 하지 않았지만, 리즈가 엉터리 마법을
쓴다는 말도 하지 않았지만… 그렇다고 해서 내가 하는 이야기를
착각하고 들으란 소린 하지 않았다구.'

"으음… 그럼 이 이야기를 제일 먼저 들은 트랜트는?"

리도스의 곱지 않은 시선이 코아에게로 돌아가자 그는 기다렸
다는 듯 제일 먼저 들은 트랜트는 전대의 장로이며 그는 이미 죽

었다는 설명을 하고는, 긴장으로 뻣뻣하게 굳어진 얼굴로 어색한 미소를 지어 보였다.

"애버딘, 시에라, 모두 집으로 간다고 갔는데 이렇게 오랫동안 여기 있으면 절대 알지르지 못하실 텐데요."

어디까지나 표면상의 이유일 뿐 속으로는 어째서 이들이 사라지지 않는 것일까에 대한 불만이 가득했다. 지상 최강 최대의 존재라는 드래곤이 한 마리만 있다 해도 숨 쉬기조차 힘겨운데 성질 더럽다는 화이트와 머리 다섯 개짜리 크로매틱 드래곤까지……

'돌아가면 내 기필코 이놈의 뿌리를 밧줄로 묶어놓고, 조용히 나무 같은 삶을 보내고 말리라!'

정말이지… 아무리 생각해도 말년 복이 지지리도 없는 트랜트라는 생각에 스스로가 아예 보통 나무가 되고 싶다는 생각을 하는 코아였다. 이를 아는 건지 모르는 건지 리도스의 한마디는 코아를 휘청거리게 만들었다.

"괜찮아! 괜찮아! 워프하면 되니까."

"으음… 리도스가 인간들로부터 잠시 눈을 뗀 시간이 1, 2백 년은 가뿐히 넘어가지 않았어? 로드가 성룡이 되고도 한동안 함께 지냈잖아. 덕분에 내가 그 빌어먹을 로드 자리를 좀 더 해먹고 말이야."

훼이나는 말하면서도 그때의 일을 생각하면 열받는다는 듯 다분히 감정이 섞여 있는 듯한 목소리로 리도스를 향해 '어때? 좀 찔려?' 하는 듯한 분위기를 물씬물씬 풍겼지만, 리도스는 그저 피식 미소를 지으며 그때의 일을 회상하는 듯한 눈을 하고는 입을 열었다.

"후훗, 그래. 몇백 년을 못 참고 떼떼와 내가 살고 있던 곳으로 찾아와서 로드의 힘을 떼떼에게 억지로 들이밀고 질질 끌고 가서 로드의 방에 던져 넣었지?"

"떼떼라… 리도스, 네 입에서 로드의 이름이 나오는 것도 참 오랜만이지?"

"말 돌리는 거야?"

"우웃! 그땐 보이는 게 없었다고. 끊임없는 드래곤들의 뒤치다꺼리를 언제까지나 붙잡고 있을 생각을 하자니 문득 열이 뻗쳐서 말이야. 그래도 내가 나중에 로드의 거처를 그 성으로 해도 된다고 마지막으로 로드로서 허락해 줬으니 된 거 아니야?"

'어째서 말을 꺼낸 내가 리도스에게 항상 밀리는 거야?'

훼이나는 살짝 미간을 찌푸리며 얄밉게 웃고 있는 리도스를 바라보다 결국은 자신도 따라서 미소를 지어 버렸다.

'뭐, 이런 게 바로 사랑이라는 거겠지. 후훗.'

"뭘 그렇게 빤히 쳐다보는 거야?"

"아, 아니, 그냥 잠시 딴생각 좀 하느라……."

말을 얼버무리며 그냥 배시시 웃어버리는 훼이나에게 리도스는 잠시 우아한 표정을 짓다 결국은 코아에게로 시선을 돌린다.

"아무튼 인간들이란 정말 재밌군. 그 짧은 세월 동안 아주 소설을 써대고는 그걸 사실이라고 믿고 있다니."

"이번에는 인간들에게 전해주기 전부터 조금씩 변형되어졌던 이야기이니 그들보고 뭐라고 할 수 있는 문제가 아니죠. 바로 전해준다고 해도 미화시키기에 탁월한 재능을 가진 자들인데."

"뭐, 이미 탓할 생각은 사라졌으니 두둔하실 필요 없습니다. 덕분에 재밌었으니까. 아무튼 도와줘서 고마웠습니다. 앞으로도 당분간 잘 부탁드리겠습니다."

"이건 제가 하고 싶었던 일이기도 하니까 너무 신경 쓰지 마십시오. 이 일은 제가 사라지는 그날까지 비밀에 부치지요."

코아의 시원시원한 대답에 만족했는지 리도스와 훼이나는 고개를 끄덕거렸다.

"그럼 이만 가보도록 하죠. 카디프랑 함께 갔다면 슬슬 도착할 시간인데."

훼이나의 말에 리도스가 워프 게이트를 열고 코아를 향해 가볍게 목례를 해 보이고는 그녀와 함께 게이트 안으로 사라졌다. 코아는 그때서야 비로소 긴장을 풀 수 있었다.

"휴우~ 한 십 년은 늙어버린 듯한 기분이군."

"다녀왔습니다!"

문밖까지 풍겨오는 음식 냄새에 갑자기 시장기를 느낀 애버딘 일행은 큰 목소리로 자신들이 왔음을 알리며 문을 열었다. 언제나 느끼는 거지만 자신들의 집은 기분 좋은 온기로 꽉 차 있다. 부엌에선 도마 위에서 칼질하는 소리가 들려왔고, 어머니의 흥겨운 콧소리는 마치 세상에서 가장 맛있는 요리의 조미료처럼 느껴지는, 오늘도 변함없이 행복한 풍경이 시에라와 애버딘의 얼굴에 미소를 그려주었다.

"아, 오늘은 카디프도 함께군?"

식사 준비를 하고 있는 어머니 대신 아버지께서 그들이 있는 곳으로 다가왔다.

"안녕하세요. 오늘은 어머니께서 해주시는 맛있는 음식이 먹고 싶어 실례인 줄 알지만 불쑥 찾아왔습니다."

"하하, 그렇게 격식 차릴 것 없어. 내 아이들의 친구이니 나에게도 아들인 셈이니까."

"아버지, 그런 식으로 따지자면 형이 아버지보다 훨씬 나이가 많다는 거 아세요?"

"흠, 그렇다면 이거 내가 경어를 써야 하는 건가?"

"아닙니다. 아버님께서 말씀을 편하게 해주시는 편이 좋습니다."

"하핫, 난 그래서 카디프가 마음에 든다니까. 마침 식사 준비가 거의 끝나가니까 대충 씻고 오너라. 아! 그리고 보니까 애버딘, 시에라, 너희 또 수업 중에 빠져나갔다며?"

"아앗! 어머니도 아세요?"

애버딘과 시에라의 눈이 커다랗게 변하자 리도스는 피식 미소를 지으며 고개를 끄덕였다.

"너희들, 식사 후에 모처럼 운동 좀 하게 될 것 같더구나."

"으아~ 죽었다."

침울한 표정으로 씻으러 터덜터덜 걸어가는 그들의 뒷모습을 보며 그는 싱긋 미소를 지었다.

"정말이지 귀여운 녀석들이라니까. 내가 애들 키우는 데는 좀 소질이 있지."

"그런 소리 하려거든 애들 따라가서 손이나 씻고 와. 뭐 하나 싶어 와봤더니……."

"아아, 훼이나, 다 된 거야?"

"뭐, 이미 만들어놓은 거 만드는 척만 하면 되는 건데 뭐. 얼렁뚱땅 넘어가려 하지 말고 가서 손이나 씻고 와. 리도스, 만약 대충대충했다 간 저녁 굶길 거야."

"아아, 네, 네. 어느 분 말씀이라고 제가 감히 거역하겠습니까?"

터덜터덜 걸어가는 그의 뒷모습을 보며 훼이나는 피식 미소를 지었다.

"우리 집엔 아이만 셋이라니까. 호호홋."

빙 둘러앉은 식탁 위로 하얀 김이 모락모락 풍기는 감자구이와 훼이나의 야심작이라는 치즈 냄새가 물씬 풍겨오는 치킨 도리아, 그리고 깔끔해 보이는 야채 샐러드에 여러 가지 소스들을 가지런히 놓아두었다.

"엘프는 육식을 하지 않던가?"

"아니요, 괜찮습니다. 육식을 즐기지 않는 편이라지만 전 특별히 가리는 음식이 없거든요."

"형은 무늬만 엘프지, 사실 인간들 하는 건 다 할걸요?"

"하하, 세상에 그런 엘프 한 명 정도 있는 것도 나쁠 거 없지."

"음식 다 식어요. 언제까지 아이들의 시선을 당신 얼굴에 잡아둘 생각이세요? 시에라의 뜨거운 시선이 느껴지지도 않으세요? 하나밖에 없는 예쁜 딸의 입을 오리 입으로 만들어 버리기 전에 그만 포크 들어요."

훼이나의 말에 모두의 시선이 일제히 시에라에게 집중되자 그녀는 얼굴을 붉히며 간신히 모기만한 목소리로 항의하듯 말했다.

"에? 제가 언제 그랬어요. 엄마도 참~"

"호호호, 농담이야, 농담~ 다들 속아 넘어가기는. 자! 자! 음식은, 최소한 이 훼이나님께서 만드신 맛있는 음식은 시식용이지 감상용이 아니에요~ 괜히 눈, 코, 입 모두 고문시키지 말고, 다들 포크 들자구. 응?"

그녀가 먼저 포크를 샐러드로 가져가 입으로 넣는 순간 홀드에서 풀려난 사람들처럼 다들 벙찐 표정으로 음식과의 단란한 데이트를 맞이했다. 그렇게 접시 속의 음식들이 사라져 가고, 마침내 만족했다는 얼굴이 하나둘 늘어나자 저녁 식사는 마무리되었고, 애버딘의 할 말이 있다는 요청에 따라 시에라가 모두를 위한 차를 준비해 왔다.

"로즈 홍차예요. 엘프들의 숲에서 가져온 장미를 이용한 거니까 품질이랑 향은 보증할 수 있어요."

"절대로 맛은 보장 못하고 말이지~?"

"엄마~"

"하하하, 오늘 네 어머니께서 시에라에게 뭔가 불만이 많은 것 같은데~?"

리도스가 윙크를 하며 장난스럽게 시에라와 애버딘의 처지를 상기시키자 순간 훼이나의 눈꼬리가 매섭게 치켜 올라갔다.

"아아, 그러고 보니까 오늘 너희… 땡땡이 쳤다며?"

약간은 질책의 뜻이 담긴 듯한 날카로운 음성에 애버딘은 살짝 눈웃음부터 치고 본다.

"아하하~ 그게 말이죠… 사실은 땡땡이가 아니라 사정이 있었어요."

"사정은 무슨 사정! 요즘 심심하면 빠지는 것 같던데."

말투는 여전히 질책하는 듯했지만 역시 애버딘의 외모가 한미모 하는지라 억양은 한층 누그러지기 시작하는 훼이나였다.

"사실은 저희가 이번에 레벨 상승 시험이 있어서 어떤 장소가 적당할지 코아 할아버지께 상의해 볼까 싶어서 진실의 숲을 헤매다 보니까 시간이 너무 지나 버려서……."

저렇게 반짝이는 눈으로, 지나가는 개미 한 마리 죽이지 못할 것 같은 여린 얼굴로 태연히 거짓말을 해대는 애버딘에게 훼이나는 피식 미소를 지어 보이며 카디프를 가리켰다.

"엘프가 있는데 숲을 헤맨다고? 그게 말이 된다고 생각하는 거야? 왜~ 차라리 지렁이가 물속에서 눈 감고 자유형으로 헤엄친다고 해보시지? 도대체가 믿을 만한 걸 갖고 믿으라고 해야지."

"그런데 엄마 눈에선 어째서 '아유~ 귀여운 우리 아들, 어쩜 이렇게 순진할까?'라는 광선이 쏟아져 나올 수가 있죠?"

시에라의 말에 당황한 듯한 그녀의 얼굴에선 이미 그들을 야단 치고자 하는 빛이 사라져 있었다.

"시끄러워. 예쁜 걸 예쁘다고 알아보는 내 눈이 잘못됐다고 생각하는 거냐?"

"뭐, 오빠가 예쁘다는 건 인정하지만 우리 집은 조금… 고슴도치틱한 면이 너무 많지 않아요?"

"하하, 고슴도치?"

"대충 이런 거죠. 고슴도치도 제 자식은 예쁘다는……."

애버딘이 자신의 말에 끼어들자 시에라는 배시시 미소를 지으며 원점으로 화제를 돌려놓았다.

"그냥 해본 말이니까? 신경 쓰지 마세요. 오빠, 할 말 있다고 하지 않았어요?"

"아! 다른 게 아니라 그 레벨 상승 시험에 관한 거예요. 이번 시험은 일종의 모험이랄까? 파티를 짜서 무사히 여행을 끝냈다는 증거를 가져오는 거라서 얼마가 걸릴지 모르겠지만 당분간은 집에 들어오지 못할 것 같아요."

"언제 떠날 건데?"

"내일 아침 일찍이요. 일단 무기랑 이것저것 구입해야 할 것들이 많으니까 아침에 집을 나선다 해도 마을을 벗어나는 건 초저녁이 될 것 같아요."

"그럴 거면 아예 하루 늦게 출발하지 그러니? 저녁에 움직여 봐야 얼마나 움직인다고. 어차피 얼마 못 가 야영이나 하지 싶은데… 그럴 바에야 물건도 제대로 점검하고, 준비도 더 해서 안전하게 떠나는 게 좋잖아."

"으음… 규정 중에 한번 집 밖으로 나가면 일을 끝낼 때까지는 집 안으로 들어가지 말라는 것이 있어요. 규정을 깨뜨리면 당연히(?) 유급이 되어버리니까 아쉽지만 할 수 없죠 뭐."

"그러길래 그런 건 좀 미리미리 준비해 두면 좀 좋냐?"

훼이나의 말에 애버딘과 시에라는 난감한 표정으로 항변했다.

"저희도 어제저녁에서야 이 이야기를 들었는걸요."

"엄마는 서운해서 그러는 것뿐이야. 너희들은 외박조차 하지 않던 착한 아이들이었으니까."

리도스의 말에 그들은 고개를 끄덕이며 자신들의 부모에 대한 고마움과 뭔가 말로 표현할 수 없는 사랑을 느꼈다.

리도스나 훼이나 모두 쉽게 나이를 추정하기 힘든 얼굴을 하고 있었지만 아직도 젊은 편에 속한다. 리도스의 경우엔 나이 차이가 조금 있는 애버딘 큰형쯤으로 소개해도 믿을 정도였다. 상식적으로 생각해도 애버딘만한 친자식이 있을 수 없다.

그들은 시에라와 애버딘의 양부모였고, 실로 좋은 부모가 되어주고 있었다. 더군다나 리도스와 훼이나가 그들을 자신들의 양자로 맞아들인 것은 그들이 아주 어린아이였을 때로 거의 친자식과 다름없는, 어쩌면 그 이상의 애정으로 그들을 대했다.

"일찍 올 수 있도록 최대한 노력할게요."

"늦게 와도 되니까 다치지만 말고 와."

"후후, 그것도 노력하겠습니다. 저희 그럼 이만 올라가 봐도 되겠습니까?"

"잠깐만. 아침에 볼 수 있을지 어떨지 모르니까 경비는 미리 줄게. 잠시만 기다려 봐."

훼이나는 잠시 안방에 다녀와서는 커다란 루비를 애버딘에게 내밀었다.

"물건을 살 때나 팔 때나 흥정이 중요하다는 거 알지?"

"엄마, 그 점에 대해서는 큰 걱정할 필요 없어요. 오빠는 금전적인 계산… 타고난 것 같거든요."

"하긴, 한번씩 물건 사러 잡화점에 들르면 내가 아들이랑 온 건지 살림에 찌든 아줌마랑 온 건지 헷갈릴 때가 있어. 특히 남편은 주말에 설거지도 도와주지 않고 잠만 잔다느니, 애들 키우는 게 보통 힘든 일이 아니라는 둥 어떻게 그렇게까지 아줌마들 비위를 잘 맞추는 건지……."

"엄마~ 형도 있는데 정말 자꾸 이러시기예요?"

"호홋, 그래, 잘 다녀오거라. 카디프, 자고 갈 거지?"

"아아, 저도 그랬으면 좋겠습니다만 장로님께 가봐야 해서……."

"으음… 당분간 카디프도 보기 힘들겠구나. 이번 여행에 함께 가는 거니?"

"네. 저도 여행을 다녀오고 싶어져서……."

"그래, 카디프가 함께 간다면 우리로서도 안심이지. 저 녀석들 좀 부탁할게."

카디프가 살짝 미소를 지으며 긍정의 표시로 고개를 끄덕이자 훼이나는 비로소 안심했다는 듯한 미소를 짓고는 리도스와 함께 피곤하다며 방으로 들어가 버렸다. 카디프 역시 아침 일찍 무기점 앞으로 나오겠다는 말을 남기고는 엘프들의 숲으로 돌아갔고, 애버딘과 시에라 또한 머리를 맞대고 옛 지도와 집 한구석에 쓸모 없다고 밀어 넣어둔 지도의 차이점을 찾아내느라 진땀을 흘리기 시작했다.

"확실히 붙긴 했는데 의심 가는 곳이……."

"너무 많죠?"

"응, 이거 과연 찾아낼 수나 있으려나?"

약간은 침울한 표정으로 고개를 숙이며 다른 그림 찾기에 열중하던 애버딘은 한숨 섞인 얼굴로 새롭게 생겨난 땅들을 붉은색으로 표시해 놓았다.

"오빠, 지금이라도 생각을 돌리는 게 어때?"

"전설이라는 말을 들었을 때부터 쉬울 거란 생각은 안 했어. 으음… 너에게 강요할 생각은 없으니까. 만일 새로운 일행으로 다른 여행지를 찾는다고 해도 할 말 없다, 난."

약간은 매정하다 싶게 딱 잘라 말하는 애버딘에게 그녀는 살짝 눈을 흘긴다.

"오빠가 그렇게 말한다고 내가 갈 사람 같아요?"

"하하, 가지 않는다는 걸 알고 있으니까 그러는 거야. 어차피 정해진 것이라면 혼자 불평하는 것보다 함께 설레이는 쪽이 훨씬 좋잖아. 그런 의미에서~"

"……?"

애버딘은 마지막으로 붉은 표시를 끝내고는 지도를 시에라 앞으로 들어 보이며 생긋 웃어 보였다.

"첫 번째 여행지는 네가 결정해."

시에라는 마지못해 미소를 지으며 지도의 가운데 지점을 손가락으로 가리켰다.

"여기가 좋을 것 같아요. 마이라……."

아렌은 타지에서 온 사람이라면 누구나 감탄할 정도로 부지런한 마을이다. 오늘도 다름없이 다른 마을보다 훨씬 이른 새벽부터 아침을 맞이하는 통에 사람들로 북적거리기 시작하는 거리에는 활기 찬 사람들이 만들어내는 기분 좋은 웅성거림과 물건들을 정리하는 소리 등등 온갖 소리들로 가득 차 있었다.

"후아암—!"

길게 하품을 하며 기지개를 켜는 것으로 나른함을 떨쳐 내려는 애버딘에게도 시원하고 상쾌한 새벽의 공기는 기분 좋게 다가왔다.

"제 짐을 오빠가 들 필요까진 없는데……."

괜찮다는 표정으로 제법 묵직한 배낭을 메고, 한 손에는 빵빵해 보이는 가방을 들고 있는 애버딘에게 미안해하던 시에라는 그와는 대조적으로 가벼워 보이는 배낭 하나만 달랑 메고 있었다.

"괜찮아, 괜찮아. 레이디에게 짐을 들게 할 순 없지."

"고마워요. 후후."

"형은 좀 늦겠지? 그전에 우리끼리 잡다한 것들 좀 챙겨볼까? 그것 때문에 이렇게 서둔 건데."

"정말 이렇게 이른 시간에 물건을 싸게 살 수 있을까요?"

"첫 손님은 대부분 그냥 보내지 않으려고 하니까. 상인들 사이에서 첫 손님을 그냥 보내면 그날 장사 다했다는 징크스들이 있거든."

시에라의 머리 속에 어제저녁 훼이나의 '살림에 찌든 어쩌고저쩌고' 하는 이야기가 문득 떠올라 버렸고, 불행히도 그녀의 불길한 예감은 적중했다. 비교적 점원이 어릴 경우는 물건이 비싸다라던가 포션의 냄새가 이상하다던가, 또는 물건에 대한 전문적 지식을 요하는 까다로운 주문과 질문 등으로 점원을 초긴장 상태로 만들어놓고는 '제발 나가주세요'라는 분위기를 유도해 1/3의 가격으로 자신이 원하는 물건들을 사더니만, 나이가 많고 뭔가 장인정신이 투철해 보이는 사람들에겐 그 물건들을 한껏 치켜세우고, 오히려 자신에게 그 물건이 아깝지 않을까 하는 우려 섞인 목소리로 겸손을 떨어대며 미소를 지어 보이자 기분이 좋아진 주인들이 공짜로 그가 원하는 물건을 주는 경우까지 생겨났다.

그 덕분에 배낭들이 두둑한 크기를 자랑할 무렵, 제법 오랫동안 돌아다녔는지 하늘이 서서히 밝아졌다.

"카디프 오빠가 나와 있지 않을까요?"

"슬슬 내려가면서 필요한 게 있으면 사지 뭐."

시에라의 걱정스러운 표정을 접한 애버딘은 무기상으로 내려가며 대충 물건을 사기로 했다.

훼이나에게 받은 보석은 일찍 팔면 제값을 받기 힘들기 때문에 일단 보석상에서 적당한 가격을 흥정해 보고 현금이 도는 오후에나 팔기로 해서 수중에 돈이 많지 않았다. 어떻게든 좋은 물건을 싼값에 사려고 혈안이 된 애버딘은 카디프가 기다리고 있을 무기상으로 갈 때까지 필요한 물건의 대부분을 구입할 수 있었다.

덕분에 카디프를 만나기 위한 곳으로 향하고 있을 때 그의 손에는 앞서 들고 있던 가방의 두 배 정도의 가방이 들려져 있었다.

"애버딘, 너 어디 이사라도 가?"

"아, 형은 짐이 안 보이네. 여기서 사려는 거야?"

"별로. 이 배낭밖엔……."

카디프의 배낭은 시에라의 배낭보다 더 가벼워 보였다.

"에? 거기에 뭐가 들었는데?"

"침낭, 여분의 옷들… 세면도구나 망고슈 같은 단검 외에도 자질구레한 생필품이지 뭐. 너야말로 뭘 그렇게 챙긴 건데? 잘못하다간 가방 뜯어질지도 모르는걸?"

"잠깐! 형, 그럼 지금 그 배낭 안에 그 많은 게 다 들어 있다는 거야?"

"엘프가 거짓말하는 거 봤냐?"

"형이 거짓말하는 건 봤지."

애버딘의 말에 카디프는 피식 미소를 지으며 고개를 끄덕이더니 이내 애버딘의 귀를 잡고 비틀어 올렸다.

"으아아~! 형, 무슨 짓이야?!"

"뭐, 이게 바로 쪼잔한 복수라는 거다. 하하, 이 배낭은 마법 아이템이라구. 무게도 느껴지지 않고 물건도 제한 수 없이 들어가는. 짐들이나 내놔, 여기다 집어넣게."

인상을 찌푸리며 빨개진 귀를 어루만지던 애버딘은 그 와중에도 카디프의 말이 반가웠던지 얼른 표정을 풀고 강아지마냥 귀여운 미소를 지었다.

"아아, 살았다. 고마워, 형. 사실 짐을 줄인다고 줄인 건데도 물건들이 워낙 많으니까, 여행 가기 전부터 지치는 거 아닌가 했어. 대신 배낭은 내가 멜게."

배낭의 입구에도 뭔가 마법이 걸려 있는 듯 커다란 배낭 통째로 무리없이 잘 들어가자 시에라마저 흥미가 생겼는지 눈을 동그랗게 뜨며 카디프에게로 시선을 돌렸다.

"장로님께 받으신 거예요?"

"설마… 코아 할아버지?"

"역시 시에라야. 날카로운걸. 후후."

"우와아앗! 치사해. 형만 저렇게 좋은 걸 주다니~!"

"하하핫, 역시 이러니저러니 해도 애버딘에 대해서 훤히 꿰뚫고 계셨군. 하핫."

애버딘의 불만스런 표정과 목소리에 카디프는 갑자기 웃음을 터뜨리며 품속에서 천으로 감싼 무언가를 꺼내 들었다.

"그건 뭐예요?"

"나에게만 이런 선물을 주면 보나마나 애버딘 녀석이 펄쩍펄쩍 뛸 거라고 너희들에게도 선물을 주겠다며 이걸 주셨어."

천을 걷어내자 그 안으로부터 아름다운 푸른빛을 발하는 엄지손톱만한 돌 하나가 그 모습을 드러냈다.

"와우! 보석이야?"

"그것보다 수백 배 가치가 높은 것."

시에라는 카디프에게서 그 푸른 돌을 건네받으며 놀랍다는 듯한 얼굴로 탄성을 질렀다.

"이건… 마력석이군요!"

"마력석?! 코아 할아버진 트랜트이면서 어떻게 이런 희귀한 물건들을 가지고 계신 거야? 트랜트가 보석 훔치러 마법 상점에 가진 않았을 거고, 그렇다고 팔푼이 모험가들이 이 귀한 걸 흘리고 다녔다기엔… 마력석에 대해선 아는 바가 없으니 잘 모르겠지만,

이 배낭은 너무 새거잖아."

카디프는 애버딘의 물건 보는 센스에 의외라는 듯한 얼굴로 말을 받았다.

"물건 볼 줄 아는구나. 마력석도, 배낭도 모두 100% 새거야. 이거 말고도 꽤 진귀한 물건들이 많았지만 우리에겐 그다지 필요없는 물건들이라 결국 선물하신 건 이 두 가지지."

애버딘의 머리 속엔 나무 몸통을 길다란 천으로 친친 감고는―얼굴이 있는 부분―눈만 빼꼼이 내놓고 한쪽 뿌리로는 끝도 없이 건들건들거리며 '마법 아이템, 있는 대로 다 내놔!' 하고는 그 아이템들을 가지마다 걸고는 유유히 사라지는 모습과 건들거렸을 때 떨어진 잎으로 추적당해 결국은 뿌리를 밧줄로 묶여 장정들에게 들려 나가는 나름대로 비장한 코아의 젊은 시절을 상상해 보는―이미 그렇게 단정 지어 버렸다―애버딘을 보며 시에라는 작게 한숨을 내쉬었다.

"하아～ 카디프 오빠, 그 마력석은 저희에게 필요없을 테니까 오빠가 가지는 편이 좋을 것 같네요. 오빤 6클래스까지 마스터한 훌륭한 마법사잖아요."

"잠깐―! 잠깐―! 그런 게 어딨어? 카디프 형은 이미 이 배낭을 선물받았잖아. 형만 좋은 물건 가지란 법 있어?"

"하아～ 오빠, 이건 어린애처럼 생각할 일이 아니에요. 오빠, 마나 다룰 줄 알아요?"

"아니."

"그럼 오빠보단 제가 마법석의 주인으로 적합하겠죠? 마나라면 조금은 다룰 수 있으니까."

"그러니까 네가 쓰면 되잖아."

"그럼 정령을 못 부리는데도요? 집중력이 정령술사에게 얼마나 중요한지 잘 알고 있죠? 전 한 번에 두 가지 일은 못해요. 게다가 마법사로서 2클래스의 마법을 쓰기도 힘겨운데… 그래서 정령술로 전환한 거잖아요. 정령들은 제 친한 친구이기도 하고."

"맞아. 어떻게 보면 저 사이비 엘프인 형보다 네가 훨씬 엘프 같으니까."

"하하… 사이비?"

카디프는 애버딘에게 자신이 어떻게 보였던 걸까 생각하니 난감한 기분이 들었지만, 피식 미소를 지으며 시에라에게 계속하라는 듯한 시선을 돌렸다.

"아무튼 오빠나 저보단 6클래스의 마법을 마스터한 카디프 오빠에게 어울리는 물건이란 거죠. 마법석을 아깝게 보관만 하고 있을 게 아니라면."

"으음… 어쩐지 코아 할아버진 이렇게 될 거란 걸 알고 계셨던 게 아닐까?"

"헤에~ 그렇다면 이 마법석 내게 주겠다는 거야?"

"형, 미안하지만 아무래도 이 마법석은 내가 가지고 있을래. 나중에 팔아먹든지 필요할 때 형을 주든지 할 테니까 시에라랑 형 모두 서운하게 생각하진 말아줘."

"헤에~ 난 상관없지만 무엇 때문에 그렇게 마법석에 집착하는 거야?"

"아주 사소한 이유야. 바로 코아 할아버지가 원하는 대로 하고 싶지 않다는 거지. 뭐, 간단하게 말해서 삐쳤다라고나 할까. 아하하하!"

쑥스러웠는지 애버딘이 자신의 뒤통수를 긁적거리며 호탕하

게—자신의 생각으로는—웃어대며 무기점 안으로 들어가 버리자,
시에라와 카디프는 벙찐 얼굴로 한동안 서로를 바라보고 서 있다
그가 다시 얼굴을 빼꼼이 내밀며 한 '안 들어오고 뭐 해?'란 소리
에 할 수 없이 무기점 안으로 들어갔다.

　상점 내부에는 예리해 보이는 바스타드 소드부터 시작해 롱 보
우까지 빽빽하게 걸려 있었고, 실내 자체도 비교적 깨끗하고 넓었
다. 보통은 대장간에서 무기와 방어구를 팔고는 했지만, 이곳처럼
대장간에서 좋은 제품들만 골라 모아놓고 버젓한 상점을 만들어
놓은 곳도 서서히 생겨나고 있었다. 물론 이런 가게에선 대장장이
의 필생의 역작이니 가보니 할 만한 검은 어지간해선 보기 힘들
지만, 품질이 떨어지는 것은 상인들이 들여오질 않기 때문에 앞서
말했듯 품질 보증은 기본으로 갖추고 있었다.

　"어서 오세요."

　20대 초반의 검은 머리에 안경을 쓴 싹싹해 보이는 아가씨 한
명이 단검을 닦다가 벌떡 일어나 친절한 영업용 미소를 지어 보
였다.

　"아, 단검 몇 개랑 롱 소드 좀 볼 수 있을까요?"

　"손님께서 사용하실 건가요?"

　"형이랑 시에라는 뭐 필요없어?"

　애버딘은 앞에 보이는 아가씨의 능력도 살펴볼 겸 슬쩍 일행에
게로 시선을 돌렸다.

　"로브랑 가죽 부츠 있습니까?"

　카디프의 질문에 아가씨는 미안한 표정으로 고개를 저었다.

　"무기와 방어구밖엔 취급하지 않습니다. 성직자의 축복이 담긴
로브는 있습니다만 투희야의 증거이신 엘프에게 권할 상품은 아

닌 듯싶군요. 게다가 베니핏님의 축복이니까……."

말끝을 흐리는 점원 아가씨에게 카디프는 의아한 표정으로 반문했다.

"베니핏님? 그렇다면 그 축복은 영원한 안식?"

"네. 한마디로 이 로브를 장시간 걸치고 있는다면 죽는다는 거죠."

"그런 위험한 걸 왜 파는 거죠?"

시에라마저 어이가 없다는 듯한 얼굴로 그녀를 바라보자, 그녀는 피식 미소를 지어 보이며 로브를 꺼내 들었다.

"베니핏님의 프리스트들에겐 피로를 푸는 효과는 있거든요. 그리고 장시간만 아니라면 일반인에게도 컨디션 회복에 큰 도움이 된답니다. 이 로브는 특별히 축복을 약하게 걸어서 피로를 풀어주는 효과만 나타나게 만든 건데, 마침 딱 두 벌 남았습니다. 필요하세요?"

시에라는 약간 미심쩍은 표정으로 검은색 로브를 만지작거렸다. 부드럽고 질겨 보이는 재질은 그녀의 마음에 쏙 들었고, 무엇보다 성직자의 축복이 걸렸다는 사실이 구미를 당긴 것이다.

"이게 안전한지 어떤지 어떻게 알아요?"

"아아, 절 보지 않으셨나 보군요. 지금 제가 입고 있는 로브가 바로 이것과 같은 종류랍니다."

"그럼 전 이걸로 살래요. 애버딘 오빠?"

"난 됐어. 축복이 필요하다면 신전에서 부탁하는 게 좋을 것 같아. 적어도 축복이 걸린 로브, 그것도 두 벌밖에 남지 않았다면 30루비아는 거뜬히 넘어갈 거 아니겠어?"

슬쩍 30루비아 이하면 사겠다는 뉘앙스를 풍기는 애버딘에게 점원은 상냥한 미소를 지으며 로브를 한편에 걸어두었다. 30루비아 이하로는 팔 생각이 없는 것이다.

"손님께선 갑옷은 입지 않으실 거죠? 완력보다는 검술과 스피드로 승부를 보시는 타입 같은데 갑옷보단 로브가 훨씬 도움이 되실 거예요. 저기 엘프 분께서 로브 사실 때 함께 사시면 10% 이상은 싸게 사실 수 있을 겁니다."

어쩐지 교묘하게 로브에 미련이 남게 하는 말이었다. 애버딘은 그녀가 젊은 나이임에도 상술이 대단하다는 느낌을 받긴 했지만 그녀는 대장장이도, 장인도 아닌 젊은 아가씨일 뿐이었다. 그렇다면 남은 방법은 전문 용어로 기선 제압하는 것뿐이랄까.

"형, 화살은 충분해?"

"아아, 있으면 있을수록 좋지."

"그럼 내가 골라줄게. 포인트가 갈라져 있고, 파일은… 그래, 뼈로 된 게 좋겠네요. 샤프트는 너무 가늘지 않았으면 하는데, 플래칭은 조금만 가벼운 걸로 주세요."

"저희 가게에서는 화살촉을 기준으로 돌, 납 두 가지로만 취급합니다. 그중에서 납은 화살 끝이 음… 그러니까 포인트에 독으로 연마시킨 것과 단순히 포인트 기능만 있는 것으로 또다시 나누어집니다. 만일 모험을 떠나시는 거라면 납 쪽의 맹독성 활을 권해드리겠습니다만……."

그녀는 진열대에서 화살 하나를 꺼내고는 깃털은 무슨 새의 깃털이며, 화살대의 재질이 어쩌니저쩌니 하며 결국 한 세트 사려던 카디프에게 다섯 세트를 팔아치울 수 있었다.

"손님께 필요하신 게 롱 소드라고 하셨죠? 그다지 완력이 없어 보이시는데… 롱 소드나 바스타드 소드보단 레이피어나 스몰 소드 같은 게 적합할 듯싶네요."

"이렇게 보여도 한힘 한답니다. 게다가 전 롱 소드나 바스타드 소드가 맘에 듭니다."

그녀가 레이피어와 롱 소드를 꺼내 보이며 애버딘의 가는 팔에 롱 소드는 조금 부담이 될 듯싶다는 말을 하자 애버딘은 슬슬 짜증이 나기 시작했다.

"이거 탱이 너무 불안정한 게 빠질 것 같은데. 숄더가 뭔가 잘못되어 있지 않아요?"

아가씨는 애버딘에게 비켜보라는 듯한 손짓을 하고는 가게 한편에 세워둔 빗자루를 향해 롱 소드를 가볍게 휘두르자 빗자루가 깨끗하게 두 동강이 나버렸다.

"훌륭한 솜씨군요."

카디프가 감탄했다는 듯한 표정으로 그녀에게 칭찬을 하자 그녀는 감사하다는 듯 그를 향해 목례를 해 보이고는 애버딘을 향해 여전히 친절한 미소를 지어 보였다.

"꽤 훌륭하신 솜씨군요. 상인으로서도, 검사로서도… 그치만 당신은 상인이 아닌 것 같은데 정체가 뭡니까?"

"왜 그런 말씀을 하시는 겁니까?"

아가씨의 얼굴에서 처음으로 영업용 미소가 완벽하게 걷히는 순간이었다.

"보통의 상인들이라면 이런 무기 상점에 아가씨를 점원으로 쓰지 않습니다. 뭐, 당신이 이곳 주인이라고 해도 의심스러운 것이, 꽃집도 보석점도 아니고 아가씨들이 무기점을 경영하고 싶어하겠습니까? 게다가 당신처럼 예쁜 아가씨가 말이죠."

이쯤에서 수줍은 미소를 지으면 대부분의 여자들이 애버딘에게 넘어오는 이른바 흐물흐물 꽃발 날리는 미소 작전.

"으음… 유감스럽지만 당신은 제가 만난 사람 중 최악이군요. 그 예쁜 얼굴만 빼면 손님으로서도, 검을 쓰는 사람으로서도 기본적인 태도가 되어 있지 않습니다. 그렇지만 어쩔 수 없죠. 그 날카로운 통찰력 덕분에 당분간 당신의 뒤를 따라가야 할 것 같군요. 전 루린이라고 합니다. 당신들은?"

이제까지의 사근사근하고 친절한 점원은 어디 가고, 저 띠꼰한 표정과 심드렁한 태도는 애버딘으로 하여금 '지금 나 혹시 X 밟은 거 아니야?' 라는 생각을 불러일으키게 했다.

"전 시에라라고 하고, 이분은 카디프 오빠예요. 당연하다면 당연하지만 카디프 오빠가 가장 연장자이고, 이 여행의 보호자랄까. 에… 그리고 애버딘 오빠는 전사 후보생이에요. 만나서 반가워요, 루린 언니."

시에라가 스스럼없이 손을 내밀며 그녀를 일행으로서 받아들일 자세를 취하자 애버딘은 불만스런 표정으로 시에라의 손을 낚아챘다.

"미안하지만 정체 불명의 사람과 일행이 되고 싶은 생각 없어요. 더군다나 가게는 어떡하고 따라오겠다는 거죠? 이곳의 점원은 아니라고 하더라도 현재 맡고 있는 건 사실 아닙니까? 지금까지 저희가 산 물건 모두 얼마입니까?"

흥이 깨진 듯 애버딘은 자신의 무기는 다른 곳에서 사겠다는 듯 계산서를 내밀었지만 그녀는 애버딘의 태도를 무시하며 시에라에게 생긋 미소를 지어 보이며 덥석 손을 잡았다.

"반가워해 줘서 고마워요. 그럼 절 일행으로 받아주시는 거죠?"

"네? 아, 저기 그건 오빠가……."

"그런 거 상관없이 그냥 시에라님의 마음을 묻는 거예요. 어때요? 제가 일행이 되어도 좋은가요?"

시에라는 난처한 표정으로 애버딘과 카디프를 번갈아 보았지만 둘 다 별 말이 없으니 더욱더 난감해질 뿐이었다.

"전 언니랑 동행해도 좋아요."

"흐음… 그럼 시에라님은 제 일행이에요. 저도 시에라님이 무척 마음에 들거든요. 카디프님께선 어떠세요?"

루린은 시에라에게 그랬듯 생긋 미소를 지었지만, 카디프는 무표정한 얼굴로 그녀를 바라볼 뿐이었다.

"애버딘 말처럼 누군지도 모르는 사람을 일행으로 맞긴 힘들군요."

"그것 참, 제가 루린이라고 말하지 않았나요? 서로 통성명까지 했는데 모르는 사람이라고 생각하세요? 이거 조금 서운해지려고 하는군요."

그녀는 콧등으로 흘러내리는 안경을 집게손가락으로 밀어 올리며 유감스럽다는 듯 애버딘에게로 시선을 돌렸다. 이들 중 리더격으로 보이는 녀석은 기분 나쁘게도 여자인 자신보다 몇십 배는 아름다운 저 녀석인 듯했다.

"당신은 물어보나겠지만 뭐… 제가 일행이 되는 것에 반대하실 생각인가요?"

"제 말을 슬라임 젤리마냥 쫙쫙 씹어댈 땐 언제고 이제 와서 묻는 건 무슨 심보죠? 그것도 물으나마나 한 뻔한 문제를 가지고."

그녀는 앞의 두 사람을 상대할 때와는 달리 무뚝뚝한 얼굴로 그들이 치를 물건 값을 읊어댔다.

"동료가 된 기념으로 시에라님껜 공짜로 드리도록 하죠. 카디프님은… 뭐, 동행이 될 테니 50% 깎아드리죠. 10루비아입니다. 깃털이 최상급이고, 코브라 독이 요즘 가격이 올랐거든요. 대신 사이좋은 동행이 되어주셔야 해요."

붙임성 좋은 듯 윙크까지 해 보이는 그녀에게 애버딘은 줄곧 시큰둥한 표정을 지었다.

"일행으로 받아주지 않는다는데 어떻게 동행인이 된다는 겁니까? 괜히 손해 보는 장사 마시고 제대로 된 가격을 말하세요."

"파는 사람이 싸게 팔겠다는데 왜 아무 상관 없는 애버딘님께서 참견하시는 거죠? 게다가 내 발로 내가 다닌다는데 애버딘님의 뒤를 쫓아간다고 누가 잡아가겠어요?"

생글생글 웃어가며 놀리듯 애버딘에게 대꾸한 루린은 카디프에게 받은 돈을 카운터로 가져갔다.

"분명히 말했어요. 난 당신을 일행으로 받지 않을 거예요. 그건 저뿐만이 아니라 모두가 그렇게 생각하고 있을 겁니다."

"뭐, 시에라님은 절 일행으로 받아주셨으니까 그 생각을 시에라님께 강요하지만 않는다면… 어디 따돌릴 테면 따돌려 보세요. 하하핫!"

루린은 손으로 입을 가리며 얌전해 보이는 외모와는 어울리지 않게 호쾌한 웃음을 터뜨렸다.

"사랑하는 내 동생 시에라, 이 오라버니가 아주아주 사랑하는 내 동생에게 부탁하는 건데… 네 생각을 바꾸면 안 되겠냐? 도저히 저 사람과는 잘 지낼 수 있을 것 같지가 않아."

"에에—? 그치만 루린 언니는 제가 모험을 시작하며 처음으로 사귄 동료인걸요. 오빠가 절 위해 루린 언니와 잘 지내주시면……"

시에라의 말에 애버딘은 살짝 미간을 찌푸렸다.

"흐음— 잘 지낸다라……. 카디프 형, 어떻게 할까?"

"시에라가 저렇게까지 말하는데 당분간은 동행해도 좋을 것 같은데. 루린님이 어떤 분이신지 알 수 있는 좋은 기회이기도 하고, 어떤 분인지 알지도 못하는데 그렇게까지 싫어할 필요는 없잖아?"

카디프마저 긍정의 빛을 보이자 애버딘은 한숨을 내쉬며 50% D.C에 대한 위력을 실감했다. 무의식 중에 호감도를 더해준 셈이니…….

"쳇, 좋아요. 이렇게 된 거 당분간은 함께 움직이도록 하죠. 어차피 짧은 기간이 될 테지만, 그동안만이라도 잘 부탁합니다."

애버딘이 손을 내밀어 악수를 청하자 루린은 사람 좋아 보이는 미소를 지으며 그 손을 덥석 잡았다.

"전 받은 건 똑같이 돌려주는 타입이에요. 저에게 돌아오는 만큼 남에게도 나눠주죠. 하핫! 무슨 의미인지 아시겠죠?"

살짝 윙크를 해 보이며 그녀는 여러 종류의 대거들과 도검들을 꺼내 들었다.

"에잇! 기분이다. 카디프님껜 단검 3개까진 서비스로 드리고, 애버딘님껜 그냥 아무거나 하나 드릴 테니까 골라보세요."

결국 애버딘은 롱 소드를 고집했으며 카디프는 자신이 가지고 있는 대거 대신 볼라와 같은 미처 준비하지 못한 것들을 챙겼다. 그동안 루린은 상점 구석에 놓인 배낭을 둘러메고, 까만 로브에 달린 모자를 뒤집어쓰고, 거대한 낫 모양의 사이드를 챙겨 들고는 처음에 앉아 있던 자리의 벽면을 가볍게 두들겼다.

"아저씨! 저 루린이에요. 잠시 좀 나오세요."

그녀의 행동을 이상하다는 듯 바라보던 일행들은 곧 눈을 크게 떴다. 평범한 벽으로 보이던 그곳이 너무나 쉽게 열린 것이다. 물론 나중에는 그것이 벽과 같은 색으로 칠한 문이며 대장간에서밖에 열리지 않는다는 사실을 알게 되었지만, 처음 문을 열고 이곳의 주인으로 보여지는 중년의 남자가 들어왔을 땐 다들 긴장하고 있는 것이 눈으로 보였다. 마치 드워프를 연상시키는 듯한 텁수룩한 수염에 단단한 근육으로 다져진 듯한 두 팔과 방금 전까지 뭔가 힘든 일을 하고 있었는지 온통 땀으로 젖어 있는 것이, 시에라가 제일 무서워하는 분위기의 사람이었다.

"으음… 폼을 보아하니 이제 슬슬 떠나려나 보군? 내가 그렇게 가라고 할 땐 들은 척도 안 하더니. 뭐가 널 그렇게 끌리게 한 거냐?"

조금은 시비조의 목소리이긴 했지만 그게 본래의 말투였는지 그의 목소리는 단골만이 알아들을 수 있는 특유의 따뜻함이 묻어나왔다.

"뭐, 사실은 조금 더 이 가게랑 아저씨께 폐를 끼쳐 드리고 싶었지만, 하핫, 이 금발의 소년이 제 정체에 대해 의심을 품는 바람에……."

"소년? 허?! 이 아이가 여자가 아니라 남자였단 말이야? 쯧쯧, 아무리 요즘 사내놈들이 운동도 안 하고 여성스러워졌다지만 한심하군."

"그렇지만 통찰력 하나는 끝내주는걸요. 아무튼 제가 여기 있는 건 새로운 과제가 생길 때까지였고, 뭐… 그렇게 쏙 마음에 드는 건 아니지만 재밌는 여행이 될 것 같네요. 아무튼 인사드리고 열쇠 반납하려고 불렀어요. 아참! 그리고 여기 계신 분들의 무기구는 제가 일한 값으로 쳐도 되겠죠?"

"하핫! 네가 와서 지금까지 편하게 장사를 했는데 설마 그 정도도 못해줄까 봐? 여행하려면 돈도 좀 있어야 할 테니 기다려 보거라."

"아니에요! 괜찮아요! 제가 쓸 만큼의 돈은 항상 가지고 다니니까 걱정 마세요. 아무튼 다음에 기회가 있으면 꼭 이 마을에 들러서 아저씨 뵙고 갈게요."

"아아, 그래. 건강해라. 그리고 거기 초보티 팍팍 나는 모험가들, 루린을 잘 부탁하마."

애버딘들은 엉겁결에 고개를 끄덕이고는 무기점 밖으로 나올 수 있었다. 그 외 말이니 건량이니 하는 것들을 쇼핑하고 나니 시간은 어느덧 오후를 향해 흘러가고 있었다.

"으음… 슬슬 배가 고픈데 여관에 들러 배라도 채우고 가지 않겠어?"

애버딘의 제안은 아침도 굶고 이른 시간부터 설쳐 대느라 허기져 있던 모두에게 눈물겹도록 반가운 것이었는지 다들 고개를 끄덕거렸다. 루린 역시 고개를 끄덕이다 뭔가 맛있는 음식점이라도 떠오른 듯한 얼굴로 모두를 바라보았다.

"제가 끝내주는 음식점 하나 알고 있는데 거기로 가실래요?"

"이왕이면 맛있는 데가 좋죠. 여기서 멀어요?"

"아니요, 근방이에요. 잘 아는 마법사가 개업한 곳인데, 이왕 마을도 떠나는 마당에 작별 인사도 할 겸… 맛은 보장해 드릴 수 있습니다."

카디프는 어쩐지 불안하다는 표정으로 그녀를 바라보며 되물었다.

"설마 맛만 보장하는 집은 아니겠죠?"

"하핫, 카디프님도 참……."

그녀가 호지부지 웃으며 넘어간 말의 의미에 '예리하기도 하셔라~!'가 숨겨져 있다는 걸 알았다면 차라리 근처 여관으로 들어간다거나 십중팔구 굶겠다고 말을 했을 가게라는 걸 생각지도 못하고 순순히 루린을 따르는 애버딘 일행이었다.

위트, 여행에 동참하다

시끌벅적한 점심 시간의 여관이 폭탄이라도 맞은 걸까? 식당은 테이블로 시작해서 바닥까지 제대로 정리된 곳이 한 군데도 없었다. 아무리 봐도 장사하는 곳의 분위기가 나지 않는다.

"위트, 없어? 나 루린이야!"

장소 하나만큼은 끝내주게 넓은 곳이라 그녀의 목소리가 쩌렁쩌렁 울려 퍼졌다. 뭐, 장소가 넓어 목소리가 울려 퍼지는 것이야 별 문제가 없지만, 어떤 마법이라도 걸어둔 것인지 그녀의 말이 점점 간단해지기 시작했다.

'위트, 없어? 나야!'로 비교적 양호했던 것이 끝에 가선 '야! 돼지 왔다!'로 변했으니… 성질 더러운 루린이 그걸 참고 넘길 리가 없었다.

"쿠오오옷! 이놈의 엉터리 마법사, 잡히기만 해! 내가 아주 요절을 내주고 말 테니까!"

루린은 길다란 사이드를 앞으로 내밀며 어디 한번 걸리기만 해 봐라며 이를 뿌드득 갈아댔지만, 예의 그 말 줄이는 마법은 또다 시 본래의 뜻만 교묘하게 걸러 전달하기 시작했다.

'쿠옷! 걸리면 죽～ 는～ 다!'가 어느덧 '자기야～! 나 잡아봐 라～!'로 변하는 데 루린은 결국 근방의 테이블 2개, 의자 대여섯 개를 부숴 버리고는, 그래도 성에 차지 않는지 씩씩거리면서 주변 을 둘러보며 살기등등한 눈빛을 뿜어내는 광경은 마치 사신을 보 고 있는 듯한 착각을 불러일으켰다.

"…일단 우리는 앉고 보자구. 지금 저분의 폼으로는 쉽게 나갈 것 같지 않으니까. 최악의 경우엔 이곳에서 오늘 하루를 보내게 되겠지."

카디프의 말에 애버딘은 고개를 설레설레 흔들었다.

"이런 말 여자에겐 하고 싶지 않았지만… 저 여자, 정말 골치 아프군."

정령들을 시켜 아예 이곳의 청소를 싹 끝내 버리고 루린이 자 신의 화를 삭이는데 20대 중후반으로 보이는 푸른색의 긴 머리를 질끈 묶어 허리까지 늘어뜨린 근육질의 청년이 어리둥절한 얼굴 로 가게를 두리번거렸다. 여전히 가게 주인이 코빼기도 비치지 않 자 시에라는 자신이 나서야겠다고 생각했는지 어색한 미소를 지 어 보였다.

"죄송하지만, 이곳 주인이 없는 것 같은데 다음에 들러주세요."

그녀의 말에 루린이 고개를 들어 청년을 보고 생긋 영업용 미 소를 지으며 천천히 다가갔다.

"어머! 밖에 계셨나 보군요? 전 이곳에 계실 줄 알고……."

"어쩐 일이야? 어제도 다녀가지 않았어?"

반색을 하며 아무런 의심 없이 청년도 미소를 짓자 루린은 기다렸다는 듯 그의 어깨에 손을 얹고는 있는 힘껏 복부를 강타해 버렸다.

"우아아앗! 이런, 정신 차려요. 괜찮아요?!"

"오빠! 말려요! 언니 사이드 가지러 갔어요!!"

"뭐어~?! 루린님—!!"

한마디로 난장판이라고밖엔 설명할 수 없는 광경이 연출되기까지는 그리 오랜 시간이 필요하지 않았다. 청년은 충격을 꽤 먹었는지 끽소리 한번 못 내보고 그대로 기절해 버렸고 루린은 베어버리겠다며 사이드를 가지고 길길이 날뛰었지만, 카디프와 애버딘의 철벽 방어로 결국은 이를 뿌득뿌득 갈며 의자에 털썩 주저앉았다.

"도대체 왜 그러신 거예요? 다짜고짜 가게에 들어온 손님을."

"저 자식이… 이 가게의 빌어먹을 주인이에요. 위트라고."

아직도 분이 식지 않았는지 한참을 눈을 감았다 뜬 그녀는 회복 마법을 쓸 줄 아는지 푸르스름한 빛을 오른손에 맺고는 그의 머리에 갖다 대었다.

"우으음… 무슨 일이야?"

그는 신음 소리와 함께 자신의 처지가 이해되지 않는다는 듯 그래도 서로 친분이 있는 루린을 제일 먼저 찾자, 그제야 미안함을 느낀 루린은 머리를 긁적이며 위트를 바로 일으켰다.

"하하하, 별거 아니야. 뭐, 신경 쓸 필요는 없어."

정말 별일 아니라는 듯한 표정이었기에 사건의 전반을 지켜본 애버딘 일행은 기가 막힌다는 듯한 얼굴로 그녀에게서 시선을 떼지 못했다.

"내가 생각하기엔 루린, 네가 그런 표정으로 별일 아니라고 말했을 땐 꼭 좋지 않은 일이더라구. 누가 제게 사실대로 말해 줄 사람 없어요?"

위트가 뭔가 미심쩍다는 표정으로 자신의 주변에 있는 사람들을 바라보자, 마침내 애버딘이 입을 열었다.

"전 애버딘이라고 합니다. 으음… 루린님께서 이곳에 오셨을 때 '위트, 없어? 나 루린이야!' 라고 하니까……."

애버딘이 잠시 말을 멈추자 결국 '야! 돼지 왔다!' 라는 소리가 들려왔고, 이제까지 미안한 표정으로 서 있던 루린의 눈이 다시 한 번 뒤집히려는 걸 시에라와 카디프가 간신히 달래놓을 수 있었다.

"으음, 대충 어떻게 된 건지 알 만하군요. 이 덩치에 어울리지 않게 루린의 한 방에 나가떨어졌다는 한심한 이야기죠?"

근육질의 탄탄한 몸과는 달리 얼굴은 상당히 학구적인 분위기로, 그들이 평소 생각하는 마법사의 이미지와는 뭔가 큰 거리감이 있었다.

"정말 마법사가 맞으십니까?"

애버딘의 의심스럽다는 표정에 위트는 그저 싱긋 미소만 지을 뿐이었다.

"틀림없는 마법사입니다. 고위 클래스의. 그보다 식사도 하지 않으셨을 텐데 식사하셔야죠?"

그제야 자신들이 허기가 져 있다는 사실이 생각난 듯 애버딘들은 테이블에 빙 둘러앉아 미소를 지어 보였다.

"뭐, 메뉴라고 해도 하루에 한 가지로 정해져 있으니 선택권이 없군요. 자! 식탁에 앉아주십시오. 곧 요리를 내올 테니……."

"술도 가볍게 부탁할게."

"…날 죽이려던 사람에게 줄 만한 술은 없어."

"무슨 말을 그렇게 해? 그건 위트가 멀쩡한 사람을 돼지라는 둥 시비를 걸어와서잖아. 아무리 내가 마음씨가 넓다 해도 정말 참기 힘들다구."

"그럼그럼, 바다 같은 마음씨니까 사이드 들고 설쳤지. 쪼잔했어 봐, 바로 이 기둥 뽑아서 때려죽였겠지."

위트의 말에 그녀는 아무 말 없이 테이블을 두드리며 식사나 가져다 달라는 듯 인상을 험악하게 찌푸렸다. 위트 역시 이 이상 들쑤셨다간 위험하다고 판단했는지 묵묵히 주방으로 들어가 정체불명의 요리들을 만들어내기 시작했다. 제일 먼저 나온 요리는 크랩 샌드위치와 가재 요리로, 마법사가 만들었다고는 도저히 상상할 수 없는 훌륭한 솜씨였다. 게다가 정상적인 맛과 향이라니… 불안해했던 자신들이 안됐단 생각이 들 정도였다.

"자, 술입니다."

"어차피 손님도 없는데 여기 와서 같이 한잔하시죠?"

카디프의 권유에 위트는 못 이기는 척하며 커다란 유리 머그잔을 내려놓았다.

"생맥주와 흑맥주입니다. 제가 만든 최고의 걸작이죠."

똑같은 투명한 술을 보며 위트는 흐뭇한 표정으로 잔들을 옆에 세워두었다.

"사실은 모두 생맥주에서 기인한 것들이에요. 이건 곡주."

맨 끝의 술을 가리키며 말하자 애버딘은 이상하다는 표정으로 생맥주라고 말한 투명한 술을 입에 가져다 대는 순간.

끼아아아악—!

입으로 쏴 하게 퍼지는 맛은 분명한 술이지만 입에 닿자마자 노랗게 변하더니 거품이 이는 것이 아닌가. 게다가 나란히 세워둔 잔들에선 하나는 새카맣게 변하더니 훌쩍거리기 시작했으며 다른 하나는 하얗게 변해서 아예 곡을 시작했다.

"이… 이거 뭐예요?! 술이 비명을 지르다니……!"

애버딘이 찜찜하다는 듯 뒤로 물러나 앉자 이제까지 의기양양한 표정으로 손님에게 마셔보라는 듯한 눈빛을 보내고 있던 위트의 눈빛이 어두워져 갔다.

"왜 그러십니까?"

"마음에 안 드세요?"

루린과 위트가 거의 동시에 그에게 물어봤지만 애버딘은 여전히 뺑진 표정으로 잔을 바라볼 뿐이었고, 카디프와 시에라 역시 잔에 쉽게 손이 가질 않았다. 먹지 말아달라는 듯, 혹은 겁에 질렸다는 듯한 얼굴로, 아니, 색과 소리로 버티고 있는 술들을 먹는다는 게 어쩐지 찜찜할까, 부담스러울까.

'역시 마법사의 음식점이란…….'

카디프는 머리를 절레절레 흔들며 애버딘에게 안됐다라는 표정을 지어 보이고는 자신의 불안함이 맞아떨어진 것에 혀를 찼다. 가게는 크지만 들어오는 손님은 아무도 없었고, 주인 역시 장사에 큰 관심이 없는 듯했다. 가게를 비울 정도면 어쩌다 재수없게 이곳으로 들어온 손님들도 얼마 기다리지 않고 나가 버렸을 테니.

"으음… 전 이 집 술이 제일 좋던데요. 뭐, 처음엔 다들 꺼리는 건 이해가 가지만 맛만은 일품이거든요."

루린은 입맛을 다시며 위트가 흑맥주라 칭한 술을 벌컥벌컥 들이켰다.

"캬~! 역시 이 맛이야."

"루린, 넌 지금 나이가 몇인데 아직까지 애 같냐?"

"엄마 같은 소리 하지 말고, 평범한 음료들은 없어? 내 일행들이 마실 수 있는."

위트는 다시 한 번 일행들을 둘러보고는 주방으로 들어가 우유세 잔을 들고 나왔다. 다들 뭔가 이상한 것을 들고 나오지 않을까 불안한 표정을 짓던 참에 우유를 발견하고는 안심한 표정을 지었다(정체 불명의 음료를 마시느니 어린애 취급당하더라도 안전한 편이 훨씬 마음이 편했달까).

"그런데 갑자기 무슨 바람이 분 거야? 일행이라니?"

"어? 내가 말하지 않았나? 나 이 마을 떠나기로 했어. 여긴 작별 인사차 들른 거야."

루린은 곁눈질로 위트의 표정을 살폈다.

"흠… 언제 가는데?"

"지금."

"여기서 지금 출발하면 야영을 해야 할 텐데?"

"그러고 보니 우리 어디로 향하는 거죠? 여행의 목적이 있을 텐데……."

"바보, 여행한다면서 자기가 어디로 가는지도 안 물어봤다는 거야?"

위트가 한심하다는 듯한 말투로 루린의 속을 긁었지만 그녀는 신경조차 쓰지 않고 애버딘들에게 시선을 돌렸다.

"으음… 리도스라는 드래곤 아세요?"

"헤~ 그 전설이라면 꽤 유명하잖아요. 대마법사 리즈 공주님의 꽤 충성스런 부하였다는… 푸하하핫! 크로매틱 드래곤, 그것도 최강이라는 리도스가 으… 으하하핫!"

위트는 뭐가 웃긴 건지 아예 테이블 위에 엎드려 미친 듯 폭소를 터뜨렸다.

"…왜 그러세요?"

"이해해요. 저 녀석, 꼴에 마법사라고 한 번씩 미친 짓을 하곤 하니까요. 하던 이야기나 계속하자구요."

졸지에 미친 X가 되어버린 위트가 계속 테이블에서 흐느적거리고 있자 애버딘은 한숨을 내쉬며 자신의 말을 이었다.

"우연히 그 리도스라는 드래곤의 던전으로 보이는 지도를 손에 넣었어요. 1차 목표는 그 던전 탐사랄까… 뭐, 문제는 그 던전을 찾는 거예요. 대충 짐작 가는 곳들은 있지만."

"헤에~ 던전 탐사? 그거 꽤 재미있겠는데! 뭐, 솔직히 이 가게도 따분해서 하고 있는 건데 나도 확 껴버릴까?"

위트는 루린에게 가벼운 농담조로 물었지만 루린은 계속 미친 X 보는 듯한 얼굴로 측은한 눈빛을 보냈다.

"네가 심심하다고 여기 낄 수 있다고 생각해? 정말이지, 마법사면 좀 똑똑할 줄 알았는데 아무리 봐도 주문 외우는 데 머리란 머린 죄다 써버리고, 머리 속에 남은 건 아무것도 없는 것 같아. 애버딘님께서 짐작하고 계신 곳은 대략 몇 군데 정도죠?"

"열몇 군데로 생각하고 있지만 저희 최종 목표는 리즈 공주님의 단서 찾기 때문에 던전에 다녀와서도 소득이 없다면 다시 다른 곳을 찾아 여행하게 될 거예요."

그 말에 루린의 눈이 커다랗게 변했다.

"그럼 당신들은 유물 발굴을 목표로 하고 있단 말이에요? 아무리 봐도 10대 후반으로밖엔 안 보이는데 실력들이 얼마나 대단하기에?"

"흐음, 일단 엘프는 얼굴로 세월이 가늠되지 않으니까 여행을 많이 해봤는지 어떤지는 알 수 없으니까 접어두고, 나머지들은 아무리 봐도 초보자로밖엔 안 보이는데 이번이 몇 번째 모험입니까?"

날카로운 위트의 지적에 시에라는 고개를 저으며 애버딘의 말을 이었다.

"오빠는 희망 사항을 말한 거구요, 저희는 사실 레벨 상승 시험을 보기 위해 여행을 하는 거예요. 뭔가의 여행을 했다는 증거를 가지고 돌아가면 되는 거잖아요. 드래곤이나 그 공주님은……."

"어쩐지… 모험은 고사하고 여행조차 해본 적 없죠? 그렇지 않고서야 이렇게 무모할 리가 없지. 설마 당신들은 세계의 모든 곳이 아렌처럼 평화로울 거라고 생각하진 않겠죠?"

루린이 생각을 돌리는 것이 좋을 거라는 듯한 어조로 말을 걸어오자 시에라는 고개를 저으며 말을 이었다.

"만일 찾지 못한다면 어쩔 수 없지만 저도 찾아보고 싶기도 하구요."

"헤에~ 의외네. 난 분명히 반대할 거라고 생각했는데… 아! 가기 싫은 사람은 억지로 따라오라고 할 만큼 이기적인 녀석은 아니니까 이쯤에서 헤어진다 해도 뭐라고 할 사람 아무도 없어요. 그러니까 이쯤에서 각자의 길을 가는 건 어때요?"

"어차피 따라가기로 한 거 좀 더 스릴을 즐긴다고 생각하면 그뿐이에요. 안됐지만 저는 제법 끈질긴 데가 있답니다."

생긋 미소를 지으며 여유만만한 태도로 애버딘의 말을 받아치는 루린을 보며 위트는 그녀답다는 생각에 자신도 모르게 피식 웃고 말았다.

"정말 초보자로 구성된 파티라면 저도 끼워주십시오. 루린이 여러 가지로 도움이 될진 모르겠지만 만에 하나 루린이 자신도 모르게 폭주한다면 이 중에 루린을 막을 수 있는 사람은 저밖에 없는 것 같거든요."

"저… 정말 이런 이야긴 하고 싶지 않지만 말이죠."

"……?"

"한주먹에 나가떨어지는 허약한 마법사가… 체력적으로 막을 수 있다는 겁니까?"

띠꺼운 표정으로 자신을 바라보는 애버딘에게 위트는 회심의 미소를 지었다.

"누가 몸으로 막는다고 했습니까? 후후후… 전 비장의 카드를 들고 있지요."

애버딘이 흥미롭다는 듯한 눈으로 루린과 그를 번갈아 바라보았지만 위트는 그저 약을 올리는 듯한 태도만 보여주고 있었다.

"시끄러워! 분명히 말해 두지만 끼어들지 마. 난 작별 인사를 하러 온 거지, 권유하러 온 게 아니라구. 애버딘님께서도 저런 녀석이 하는 말에 일일이 신경 쓰지 마세요."

어쩐지 살기등등한 목소리라 다들 선뜻 말을 못하자 위트는 분위기를 바꾸려는 듯 루린에게 배시시 미소를 지어 보였다.

"아아, 그렇게 딱딱하게 굴 거 없잖아. 그렇게 공포 분위기를 조성하면 안 그래도 더러운 성격 더 많이 타난다구. 그리고 네가 그 살인적인 주먹을 휘두르면 난 말해 버릴지도 몰라. 네가… 라는 걸."

"우아아앗! 말하지 마! 말하지 말라구!"

루린은 머리를 감싸 쥐고 괴로운 듯 소리쳤지만 위트는 연신 싱글벙글거리며 약점을 쥐고 흔드는 폼이 영락없는 쥐를 가지고 노는 고양이의 표정이다.

"위트 오빠라고 해봐."

"뭐?!"

"싫어? 그럼 위트님이라고 해봐."

"지금 무슨 소릴 하고 있는 거야! 정말 웃기지도 않는군. 너, 그렇게 유치한 녀석이었어?"

얼굴까지 새빨개져서 소리치는 루린을 귀엽다는 듯한 눈으로 바라보던 위트는 어느새 손가락을 펴 엄지손가락부터 구부리며 숫자를 세기 시작했다.

"딱 다섯 셀 동안 아무 말 없으면 싫다는 걸로 알고 그냥 불어 버린다."

"앗! 치사해~!"

"하나, 둘, 셋……."

"잠깐! 잠깐!"

"넷! 다서엇~!"

"오빠! 위트님! 말하지 말아주세요!!"

비굴한 표정으로 자신의 앞에서 꼬리를 내려 버린 루린에게 승자의 여유만만한 표정을 지은 위트는 애버딘을 향해 'V' 사인을 해 보였다.

"대충 이런 정도의 실력이란 거죠. 동료로 받아주실 생각 없으세요?"

다른 사람이 이 광경을 봤다면 뭐, 이런 녀석들이 다 있나 했겠지만 애버딘이나 카디프는 벌써 위트의 솜씨를 훌륭하다고 인정해 버린 것 같았다. 손까지 덥석 잡고는 반짝이는 눈으로 위트에게 '제발 일행이 되어주세요'라고 말하는 것을 보면.

"이거… 아렌에 있다가 온 동네 사람들 다 끌고 가는 거 아니에요?"

한숨을 내쉬며 걱정스러운 표정을 지은 시에라는 이미 의기투합되어 버린 남자 일행들에게 들으라는 듯한 한마디를 던졌지만, 그들에겐 그런 우려 따윈 들리지도 않는 듯 테이블 위로 자신의 물건들을 쏟아 정리하기 시작했다. 시에라와 애버딘의 짐은 배낭째로 그 속에 들어가 있었기 때문에 마침 정리가 필요한 차였고, 동료가 되기로 결정한 마당에 그 가게에서—어차피 손님도 없는데—정리한다고 누가 뭐라고 하겠는가.

"으음, 나도 짐을 싸야 하니까 다들 오늘은 여기서 자고 내일 출발하는 게 어때요?"

위트가 짐 정리로 정신이 없는 애버딘과 카디프를 향해 의견을 묻자 다들 반색하며 그의 말을 반겼다.

"그런데 우리 말투부터 좀 정리하는 게 어때요? 저보다 나이 많은 사람에게 존댓말 듣는 거, 익숙치가 않아서……."

애버딘이 애교스런 미소를 지으며 말하자 이번엔 위트가 반색을 했다.

"으음! 좋지. 안 그래도 뭔가 이상했는데."

그러나 루린은 애버딘의 제의가 탐탁지 않은 듯 인상을 찌푸리며 그의 말에 토를 달기 시작했다.

"무슨 말도 안 되는 소리예요? 서로 안 지 얼마나 됐다고. 위트 저 녀석이야 처음부터 알고 지내던 사이니까 말을 놓는다지만……."

"누난 그렇게 안 보이는데 꽤 보수적인가 봐요? 요즘 세상에 누가 답답하게 일일이 경어를 써요. 그것도 아랫사람에게."

초특급 흐물흐물 꽃밭 날리는 미소를 지으며 귀엽게도 누나라고 부르는 애버딘에게 모두는 '헉!' 하는 소리를 내며 얼굴을 붉혔다. 루린은 이제까지 굳건하게―심지어 물건을 팔 때까지도―넘어가지 않는 타인의 애교라는 벽이 애버딘을 만나면서 처음으로 무너지지 않을까 하는 위기 의식을 받았다.

"제, 제길! 아까 상점에서도 겨우 참았는데 이젠 '누나~'까지… 안 돼~!"

"쇼타콘."

위트의 치명적인 한마디에 루린은 휘청거렸지만 위트, 그 자신도 얼굴을 붉히고 있다는 걸 깨닫고는 바로 반격을 가했다.

"변태."

"이런이런. 그만 하세요, 형, 누나."

"꺄아~! 어쩜 이렇게 귀여운 거야!!"

"야, 야, 그만 해!"

"그러는 네 손은 어째서 애버딘님의 머리를 쓰다듬고 있는 건데?"

"엇?!"

자신도 모르게 애버딘의 머리를 쓰다듬고 있었다는 사실을 깨닫고는 재빨리 손을 내려 버렸지만 그래도 꽤 무안했던지 그는 애버딘에게서 조금 떨어져 앉았다. 그 모습을 지켜보던 카디프는 귀여운 척하며 앉아 있는 애버딘의 머리를 쿡 쥐어박고는 불만있다는 듯한 눈으로 그를 뚫어져라 쳐다보았지만, 애버딘은 왜 그러냐는 듯 자신의 머리를 손으로 감싸 쥐며 원망의 눈초리를 보낼 뿐이다.

"솔직히 말해 봐. 남이 네게 존댓말을 쓰는 게 이상한 게 아니라 네가 존대를 하기 싫은 거지?"

"오빠라면 가능한 이야기예요. 오빠는 자기가 예쁘다는 걸 누구보다 더 잘 알고 있는 사람이니까."

시에라마저 자신을 이상한 녀석으로 취급하자 애버딘은 머쓱한 표정으로 카디프에게 반문했다.

"그럼 카디프 형에게도 존댓말 써줘? 이래 봬도 예의 바르기로 이름난 사람이라구. 난 형이 어색해할 줄 알고 안 썼을 뿐이라구."

"그럼 정중하게 읊어봐, 카디프님으로. 아무리 생각해도 애버딘, 너에게 존댓말을 들어본 기억이 없어."

"하긴, 오빠랑 우리가 만난 건 정말 어렸을 때니까… 그치만 애버딘 오빠가 존댓말 쓰면 뭔가 어색할 것 같아요."

"괜찮아, 괜찮아. 어차피 오래가지도 않을 텐데."

카디프가 재미있는 구경을 하게 생겼다는 듯한 어조로 느긋하게 손을 내젓자 루린의 눈이 커다랗게 커졌다.

"카디프님은 어쩐지 제가 알고 있는 엘프들과는 이미지가 다른 것 같군요. 전 엘프들은 좀 깍쟁이 같단 생각을 했었는데……"

"형은 무늬만 엘프고 속은 드워프나 다름없을걸요. 엘프들의 숲에서도 형은 언제나 특별 취급이었으니까요. 뭐, 엘프들보다 트랜트인 코아 할아버지와 어울렸으니 어떻게 생각하면 당연한 걸지도 모르지만. 아무튼 형은 내숭들 떨어대는 일반 엘프들과는 확실히 다르죠."

뭔가 신나서 떠들어대는 애버딘에게 루린은 피식 미소를 지어 보였다.

"하하, 카디프님을 많이 따르는 모양이군요. 그리고 보니 애버딘님께선 줄곧 반말을 쓰시던데 시에라님께선 항상 존댓말을 사용하시네요."

"으음… 시에라는 처음 만났을 때부터 줄곧 존대말을 썼으니까 어색한 걸 못 느끼겠지만, 만일 남매의 성격이 정반대로 바뀌면 어색해서 같이 다니지 못할지도……"

"에이~ 잘도 그런 날이 오겠다. 나는 어떻게 하면 형에게 공손하게 굴게 될지도 모르지만, 시에라는 아마 절대로 그 존댓말 버리지 못할걸?"

시에라는 배시시 미소를 지으며 테이블 위에 올려져 있는 물건들을 마저 정리해서 배낭에 넣기 시작했다.

"뭐, 이렇게 이야기해 봐야 쉽게 끝날 거 같지 않으니까 다수결로 결정해요. 말 좀 편하게 쓰자는데 쪼잔하게 싫다고 우길 사람은 물구나무서서 양팔 벌려봐요. 없죠?"

애버딘의 말에 다들 황당하다는 눈으로 그를 바라보았지만 그는 스스로 생각해도 멋진 의견 수렴이라 생각했는지 씩 웃어가며 물건 정리에 합세했다.

"정말이지 대단한 녀석이군. 애버딘, 너 마음에 안 들어. 어? 그게 뭐야?"

애버딘의 손에 들린 지도와 스크롤을 발견한 루린은 흥미롭다는 눈으로 그것들을 바라보았다.

"이게 아까 이야기한 리도스라는 드래곤의 던전 내부 지도예요. 그리고 이 지도는 전설이 있던 그 시대의 지도구요. 크로매틱 드래곤의 서식처를 모르니까 새로 생겨난 지형들을 중심으로 찾아볼 생각이에요."

애버딘의 말에 위트는 살짝 미간을 찌푸리며 그에게서 지도를 건네받고는 붉은색으로 표시된 곳을 가리켰다.

"이게 바로 의심이 간다는 그 지형이야?"

"네. 그런데 왜 그러세요?"

위트는 한참 동안 지도를 바라보다 결국 손으로 한 군데를 짚어냈다.

"프로소는 이쯤 어디였을 거야. 프로소에 드래곤을 제외한 타종족들이 갈 수 없었던 이유 중 하나가 바다 한가운데 있는 섬이라 그렇다면서. 땅 어딘가로 붙었다니까 새로 생긴 지형과 예전의 위치를 따라 추적하다 보면 결국 여기라구."

위트의 해박한 지식에 놀랐는지 모두들 벌린 입을 다물지 못했다. 고서의 기록에도 남아 있지 않았고 구전으로도 전해지지 않은 위치에 대해 이렇게까지 상세하게 알고 있다니…….

"어떻게 아셨어요?"

"으음, 아무래도 하는 일이 하는 일이다 보니 던전 탐사도 간혹 가고는 했어. 저기 있는 루린도 경험으로 치자면 꽤 쌓였을걸? 아무튼 화이트 드래곤으로 추정되는 드래곤의 서식지를 찾아 헤매다 여러 가지 잡다한 정보를 주워듣게 된 거지 뭐."

위트와 루린은 애버딘들이 생각했던 것보다 수십 배는 능력이 있었던지 여러 가지로 모험을 시작하기 전부터 많은 도움이 되고 있었다.

"첫 번째 마을은 이미 시에라가 결정했는데……."

"제가 생각하기에도 여기 세이지라고 적힌 이곳인데… 한 90% 맞을걸요. 바꿀 생각 없어요?"

"누나, 말씀 편하게 하세요. 어차피 우리가 처음 목표로 잡았던 곳을 지나야 세이지니까 바꾸고 말고 할 것도 없죠. 위트 형이 확실히 저희보다 아는 게 많으니까 형이 지도 보고 안내 좀 해주실래요? 어차피 가는 길 편하게 가면 좋잖아요."

"뭐, 그게 어려운 일이라고. 지도 이리 줘. 내가 길을 잘못 든다고 해도 야박하게 타박 놓기 없어."

"네, 여기 있어요."

"그런데 말투 좀… 이왕 하는 거 다들 어지간하면 반말합시다~"

"아하하, 어쩐지 위트 아저씨랑 애버딘 오빠는 성격이 닮은 것 같아요."

"시에라는 천성이 반말을 못하는지라 내버려 두고, 다른 사람은 말 트기로 해요. 아까 반대하는 사람 아무도 없었잖아요. 지금이라도 해보시라니까요. 반대하는 분 있으시다면……."

"…물구나무서고 양팔 벌리기 할 수 있으면 어디 애버딘, 네가 해보지 그래?"

"에이~ 카디프는 할 수 있을걸요. 저래 봬도 여신 투희야의 증거라는데."

카디프는 자신에게로 모여드는 시선을 천장 바라보는 것으로 외면한 채 한마디를 꺼냈다.

"난 반대할 생각 없어."

"이것 봐요. 유일하게 반대할 수 있는 사람마저 찬성한다는데 말 트자구요."

"아아, 그래. 까짓것 말 튼다고 누가 날 죽이기야 하겠어? 대신 하려면 제대로 해. 형, 누나 대접 확실히 해가면서."

"그렇지만 아직 아저씨라고 불리울 생각 없으니 시에라, 다른 사람에게 하는 것처럼 날 부를 땐 오빠라고 불러줘. 난 아직 꽃피는 20대라구."

"흥, 꺾어지는 20대겠지. 이제 곧 서른이면서 나이 차 열댓 살이면 아저씨 소리 들을 만하다구."

"적어도 너에겐 그런 말 듣고 싶진 않아. 꼬박꼬박 반말로 이름 부르면서 무슨……."

"그럼 나도 불러줘? 위트 아저씨라고?"

위트는 욱신거려 오는 두통을 느끼며 머리를 감싸 쥐고는 한 손을 내저어 보였다.

"됐네, 됐어. 정말이지 못 말리는 녀석이라니까. 방으로 안내해 줄 테니까 다들 그만 일어나자."

"내가 뭐 도와줄 거 없어? 짐 쌀 거라든지……."

루린의 말에 위트는 잠시 동안 그녀를 바라보다 이내 작게 한 숨을 내쉬며 고개를 저었다.

"하아~ 됐어. 넌 그냥 가만히 있는 게 도와주는 거니까."

"잠깐, 지금 그 말 무슨 뜻이야?"

루린의 살벌한 눈초리에 애버딘은 이러다 끝이 없겠다 싶었는지 재빨리 나서서 그녀의 비위를 맞추기 시작했다.

"가만히 있기만 해도 도움이 된다는 뜻이겠죠. 그렇죠, 형?"

"어? 어… 그래. 루린, 넌 가만히 있는 것조차 도움이 된다는 뭐… 칭찬이야, 칭찬."

애버딘이 눈치 빠르게도 자신을 위기에서 구해낸 걸 깨달은 위트는 루린을 향해 어색한 미소를 지으며 자리를 피하려는 듯 밖으로 나가 버렸다.

"어~? 같이 가야지!"

루린이 위트의 뒤를 쫓아 나가자 일행들 역시 한숨을 내쉬며 그들의 뒤를 쫓았다.

위트가 안내해 준 방은 비교적 넓고 깨끗한 방으로, 당연하다면 너무나도 당연한 이야기겠지만 시에라와 루린, 애버딘과 카디프가 각각 같은 방을 사용하기로 했다. 시에라는 카디프의 배낭을 잠시 빌리고는 그 안에서 자신의 배낭을 꺼내 들었다. 아무리 마법의 배낭이라 한들 그것을 들고 다니는 사람은 한 사람이므로 꼭 필요한, 그렇지만 일일이 꺼내달라고 하기엔 민망한—옷이나 속옷 같은—물건들은 역시 자신이 들고 다니는 게 좋겠다는 생각이 들었던 것이다.

애버딘 역시 짐들을 정리하는 중에도 시에라의 물건에는 손을 대지 않은 것이, 아마도 그녀가 자신의 물건을 따로 보관할 것을 짐작하고 있었던 모양이다.

"배낭 정리하고 곧 오빠들 방으로 놀러 가도 괜찮겠죠? 이건 그때 돌려드릴게요."

"그럼 그때 보자. 흠… 루린 누나도 심심하면 놀러 와도 좋아요."

"어머나 날 생각해 주는 거니? 이거이거, 영광이네. 시에라가 갈 때 함께 갈게."

반말 쓰기를 혼자서만 꺼려했던 것치고는 꽤나 편하다는 듯 툭툭 말을 던지는 그녀에게 애버딘은 고개를 설레설레 흔들며 카디프와 함께 그가 안내해 줬던 자신들의 방으로 들어갔다.

집에서 나온 지 반나절, 목적지를 향한 걸음은 아직도 자신들의 마을에서 멈추고 있으며 정체 불명의 일행이 둘이나 늘어버린, 출발부터 힘들어 보이는 파티의 모험은 과연 어디로 흘러갈 것인가.

"헤, 이렇게 생각하니 어쩐지 장대한 서사시 같잖아?"

멋대로 망상에 빠진 애버딘. 그런 그와 상관없이 그들 일행이 모험을 시작한 첫날이 태어나고, 줄곧 자라온 아렌에서 의미없이 흘러가 버렸다.

제2장
전설의 프로소를 찾아

마이라로 가는 길은 평온하였다

"호오~ 날씨도 좋고, 아무래도 이번 여행은 무척이나 재미있을 것 같은데?"

우르르— 쾅! 쾅!

"조용히 해."

"왜? 날씨 정말 죽이잖아. 나도 제법 여행을 했다면 했던 놈인데 여행 시작하자마자 이렇게 죽여주는 날씨는 처음이라 그래."

번쩍! 우르르르— 쾅!

천둥 번개가 동시에 루린의 뒤편에서 마치 조명을 비추듯 떨어지자 검은 로브의 모자를 끝까지 뒤집어쓰고, 거대한 낫을 등 뒤로 걸쳐 멘 루린의 음침한 기운이 위트의 눈에 정면으로 들어왔다. 그녀는 음침하고 뭔가 툭 튀어나올 듯한 분위기의 목소리로 위트를 나무라며 그늘진 눈으로 그를 노려봤다.

"내가… 조용히… 하랬지!!"

우르르— 번쩍! 쾅~!!

"우아아악! 잘못했어~!"

주춤주춤 뒷걸음질치며 루린으로부터 멀리 떨어지는 위트를 애버딘 일행은 이상한 표정으로 바라보았지만, 곧 인상을 찌푸리며 적당히 텐트를 칠 만한 장소를 물색하기로 했다.

"그러길래, 내가 비 올 것 같다니까 날씨 좋다면서 가자고 하더라니······."

"자꾸 궁시렁궁시렁거려 대면 꽁꽁 묶어서 텐트 기둥으로 세워 놓을지도 몰라. 카디프 형 눈에는 내가 그렇게 못할 것처럼 보여?"

"네 성격은 그러고도 남겠지만, 실력이 안 될 텐데?"

얄밉게 자신의 약점을 찌르는 카디프에게 애버딘은 능청을 떨어댔다.

"아하하하, 못 알아듣는 척하기는. 말이 그렇다는 거지, 말이. 게다가 인맥을 이용하는 것도 하나의 실력이라면 실력이지. 형은 시에라에게는 꼼짝도 못하잖아."

시에라는 하늘이 원망스럽다는 눈으로 굵은 빗방울들을 하염없이 바라보았다.

어제 오후만 해도 위트는 자신의 짐을 챙기느라 그랬는지 하루 종일 코빼기도 보이지 않더니, 오늘은 이른 새벽부터 온 일행들을 흔들어 깨우고는 먹을 것부터 짐 재정비까지 꼼꼼히 해보라고 재촉해 댔다. 게다가 어제 오후에 준비한 거라며 말까지 사 오는 세심한 배려에 감동한 일행들은 카디프가 비가 오겠다고 한 소릴 흘려듣고—날씨가 너무도 좋았으므로—꾸역꾸역—표현이 이상하긴 하지만 말 그대로—나왔던 것이다.

"거기, 그렇게 놀고만 있을 거예요?"

시에라가 툴툴거리며 텐트 재료들을 꺼내 들자 일행들은 미안한 표정으로 그제야 일을 시작했다. 시에라가 부지런히 텐트 천과 말뚝 등을 애버딘의 배낭에서 꺼낼 동안 다들 잡담이나 하고 있었으니 찔릴 만도 한 것이다.

남자들이 텐트를 칠 동안 루린은 일단 말들이 비에 맞지 않도록 근처의 수풀이 우거진 곳에 묶어두었고, 잠시 후 시에라가 카샤를 불러 모닥불을 피워준 덕분에 일행들은 얼었던 자신들의 몸을 녹일 수 있었다.

아렌은 워낙 외진 곳이라 가장 가까운 마을로 간다 해도 일주일은 너끈히 걸리는 곳이다. 비가 빨리 그치지 않는다면 다시 아렌으로 돌아갈 수밖에 없었다.

"아아, 정말 출발부터 이거 구리구리하잖아. 하필이면 마을에서 조금 떨어졌다 싶으니까 비가 오는 거야?"

"뭐, 날씨라는 건 우리가 어떻게 할 수 없는 거잖아. 지금이 여름도 아니고 장마철도 아닌데 설마 계속 내리기야 하겠어?"

위트가 태평스럽게 자신의 배낭에서 찻잎을 꺼내 들었다.

"와~ 다행히 젖지는 않았네. 차들 한잔씩 마실래?"

"좋죠. 무슨 찬데요?"

"홍차야. 고급 잎이 아니라서 그럴듯한 맛은 내지 못하겠지만 없는 것보단 낫겠지."

"아… 홍차라면 제가 끓일게요."

"그럼 미안하지만 부탁할게. 대신 매 끼니는 내가 만들도록 하지."

"아~ 그리고 설거지에선 빼달라고 그러는 거지? 치사하긴……."

"그런 이유도 있지만 루린, 네 손맛이 어련하려고? 난 식사만큼은 맛있는 걸로 하고 싶어."

길길이 날뛸 줄 알았던 루린이 의외로 수긍하는 듯한 태도를 취하며 얌전히 고개를 끄덕이자 애버딘은 피식 웃음을 터뜨렸다.

"하핫, 그러고 보니 궁금한 게 있는데 위트 형, 무슨 운동이라도 하셨어요? 전 마법사들은 거의 비실비실한 체력을 가지고 있을 거라고 생각했는데."

"으음, 그건 말이지… 대부분의 마법사가 굉장히 허약한 건 사실이지만 나 같은 경우는 꾸준하게 체력 단련을 해와서……."

"하하핫! 체력 단련~? 위트 아저씨, 저에겐 근육 강화제를 시험하다 그렇게 된 거라고 하지 않으셨나요~? 마법사의 운동이란 건 뻔한 건데 어린애들을 상대로 사기는 곤란하죠."

"뻔한 거라면?"

궁금하다는 얼굴로 자신을 빤히 바라보는 애버딘에게 루린은 윙크를 해 보였다.

"사람이 반드시 해야만 살 수 있는 숨 쉬기 운동."

어쩐지 납득이 간다는 얼굴로 고개를 끄덕이는 애버딘과 카디프를 바라보며 위트는 루린을 슬쩍 노려보았다.

"어째서 루린 녀석의 말은 믿는 거고 내 말은 귓등으로 흘려듣는 건데?"

"하하하, 이게 바로 인품의 차이라는 거지."

우쭐거리는 루린에게 시에라는 생긋 미소 지으며 김이 모락모락 올라오는 홍차를 내밀었다.

"입에 맞으실지는 모르겠지만 향만은 일품이랍니다."

"미인이 끓여주면 독이라도 우아한 향기와 맛이 나는 법이지."

살짝 윙크까지 하며 미소를 짓는 위트에게 시에라는 살짝 얼굴을 붉혔다.

"시에라, 바람둥이가 하는 말을 귀담아들을 필요 없어. 정 뭐하면 적당히 기회 봐서 이 몸이 우아하게 차 대접해서 깨끗하게 해서 보내줄게."

"말했잖아, 미인이 끓여주는 차여야만 한다고. 그나저나 정말 차 맛도 향도 일품이네. 누구누구와는 하늘과 땅 차이야."

일행들은 슬쩍 루린이 움켜쥐는 사이드를 조마조마하게 바라보며 화제를 돌리려 애썼다.

"그렇지만 우리 시에라는 루린 누나만큼 세상 물정에 밝지 못한걸요. 누나에 비하면 시에라는 어린아이일 뿐이라구요."

"농담이라도 그런 소리 하지 마. 이 바보는 정말이라고 믿어버리니까."

"정말이라니까요. 게다가 루린 누나는 검술 실력도 수준급이잖아요. 시에라는 정령사로서 훌륭하다고 정평이 나 있다지만 불의 정령 카샤는 다루는 것만도 벅찰 정도로 두려워해요. 그러니까 아직 졸업을 못 한 건지도 모르지만."

"루린이야 그 더러운 성질에 얼마나 시비를 걸고 다녔겠어? 저 녀석, 검술이랑 격투 실력은 몸에 익혀 버린 거지 훈련으로 다듬어진 게 아니라구."

사이드를 쥔 손에 힘이 들어간 루린의 눈이 부릅떠지는 순간 길고 가는 새하얀 손이 그녀의 손과 겹쳐졌다.

"하아~ 갑자기 혈압 오르네. 시에라, 너 지금 나 말리려고 해봤자 소용없어. 나 지금 완전히 눈에 보이는 게 없는 사람이니까."

"그거 잠시만 제가 들고 있을게요."

"나 말려봤자 소용없다니까."

루린은 인상을 찌푸렸지만 사이드에 실린 힘은 많이 빠진 듯했다. 애버딘과 카디프가 '역시 시에라~'라며 감탄하는 순간 확 사이드를 낚아챈 시에라는 여느 때와 다름없는 평온한 미소를 지어 보였다.

"아니요, 말릴 생각 없어요. 단지 혼내주고 싶은 사람이 좀……."

"우아아앗! 위험하잖아! 그런 거 휘두르지 말라구~!!"

"후후후, 애버딘 오빠도 참, 정령사 주제에 카샤 하나 제대로 못 다루는 겁쟁이 어린애에게 그런 말을 한다고 정령사.주제에.카샤 하나.제대로.못.다루는.겁쟁이.어린애.가 그 말을 순순히 들어줄 리가 없잖아욧!!"

우르르― 쾅! 쾅! 번쩍!

천둥 번개를 동반한 빗줄기는 텐트에서 도망쳐 나온 애버딘과 위트, 그리고 카디프의 얼굴에 세차게 내리쳤다.

"…시에라 말이지, 저런 성격이었어?"

"루린 누나 달래주느라 내가 그만 건드려선 안 될 부분을 건드리고 만 거야……."

바보처럼 멍하니 서 있던 카디프는 사정없이 내리치는 비를 맞으며 의아한 표정으로 애버딘과 위트를 바라보았다.

"그런데 난 왜 여기에 서 있는 거지?"

"…설마 형, 멍청하게 휩쓸려 나온 거야?"

"후후훗, 이왕 나온 거 말한테나 가보지 뭐……."

카디프가 말끝을 흐리며 루린이 말을 데려갔던 수풀 쪽으로 발걸음을 돌리자 위트와 애버딘은 어이없다는 표정으로 흘낏 카디프의 뒷모습을 바라보다 결국 자신들도 그의 뒤를 따랐다. 돌아올 때쯤이면 분명히 그녀들의 화도 풀려 있을 테니…….

푸르릉! 히이잉~ 푸르릉!

천둥 번개가 치는 숲에 말들을 매어놓았으니 말들이 조용히 있을 리가 없었다. 앞발을 들고 몇 번이나 도망치기 위해 난동을 부리는 것을 카디프는 겁도 없이 다가가더니 그들을 대번에 조용히 시켜 버렸다. 뭐라고뭐라고 속닥거린 말이 꽤나 효과가 있었던 모양이다.

"나무가 너무 크기도 하고, 이런 곳에 있다간 벼락 맞기 딱 좋지. 말들을 다른 곳으로 옮겨야겠어. 좀 도와줘."

멍하니 말과 카디프가 단란한 대화를 나누는 모습을 감상하고 있던 애버딘과 위트는 입맛을 쩝쩝 다시고는 조금 떨어진 곳으로 말을 옮겼다.

"흐음, 천둥 치는 모습과 날뛰는 말, 그리고 그를 진정시키는 엘프라… 화가 나. 음유 시인들이 보면 멋진 작품이 나올 만한 풍경이었는데… 아까워."

"형, 아까 말보고 뭐라고 한 거야? 엘프가 모든 생물들과 말이 통한다는 건 알지만……"

"으음, 그냥 별말 안 했어. 루린이라고 시커먼 로브를 입고 다니는 여성 분이 말고기를 무척 좋아하는데, 도망쳤다간 무슨 꼴을 당하게 될지 모르겠다는 그런 말밖엔."

카디프가 무표정한 얼굴로 마지막 말을 옮기자 애버딘과 위트는 폭소를 터뜨렸다.

"푸하하핫! 그거 꽤 설득력있는 말인데?"

"아하하하! 형은 정말 엘프 같지 않다니까."

"난 합리적이고 현명한 말을 할 뿐이라구. 뭐, 루린에게는 미안한 이야기지만."

"하하핫! 말들도 루린 성격 나쁘다는 거 눈치 챘나 보군. 역시 그 성격 어딜 가나 금방 들켜 버리고 마는군. 아렌에선 좀 오래 버티나 했더니… 쯧쯧."

혀를 차며 안됐다는 표정을 짓는 위트를 보며 애버딘과 카디프는 속으로 같은 생각을 떠올려 버렸다.

'아마 위트, 당신만 없었어도 그녀는 평범한 여성으로 지낼 수 있을걸.'

순간 카디프의 귀가 토끼 귀처럼 쫑긋해졌다.

"이런이런, 이 숲에 몬스터라도 있었던 거야?! 나 잠깐 다녀올게."

후닥닥 달려나가는 카디프에게 애버딘은 같이 가자고 소리를 지르며 그의 뒤를 쫓았다.

"어이! 어이! 같이 가!"

"위트 형은 혹시 모르니까 거기 있는 말들이나 풀어주고 와요! 어차피 마법사가 달리는 속도라는 건 뻔하잖아요!"

벌써 흐려져 가는 애버딘이 소리치는 것을 들은 위트는 재밌다는 얼굴로 말들을 풀어주었다.

"루린은 말고기를 먹지 않을지 몰라도 난 먹을 수 있다는 거 기억해 두렴. 내가 가리는 음식은 아무것도 없거든."

그가 그렇게 말한 것만으로도 말들은 그 자리에서 못 박힌 듯 움직이지 않았다.

"자, 이제 슬슬 걸어가 볼까?"

애버딘은 가쁜 숨을 고를 틈도 없이 롱 소드를 뽑아 들어야만 했다.

"젠장! 솜털이 보송보송한 어린 녀석들의 도움은 필요없어!"

"그런 소리 하시려거든 일이 다 끝나고 하셔도 되니까 그 옆구리 노리고 있는 오크나 제대로 떨쳐 내시죠."

"어린 녀석이 시건방지구나! 우오오옷!"

뭔가 날카로운 금속성의 쇠들이 부딪쳐 듣기 싫은 소음을 만들어내는 것으로 보아 카디프가 있는 저쪽의 상황도 애버딘의 상황과 비슷할 것이라 생각되지만, 베는 것도 받아치는 것도 일종의 수업이었던 애버딘에게 있어 실전의 경험 부족은 오로지 눈앞의 적인 오크만을 살펴보게 만들었다.

"하앗―!"

"그 촌스러운 기합 소린 꼭 내야 하는 거냐? 도움도 안 되는 고함 지를 시간 있거들랑 입이나 꽉 다물고 다리 힘이나 더 줘! 위다!"

40대 초반의 혈기 왕성한 아저씨의 목소리로 아마도 카디프는 그의 비명 소리를 듣고 달려온 듯했다.

"남의 싸움에 참견할 시간 있으면 아저씨 다리나 잘 지키세요. 글레이브로 그 굵은 다리 아무리 찔러봤자 튕겨 버리겠지만."

분명히 저 이죽거리는 목소리는 카디프의 것이라 생각되지만 아무리 엘프 같지 않다 해도 엘프는 엘프. 처음 보는 상대에겐 무례하게 굴지 않는 카디프다.

"형! 도대체 상황이 어떻게 돌아가고 있는 거야?"

"오크들의 듣기 싫은 '꾸엑' 거리는 소리랑 뭔가 부딪치는 소리,

어쩐지 걸걸한 목소리가 들려오는 게 마음에 걸려서 와봤더니…
이 지경인 거지."

애버딘이 힘겹게 오크 한 마리를 처리했을 땐 바닥에 흙탕물을
튕기며 통상 두세 마리의 오크가 쓰러져 나갔다. 이제 제법 여유
가 생긴 애버딘은 오크들의 빈틈을 노려 카디프의 곁으로 달려갔
다.

"하?! 솜털 보송보송한 꼬맹이라고 생각했더니 계집애였냐?"

애버딘 자신의 시야에선 새로운 인물이 보이지 않지만 분명 40대
초반으로 추정되는 아저씨의 혈기 왕성한 목소리는 그의 심기를
빡빡 긁고 있었다.

"호오~ 내가 보기엔 하이 엘프라고 생각했는데, 이런 계집애랑
남매라면 하프 엘프냐?"

"말조심하시죠! 전 하이 엘프이고, 그 친구는 분명한 남자입니
다."

"이봐 꼬맹이들, 둘 다 평범한 녀석들은 아닌 것 같은데, 혹시
저기서 헐떡거리고 있는 근육질의 청년도 일행이냐?"

애버딘은 비로소 그가 자신보다 훨씬 작다는 것을 깨닫고 시선
을 아래로 돌렸다. 그곳에는 겨우 140㎝ 남짓의 수염을 텁수룩하
게 기른 뚱뚱한 40대 초반의 중년 남자가 자신보다 커 보이는 배
틀 엑스를 들고 사정없이 오크들을 찍고, 베고, 차는 등 그야말로
입이 딱 벌어지는 액션을 보여주었다.

카디프 역시 실프, 사라만다, 운디네, 놈 등을 소환하여 주변의
오크들이 한꺼번에 접근하지 못하도록 하면서 우아하고 날렵한
동작으로 오크들의 급소를 찔러 쓰러뜨렸다.

애버딘은 처음엔 전사 수업이고 뭐고, 거의 막춤을 추듯 허부적

거리며 치고 받는 반복적인 액션에 힘만 쏟아 붓고 있다 '지금은 대련이 아닌 실전이다! 꼬맹아, 그 딴 식으로 할 거면 검을 버리고 빗자루나 들어라!' 라는 호된 꾸지람에 정신 차리기 일쑤였다.

"하아~ 아수라장이 따로 없군. 이 많은 오크들은 모두 어디에서 온 거야?"

위트는 골치 아프다는 듯 머리를 흔들고는 짧은 주문을 외쳤다.

"이제 모두 잠들지어다!"

그제야 살기등등한 기세의 오크들이 바닥으로 픽픽 쓰러졌다. 애버딘은 살았다는 듯 비인지 땀인지 모를 것들이 흘러내리는 이마를 소매 끝으로 닦아냈다.

"도와줘서 고마워."

"형! 적당한 때 와줘서 고마워요."

카디프와 애버딘이 반색을 하자 위트는 쑥스럽다는 듯 머리를 긁적이며 씨익 미소를 지었다.

"뭐, 말 그대로 재워 버린 것뿐이니까, 밧줄로 묶어두는 편이 안전할 텐데……."

위트의 말에 애버딘은 배낭에서 밧줄들을 꺼내 오크들을 모아 묶기 시작했다. 카디프 역시 바쁜 애버딘의 손길을 돕기 위해 오크들을 모으고 나섰다.

"아무리 생각해도 요즘 어린것들은 예의가 없군. 어른을 보고도 인사가 없으니."

"아! 이런, 전 위트라고 합니다. 아직 미숙하긴 하지만 마법사의 길을 걷고 있는 인간이죠."

"흥! 그 건장한 체격에 할 게 없어 마법을 하는 건가? 체격이 아깝군, 체격이."

비아냥거리며 인상을 찌푸리던 그는 그 자리에 털썩 주저앉아 손수건을 꺼내 들며 배틀 엑스를 닦아냈다. 위트가 무안해진 얼굴로 뭐라고 입을 열려던 차에 애버딘이 얼른 끼어들고 나섰다.

"위트 형은 근육 강화약이던가 뭔가를 마셔서 이런 거래요."

"허! 이런 도둑 심보 같으니… 그런 약으로 키운 근력이 어디 쓸모는 있던가?"

"별로 탐탁지 않은 것 같던데요. 여자에게 한 방에 나가떨어질 정도면……."

계속 애버딘이 나서자 그는 살짝 인상을 찌푸리며 못마땅하다는 얼굴로 그를 나무랐다.

"넌 네가 누구인지조차도 모르는 사람에게 끼어들어서 그렇게 말참견을 하고 싶냐?"

"으음… 아직 제 소개를 하지 않았군요. 전 애버딘이고, 전사 후보생입니다."

"전사 후보생? 하! 차라리 네가 마법사를 하지 그러냐? 아니지, 위트라고 했던가?"

"아, 네. 왜 그러십니까?"

"먹다 남은 약 있으면 저 녀석 좀 주지 그러나. 몸에 제대로 된 근육 하나 보이지 않구만. 무슨 전사를 한다는 거냐?"

"아무리 열심히 해도 근육이 생기질 않던데요. 누가 근육 생기지 말라고 마법이라도 걸어놓은 것처럼……."

볼멘소리로 궁시렁거려 대는 그에게 카디프는 피식 미소를 지으며 그의 어깨에 한쪽 손을 올렸다.

"차라리 이게 더 잘된 거란 생각은 안 드니? 얼굴은 엄청난 미소녀인데 온몸이 울퉁불퉁한 근육들로 덮여 있다고 생각해 봐."

"그게 어때서?"

자신에게 어쩐지 따진다는 듯한 억양의 목소리로 반문하는 애버딘에게 카디프는 위로하듯 또다시 그의 어깨에 손을 올리더니, 이내 토닥거리며 먼 곳으로 시선을 돌렸다.

"만일 그런 모습의 무언가가 있다면… 그건 이미 몬스터란다. 보는 사람의 눈이 얼마나 괴롭겠어."

"형!!"

애버딘이 카디프를 노려보며 살짝 인상을 찌푸리는 모습을 지켜보던 드워프는 더 이상은 못 참겠다는 듯 웃음을 터뜨리고 말았다.

"우하하하핫! 정말 이거 걸작이군. 엘프에도 이런 녀석이 있었다니… 음하하핫!"

"엘프라는 것보다 카디프라고 불러주시면 감사하겠습니다만."

"아하하, 그래그래, 난 렌이라고 하네. 아렌에 마법사가 운영하는 특이한 술집이 있다길래 아렌으로 가는 길이지만, 이 길에 몬스터가 이렇게 많았던가?"

"아닙니다. 아렌은 몬스터도 거의 보이지 않았거니와 설령 나타난다 해도 인간은 해치려 들지 않았었는데, 이게 어떻게 된 일인지 모르겠습니다."

카디프가 이상하다는 듯한 얼굴로 그를 바라보자 그는 눈을 크게 떴다.

"호~ 자네들, 아렌 출신인가 보군?"

"그런 셈이죠. 그런데 렌님께서는 단순히 그 술을 마시기 위해 이곳까지 오신 겁니까?"

"단순히라니, 그 술은 아주 특이하다고 들었어! 뭐라고 해야 하나… 술이 살아 있다는 느낌이 들 만큼… 술이 비명 지르는 맛을 느낄 수 있다는데 마다할 드워프가 세상에 어디 있겠는가?"

위트는 그의 말에 강한 흥미를 보였다.

"어? 아렌에 그런 곳이 있었단 말씀입니까? 그런데 왜 몰랐지? 아렌에 있는 주점들은 모두 꿰고 있다고 생각했는데……"

"뭐, 그럴 수도 있지. 아렌이라는 마을 안에서도 그다지 유명한 주점은 아니었다니까. 내게 그곳을 알려준 드워프도 그 주점을 실수로 들어갔다더군. 처음엔 주인도 안 보이는 것이 장사 안 하나 싶은 생각이 들었다지만, 곧 검은 로브를 입은 젊은 여자와 함께 마법사라기보단 전사의 느낌이 나는 잘생긴 청년이 와서 난리 법석을 떨더니 곧 생맥주를 주더라는 거야. 정말이지 끝내주는 맛이라는데 궁금해서 참을 수가 있어야지."

애버딘은 난생처음 보는 드워프보다 정체 불명의 그 술을 먹어 보지 못했다는 것에 아쉬움이 가득한 얼굴로 입맛을 쩝쩝 다시는 위트를 더 신기하다는 듯 바라보았다.

"형, 미안하지만 말야… 그 특이한 생맥주집, 혹시 형네 가게를 말하는 거 아냐?"

순간 뭔가 바스락바스락거리는 소리가 들리면서 시커먼 무언가가 그들 앞에 불쑥 튀어나왔다.

"다들 괜찮아?"

"오빠들, 무사해요?"

"어라? 시에라, 루린 누나, 다들 왜 나온 거야?"

카디프는 그녀들의 인기척을 진작에 알고 있었던지 그다지 놀라지 않았다. 다만 여기까지 비를 맞고 온 시에라가 안쓰러웠는지 시에라의 등 뒤로 가서 로브 자락을 한 팔로 펼쳐 올리고는 그녀가 더 이상 비에 맞지 않게끔 배려해 주었다. 덕분에 그녀는 끔찍한 오크들의 시체도 더 이상 보지 않을 수 있었다.

"이봐이봐, 너무 사람 차별하는 거 아니야? 이래 봬도 나도 여자란 말이야."

볼멘소리로 툴툴거리는 루린에게 위트는 피식 웃음을 터뜨렸다.

"하하핫, 죽어버린 녀석들이 생겼는데 어쩐지 네가 안 나타난다 했다. 하이에나라서 시체 뜯어 먹는 것도 아니고, 무슨 볼일이 있다고 꾸역꾸역 기어나오냐, 나오길."

"하이에나?! 남은 기껏 생각해서 와줬더니, 구덩이나 파? 이대로 무책임하게 떠날 게 아니라면⋯⋯."

자연스럽게 눈에 힘이 들어가는 루린을 바라보며 애버딘은 '그것 봐라, 맞지 않냐?'는 듯한 표정으로 드워프를 바라보았다.

"이런, 곤란하게 됐군. 애시당초 쉬울 거란 생각은 하지 않았지만 주인이 가게를 비운 이상 그 술은 꿈도 못 꿀 일이 되어버린 셈이니⋯⋯."

"가게 주인이 가게를 비웠다구요? 언제요?"

"형, 지금 형 이야기를 하는 거잖아요. 아렌같이 좁은 마을에 설마 하니 마법사가 운영하는 술집이 또 있겠어요?"

"아니, 아데스를 다 뒤져도 거기 하나밖에 없을 거야."

"하하하, 그런가?"

쑥스럽다는 듯 뒤통수를 긁적거리는 위트에게 루린은 사정없이 그의 등을 '퍽!' 소리가 나도록 발로 찼다.

"으아아아! 이게 무슨 짓이야?!"

"바보! 그게 무슨 칭찬인 줄 알아?"

"어? 칭찬이 아니었어?"

멍청한 표정으로 확인하듯 애버딘에게로 시선을 돌리는 위트에게 돌아오는 것은 어색한 침묵뿐이었다. 루린은 그것보라는 듯한 얼굴로 위트를 노려보았다.

"정말 그 머리로 어떻게 마법사가 된 건지 놀라울 뿐이야. 어서 땅이나 파. 아무리 오크라지만 비 오는데 이대로 버려둘 순 없잖아."

"나같이 연약한 마법사에게 그런 중노동을 시킬 셈이야?"

최대한 눈빛을 반짝이며 귀여움을 떨어댔지만… 연약하게 보이기엔 그의 우락부락한 근육들이 눈에 거슬렸다.

"이봐이봐, 지금 네 말과 네 모습이 어울린다고 생각해?"

루린이 골치 아프다는 듯 한 손으로 자신의 이마를 짚으며 눈을 감자, 머쓱해져 버린 위트는 어색한 미소를 지으며 애버딘에게 도움을 청했다.

"아하하, 아무리 그렇다고 쳐도 나 혼자선 역부족이야. 이 많은 걸 묻으려면 적어도 서너 명은 있어야지. 안 그래?"

"하아, 도와드릴게요."

"아… 저기 오빠, 제가 좀 도와드려요?"

시에라가 살짝 얼굴을 내밀며 애버딘에게 다가가려 하자 카디프가 재빨리 한 손으로 그녀의 허리를 끌어안았다.

"저기 가면 안 돼. 남자가 몇인데 레이디의 손을 빌리겠어?"

루린은 시에라를 흘낏 바라보며 부럽다는 눈빛으로 한숨을 내쉬었다.

"그래, 시에라. 카디프 말대로 해. 그는 네게 이 끔찍한 광경을 보여주고 싶지 않은 거니까. 하아~ 넌 배려받고 있는 거라구."

그녀의 말에 시에라가 수줍다는 듯 얼굴을 붉혔다는 건 그녀만의 착각일까?

점점 더 굵어진 빗방울에 그녀는 나직이 한숨을 내쉬었다.

"흐음~ 하지만 역시 제가 돕는 편이 낫겠어요. 놈!"

그녀의 말이 끝나자마자 노인의 모습을 한 땅의 정령이 불쑥 튀어나왔다.

"저기 있는 오크들의 시체를 묻어주세요."

그녀의 말에 그는 고개를 끄덕이고는 정령들을 더 불러냈다. 그리고 밧줄로 묶인 오크들을 제외한 시체들을 땅속으로 끌고 들어가는 데는 그리 오랜 시간이 걸리지 않았다. 시에라가 생긋 미소를 지으며 놈에게 고맙다는 말을 하자 그들은 만족했다는 미소를 지으며 사라져 버렸고, 다들 순식간에 바보가 되어버렸다. 그녀가 정령사라는 것을 깜빡했기에.

"고맙다. 덕분에 쉽게 해결했네."

루린은 생긋 미소를 지으며 시체들이 있던 자리로 걸어가서는 고개를 숙였다.

"베니핏님의 어둠의 안식이 편안히 깃들길……."

눈을 감으며 기도하던 루린은 사이드로 바닥에 일직선을 그었다. 그 모습이 모두의 눈에는 뭔지 모를 엄숙함으로 다가왔고, 덕분에 아무도 선뜻 그녀에게 말을 걸지 못하자 렌이 피식 미소를 지으며 일행에게 말을 걸어왔다.

"이거 내가 큰 실수를 했군. 왜 프리스트가 있다는 소릴 하지 않았나?"

"네? 프리스트요?"

"저 아가씨 말이네. 프리스트가 아닌가?"

렌의 말에 일행의 시선이 일제히 루린에게로 쏠렸다. 위트는 어쩔 줄 몰라 하며 시선을 회피하는 루린에게 어깨를 으쓱하며 두 손을 펼쳐 보였다.

"내가 말한 거 아니다. 너도 들었지?"

"에에엑?! 뭐야? 그럼 정말 루린 누나가 프리스트였단 말이야?!"

"…완벽한 사기지. 사이드 들고 설치는 프리스트가 세상에 어딨어?"

위트의 말이 확인 사살이 되어 꽂히자 루린은 번쩍 고개를 치켜들었다.

"지난번에도 말했지만 너, 그 머리로 어떻게 마법사가 된 거야?"

"으음… 결국 내 입으로 말한 게 되어버렸나?"

"되어버린 게 아니라 한 거잖아!"

무시무시한 눈으로 위트를 바라보는 루린에게 렌은 의아한 얼굴로 묻는다.

"아가씨는 자신이 프리스트라는 것이 창피한가?"

"그런 게 아니에요! 프리스트라는 게 창피했으면 애시당초 프리스트가 될 수도 없는걸요. 그런 불경스런 말씀은 말아주세요."

딱 잘라 말하는 그녀에게 렌은 또다시 의아한 얼굴을 해 보였다.

"그럼 뭐가 문제인가? 자신이 프리스트임을 숨겨야 하는 뭔가가 있었던 건가?"

"그거야… 제가 프리스트라는 게 알려지면 금식일을 지켜야 하는 것도 물론이거니와 말 하나하나 신경 써야 하고, 행동의 제약이 심해지는 건 기본이니까 그런 거죠."

렌을 비롯해, 심지어 시에라까지 어이가 없다는 표정을 지어 보였다.

"혹시… 누나, 루시아님의 프리스트 아니야?"

"…실례야. 난 진실과 거짓의 수수께끼 푸는 건 그다지 즐기는 편이 아니거든. 미안하긴 하지만 지금 있었던 일, 없었던 것으로 하면 안 될까?"

루린의 말에 렌은 너털웃음을 터뜨렸다.

"허허, 그렇게 말해도 이미 베니핏님의 프리스트라는 거 다들 눈치 챘을 텐데?"

이번에는 모두의 시선이 렌에게로 쏠렸다. 두 눈 가득 '아저씨가 말하지 않았다면 몰랐을 거예요'라는 뜻을 담아.

"뭐, 죽은 자를 처리하는 거야 꼭 베니핏님의 프리스트가 아니더라도 할 수 있는 일 아닌가요? 제가 프리스트라는 사실은 인정하지만 루시아님의 프리스트일 거란 의심은 안 드세요?"

루린이 정중한 말투로 되묻자 일행들은 혼란스러운 얼굴로 묻는다.

"으아아! 그럼 루시아님의 프리스트라는 거예요?"

"그건 말이죠. 우후훗! 비밀입니다."

"그거 참 이상한 일행들이군 그래. 엘프가 있다고 그러는 건 아닐 텐데……."

"투희야의 증거가 어쩌고저쩌고해도 엘프들이야, 신들의 우월성이니 뭐니 따지지 않으니까 상관없죠. 나름대로 저 녀석의 사정이라는 게 있으니까 너무 관여하지 말았으면 하는데, 제가 실례한 겁니까?"

"마법사 아니랄까 봐 말만 번지르르하군. 뭐, 다 좋은데 그 술,

어떻게 맛볼 수 없겠나? 나야, 저 아가씨가 프리스트든 전사든 상관없는 일이니까. 어차피 내 관심사는 술일세. 어떻게 좀 안 되겠나?"

렌이 입맛을 쩝쩝 다시며 묻자 위트는 곤란한 표정으로 미소를 지었다.

"글쎄요. 이 비가 계속 내린다면 할 수 없이 아렌으로 갈 수밖에 없겠지만, 이왕 출발한 거 얼마나 됐다고 마을로 되돌아가겠습니까?"

"…혹시 술 챙겨온 거 없나?"

"여행 가면서 술 챙겨가는 사람도 있습니까?"

"여행은 언제쯤 끝내고 돌아올 생각인가?"

"글쎄요. 목적은 있지만 기약은 할 수 없습니다. 사실 여행이라기보다 모험이라는 게 정답이니까."

위트의 말에 뭐가 그리 좋은지 싱글벙글 미소를 지어대던 렌은 갑자기 버럭 소리를 질러댔다.

"으아아아아—!!"

"가, 갑자기 왜 그러십니까?"

다들 그의 고함에 흠칫 놀란 나머지 렌에게서 한 걸음 물러섰다.

"…자네들, 일행 더 필요하지 않나?"

"지금 이 일행만 해도 벅찹니다. 죄송하지만 일행은 더 이상 필요하지 않아요."

미안한 듯한 얼굴로 손까지 휘휘 젓는 애버딘에게 렌은 재빨리 다음 말을 꺼낸다.

"그럼 용병은 어떤가?"

"전쟁 치르는 것도 아니고 호위 부탁하는 것도 아닌데 용병은 무슨……."

"비싸게 부르진 않을 테니까 부탁해. 내 실력은 자네들이 보지 않았나? 뭐, 값은 위트, 자네가 만들어주는 술로 만족할 테니……."

난감한 얼굴로 애버딘 일행을 바라보던 위트는 이윽고 한숨을 내쉬었다.

"하아~ 제가 뭐라고 말씀드릴 수가 없는 게, 일단 이 파티의 리더는 카디프인 데다 저도 이 파티에 간신히 낀 거랍니다."

그의 말에 렌은 시선을 카디프에게 돌렸다. 그와 눈이 마주쳐 버린 카디프는 미소를 지으며 어깨를 으쓱거렸다.

"뭐, 다 좋은데 계속 여기 있을 겁니까?"

추위로 새파랗게 질린 시에라를 감싸며 미소 짓는 것과는 달리 뭔가 불만스러운 듯한 목소리로 렌에게 묻자, 그는 미안한 표정으로 투덜거렸다.

"그래그래, 여기 여자들이 있다는 걸 깜박했군. 쳇! 그렇다고 그렇게 닭살스런 장면을 연출해야겠나? 목소리는 불만에 꽉 차 있으면서 웃고 있는 얼굴이 더 무섭네."

애버딘 역시 한기를 느끼는지 양팔을 손으로 비비며 렌을 불렀다.

"에취! 이러다 감기 걸리겠어요. 제가 텐트로 안내해 드리겠습니다."

"애버딘의 말대로 일단 텐트로 가죠. 저도 슬슬 추워져서 이대로 있다간 얼어 죽어버릴 것 같거든요."

성직자다운 상냥한 미소를 지은 그녀가 얼굴과 어울리지 않는 과격한 대사를 내뱉으며 몸을 떨어대자, 다들 그녀의 말에 순순히 텐트를 향해 걸음을 옮겼다.

따뜻한 온기, 따뜻하게 느껴지는 향기, 그리고 나른해지는 분위기. 텐트 속은 한참 분주한 움직임을 만들어내는 중이다. 사라만다를 불러 불을 피우는 카디프와 향이 좋은 차를 준비하는 시에라, 깨끗한 천으로 머리카락의 물기를 닦아내는 루린 등등 한동안 그렇게 분주하게 움직여 대던 일행들의 손이 어느덧 여유로워지자 하나둘 불가로 모여들었다.

"뭐, 드워프가 있다고 손해 볼 일이 생긴다면 몰라도 일행이란 많으면 많을수록 좋은 거 아닌가? 카디프, 자넨 보통 평범한 엘프와는 뭔가 다른 것 같으니 서로 괜찮은 동료가 될 수 있을 걸세."

"뭐, 렌님께서 계신다면 던전 탐사에도 많은 도움이 될 거라고 생각하는데. 다들 어때?"

카디프의 말에 렌의 얼굴이 일순 환해졌다.

'역시 보통 엘프와는 뭔가 다르다니까.'

"저도 찬성이에요. 던전을 찾아갈 수 있을지 어떨지는 모르겠지만, 아무튼 렌님께서는 분명히 큰 도움이 될 거예요."

수줍은 미소를 지으며 카디프의 말에 찬성하는 시에라를 보며 렌은 흡족한 표정을 지었다.

'역시 얼굴이 예쁘면 말하는 것도 예쁜 법이지.'

그러나 어딜 가도 예외없는 법칙은 존재하지 않는 법이다.

"난 반대! 렌 아저씨껜 미안하지만 어쩐지 마을에서부터 새로운 일행이 자꾸 늘어나는 게 이대로 가다간 던전 찾기는 고사하고 사람 전시회부터 하게 될 것 같은 불길한 예감이 든다구."

렌은 말도 안 되는 이유로 반대하는 애버딘을 살짝 흘겨보았지만, 곧 상황이 자신을 일행으로 받아들이고 있음을 깨달았다.

"뭐, 내가 이런 이야기 한다고 해도 이미 렌님을 일행으로 받아들일 거잖아? 다수결로 한다면 루린 누나가 반대한다고 해도 3 대 2. 이야기 끝났네."

'그래도 머리 하나는 좋은 모양이군.'

"아무튼 잘 부탁드립니다. 얼마 동안이 될지는 모르겠지만."

호의적인 미소를 지으며 손을 내미는 애버딘에게 서운한 마음이 봄날 눈 녹듯 사라져 버린 렌이었다. 본래 드워프가 뒤탈이 없는 성격이었고, 렌은 그런 드워프들의 전형적인 성격을 지녔다. 내민 손을 마다할 리가 없는 것이다.

"나야말로 앞으로 잘 부탁하네."

"으음, 렌님만 '님'을 붙이려니 뭔가 거리감이 느껴지는 것 같은데 좀 편하게 불러도 되겠습니까?"

기분이 좋아진 렌은 호탕하게 웃으며 고개를 끄덕였다.

"음하하핫! 상관없어. 호칭이야 서로 편하게 부르면 되는 거지. 안 그래?"

"헤에~ 그럼 역시… 아저씨가 좋겠어요."

"아… 저… 씨?"

"뭐가 이상한가요?"

여전히 싱글벙글 웃고 있는 애버딘에게 렌은 어색한 미소를 지으며 카디프를 가리켰다.

"어째서 카디프는 형이고 난 아저씨냐?"

"아저씨께서 나이가 훨씬 많을 것 같은데… 아니세요?"

"이봐, 나이로 쳐도 저 녀석 몇백 년은 족히 먹었을 텐데?"

아저씨라는 호칭이 마음에 들지 않는다는 듯 인상까지 찡그리는 그에게 애버딘은 여전히 미소를 지우지 않았다.

"중요한 건… 제가 납득할 수 있어야 한다는 거죠. 아저씨께 형이라고 부르는 것과 카디프 형을 형이라고 부르는 것 중 어떤 것이 더 스스로에게 납득이 잘 될지는 말 안 해도 아시겠죠? 게다가 인간들은 때때로 진실보다 눈앞에서 보여지는 무언가를 무시하는 일을 몇 배로 어려워하거든요."

렌은 순간적으로 납득했다는 듯 고개를 끄덕이다 화들짝 정신을 차리며 짜증 섞인 어조로 묻는다.

"요는 눈에 보이는 게 더 신뢰가 간다는 거지?"

"하하, 뭐 꼭 그렇다는 게 아니라 마음의 문제라는 거죠."

렌은 골치 아프다는 듯 머리를 흔들며 두 손을 들어 보였다.

"그래, 까짓 장가가서 애까지 있는데 아저씨 소리 들으면 뭐 어떠냐! 마음대로 해라. 아저씨든 할아버지든. 음하하핫!"

애써 대담한 척하며 미소를 짓는 렌의 노력을 보지 못한 것인지 일행들은 당연하다는 듯한 얼굴로 애버딘의 말에 고개를 끄덕였다.

"뭐, 장가를 갔으면 이미 아저씨잖아요? 아저씨가 마음에 안 드신다면 아줌마라고 불러드릴까요? 그럴 용의는 충분한데."

어쩐지 놀리는 듯한 루린의 말투까지 렌의 신경을 긁는 데 한몫하자 그는 재미없다는 듯한 심드렁한 얼굴로 아예 화제를 돌려 버렸다.

"뭐, 마음대로 해. 그것보다 아까부터 던전이 어쩌고저쩌고하던데 그럴싸한 지도라도 가지고 있는 건가?"

그럴싸한 지도라는 말에 위트가 애버딘에게서 건네받은 지도를 보여주자, 애버딘 역시 드워프라면 리즈 공주에 대한 전설의 체감 시기가 자신들보다 가까운 시기의 일이라 생각되었는지 던전이 그려진 스크롤을 꺼내 들었다.

"형이 보여주는 지도는 던전이 있을 법한 위치를 대략 표시해 놓은 거예요. 던전 지도는 바로 이 지도구요."

렌은 두 사람이 내미는 지도를 받아 들며 전문 감정가가 감정을 하는 듯한 얼굴로 진지하게 지도를 살펴보기 시작하더니, 이내 한숨을 내쉬었다.

"하아, 이 지도 어디서 난 거야?"

"어떤 지도를 말씀하시는 겁니까?"

"멍청하긴, 던전 지도 말일세. 자네는 마법사라는 사람이 왜 그렇게 눈치가 없나?"

그가 위트에게 핀잔을 주었지만 정작 위트는 피식 웃고 말았다.

"뭐… 그런 소리라면 루린에게도 많이 들었습니다만… 하하하."

"쯧쯧, 정말 한심하군 그래. 뭐, 좋아. 내가 알고 싶은 건 이 던전 지도를 어떻게 손에 넣었나 하는 거니까."

어쩐지 궁금하다는 것보다는 추궁하는 것 같은 분위기가 감돌자 시에라가 답답한 생각이 들었는지 조심스럽게 대답했다.

"코아 할아버지라고… 트랜트에게 받은 거예요. 어쩌면 아실지도 모르겠네요. 코아 할아버지께선 트랜트들의 장로시거든요."

렌은 그를 잘 안다는 듯한 표정을 짓고는 납득이 간다는 듯 고개를 끄덕였다.

"하~ 그분이 있었군. 어쩐지 최신 지도를 가지고 있더라니……"

"어? 렌 아저씨께선 그럼 여기가 어딘지 아신다는 말씀이세요?"

눈을 동그랗게 뜨고 묻는 애버딘에게 그는 당연하다는 듯한 얼굴로 고개를 끄덕였지만, 어쩐지 다들 납득이 안 간다는 얼굴을 하고 있었다.

"정말 여길 아신다는 거죠? 어떻게 아시는 거예요?"

흥분한 애버딘이 다시 확인하듯 되묻자, 그는 마침내 버럭 소리를 질렀다.

"세상에 자기 집도 못 찾아가는 바보가 있나?!"

"에?! 자기 집?!"

다들 뭔가로 뒤통수라도 한 대씩 맞은 듯한 표정으로 시선을 렌에게로 고정시키자 그는 더 더욱 화가 난 듯했다.

"인간들이라면 또 모르겠지만, 드워프들은 거의 평생을 미로 같은 곳에서 보내지. 자신이 살고 있는 곳 정도는 눈 감고도 그려낼 수 있을 정도가 되어야만 비로소 마을 밖으로 보내거든. 일단 완성된 미로는 길을 잃었다간 곧바로 끝장이 난다고 해도 과언이 아닐세. 그 정도로 정교하고, 섬세하고, 복잡한 솜씨가 드워프의 손맛이라네."

드워프들의 솜씨가 대단하다는 소리는 익히 들어 알고 있었지만 어쩐지 투박하게 보이는 수염투성이의 드워프에게 그런 뛰어난 감각이 있을 거란 생각이 도저히 들지 않는 애버딘은 어색한 미소를 지으며 이번에는 슬쩍 말을 바꾸었다.

"이건 리도스라는 드래곤의 던전으로 알고 있는데… 맞습니까?"

"리도스라… 그는 그곳의 옛주인이었지. 너희들도 알고 있을걸? 그 전설에 나오는 또 다른 드래곤이 그 던전을 물려받았다는걸. 그곳에는 공주님이 죽지도, 살아 있지도 않은 상태로 봉인되어 있거든. 그 드래곤은 리즈 공주님을 지키기 위해 성을 짓고 지하를 던전과 연결이 되도록 만들어놓았어. 물론 그건 대공사였고, 우리들 드워프의 손길을 거쳤지. 그러나 워낙 함정들이 많이 설치되어 있고, 어떻게 운 좋게 공주님을 발견한다 해도 공주님을 깨울 수 있는 조건은 따로 있는 것 같아서, 만일 그녀가 눈 뜨지 않는다면 이제까지의 고생이 수포로 돌아간단다."

"…누군가를 기다리는 건 아닐까요?"

애버딘이 무심코 그리운 듯한 얼굴로 묻자 카디프와 시에라 역시 뭔가 느껴지는 것이 있다는 듯 시큰해져 가는 코와 눈을 슬쩍 손수건으로 닦아냈다.

"뭐냐, 너희들? 상당히 잘 안다는 듯한 그 얼굴이랑 목소리는……?"

"아하하하, 눈을 뜨지 않는 건 기다리는 사람이 있는 게 아닐까 싶어서요. 뭐, 그렇다는 거죠. 그 공주님과 특별한 인연이 느껴지는 건… 우리 이름 탓인지도 모르겠지만."

"그러고 보니 너희들의 이름이랑 그 전설 속 인물들의 이름이 똑같긴 하구나. 하핫! 아무럼 뭐 어떠냐. 어쨌든 너희들에게 벌써부터 도움이 된다는 게 기쁘군 그래."

"저희들이 운이 좋은 거죠. 예상외의 소득인 셈이니까요. 어머! 비가 그쳤네요."

텐트 밖으로 손을 내밀며 활짝 웃는 루린의 말에 애버딘이 후닥닥 텐트 밖으로 나갔다.

"우와~ 정말 멋진데!"

맑게 개인 하늘에는 구름 한 점 보이지 않았고, 깨끗하다 못해 눈이 부실 정도로 화창함을 자랑하듯 무지개까지 반원을 그리며 아련하게 떠 있었다. 카디프가 불러낸 사라만다 덕분에 주변 물기가 완전히 마르자, 남자들은 말을 가지러 가버렸고 여자들은 짐을 챙기느라 분주해졌다. 하지만 말을 끌고 오자 이번엔 렌이 탈 말이 없다는 게 문제였다.

애버딘이 자신과 함께 타고 가자는 걸 말이 알아들었는지 도리질을 치며 난동을 부리는 것을—애버딘이 아무리 가볍다고 해도 렌의 체중이 보통 드워프보다 좀 더 나갈 듯한 체격이라 다른 말보다 배로 고생할 것이 두려웠던 것이다—카디프가 간신히 달래놓고는 자신의 말을 기꺼이 렌에게 양보했다. 물론 카디프의 말은 졸지에 뭐 씹은 표정으로 '프르릉' 거리며 거친 콧김을 뿜어냈지만, 이 일행 중 말이 투정 부리는 것까지 챙겨줄 만큼 섬세한 자는 없었다.

노숙을 좋아하지도 않거니와 은근히 레이디가 어쩌고저쩌고하며 시에라를 챙겨대는 꼴을 오랫동안 지켜볼 자신이 없었던 그들은 부지런히 말을 몰아서 아렌에서 출발한 이튿날 오후 템피어에 도착할 수 있었다. 고아원이 있던 타쿨라를 제외하고 쭉 아렌에서만 자라왔던 시에라와 애버딘은 마을 입구에서부터 주위를 두리번거리고 있었다. 아렌보다 조금 큰 마을이긴 하지만 수도 근방의 대도시에 비하면 이름도 못 내밀 정도다.

"점심땐데 마을이 꽤 한산하네요?"

"흐음… 정말. 여기에 비하면 아렌은 조금 작긴해도 훨씬 시끌벅적했는데……."

"일단 여관을 찾아서 식사 좀 하고, 렌님의 말을 사가지고 와야 하지 않겠어?"

루린이 그만 두리번거리라는 듯 시에라와 애버딘의 어깨를 툭툭 치며 시선을 일행 쪽으로 끌어 모으자 그들은 멋쩍은 미소를 지으며 고개를 끄덕였다. 아직은 수도권이 아니라서 그런지 그다지 애버딘과 시에라의 눈길을 잡아끌 만한 뭔가가 보이지 않던 참이라 그들도 얌전히 일행을 따라 걸음을 옮겼다.

맛있는 냄새가 그들을 유혹하는 한 여관으로 숙소를 정하고, 짐을 내려놓은 그들은 식사를 위해 마련된 지하 식당에서 다시 한 번 모여들었다. 간단히 끼니를 해결할 만한 메뉴들을 주문하고 한참 단란하게 이야기를 나누던 차에 어디에선가 사람이 달려오는 소리가 들리더니, 순식간에 썰물 빠지듯 사람들이 우르르 빠져나가는 진귀한 장면을 연출해 냈다.

"무슨 일이지?"

의아한 얼굴로 거의 난장판이 되어버린 주변을 바라보자 주문한 요리를 들고 나오던 요리사는 미안한 표정을 지으며 그들에게 머리를 숙였다.

"죄송합니다. 주변이 소란스럽죠? 홀 써빙하는 녀석까지 밖으로 나가 버려서 직접 가지고 나왔습니다."

"아니에요. 괜찮습니다. 그런데 저 사람들 값은 다 치르고 나간 겁니까?"

애버딘의 말에 주인장은 친절해 보이는 미소를 지으며 대답했다.

"아, 이 마을 분들이 아니시군요. 아까 있던 손님들이라면 조금 있다 다시 들어올 겁니다. 그래서 테이블도 치우지 않는 거죠. 그분들은 잠깐 구경하러 간 것뿐이니까요."

"아니, 뭘 구경하길래 먹고 있던 수프까지 팽개치고 나간 거죠?"

"유니콘이라고… 혹시 알고 있으세요?"

요리사의 말에 지금까지 꾸역꾸역 음식 먹기에만 열중하던 렌이 입에 있던 빵 조각이 튀어나오는 것도 아랑곳하지 않고 흥분하기 시작했다.

"뭐?! 유니콘?! 그 말 대가리에 뿔 달린 거 말인가?!"

"대, 대가리라니요? 유니콘은 신성한 동물입니다. 말과 같은 취급이라니 너무하시는군요."

일행들의 핀잔 따위는 관심도 없다는 듯 렌은 자신의 말만 되풀이해서 확인할 뿐이었다.

"그게 정말 유니콘이라는 말인가? 유니콘이 어째서 이런 마을에 있는 거지? 그 녀석들이 얼마나 콧대가 높은데……."

"덕분에 요즘은 마을 사람들의 시선이 온통 거기로 쏠려 있습니다. 얼마 전에 로스맨에서 왔다는 수상한 사람들이 광장에 유니콘을 매어두고는 다룰 수 있는 자가 데려가라는 말을 했거든요. 덕분에 혈기 왕성한 마을의 청년들이 한번 타보겠다고 접근했다가 심한 상처를 입었는데도 어떻게 된 건지 도전이 끊이질 않는군요. 뭐, 구경하는 사람들도 사람이지만, 그런 무모한 일에 왜 그렇게들 매달리는 건지… 쩝, 제가 말이 너무 길었군요. 맛있게 드십시오."

여전히 친절한 미소를 지으며 주방으로 돌아가는 주방장에게 일행은 고맙다는 뜻이 담긴 미소를 지어 보이고는 허겁지겁 음식들을 집어삼키기 시작했다.

"으음… 아무리 생각해도 의심스럽네. 한번 가볼까?"

"이아으 어오아요!"

입 안 가득 음식물을 집어넣고 우물우물거려 대는 위트에게 렌은 슬쩍 눈에 힘을 주고 노려봤다.

"무슨 말이 하고 싶은 건가?"

위트는 음식을 꿀꺽 삼키고는 멋쩍은지 뒤통수를 긁어댔다.

"하하, 이건 먹고 가자구요. 일단 입 안에 든 건 먹고 가야 되지 않겠어요?"

"대충 빵은 손에 들고 가도 되잖아. 그래! 유니콘과 엘프는 비슷한 점이 많지? 이봐, 카디프. 자네 생각은 어떤가? 유니콘… 수상하지 않나?"

"조금 수상하긴 하지만 그들이 소녀들을 좋아한 게 어제오늘 일도 아니고… 사실 소녀들이 유니콘을 어른들에게 넘긴다는 건 쇼크지만."

"역시 넌 어리군. 그럼 여기서 식사들이나 계속하고 있게. 나 혼자서라도 다녀올 테니까."

씩씩거리며 자리에서 벌떡 일어나는 렌을 보며 유니콘이라는 것에 흥미가 생긴 시에라와 애버딘 역시 같이 가겠다는 듯 자리에서 일어나자 카디프 역시 할 수 없다는 듯 그들의 뒤를 따랐다.

"에… 넌 안 가?"

루린이 의외라는 듯 위트를 바라보자, 그는 천천히 수프를 떠먹으며 생긋 미소를 지었다.

"지금 복잡하게 움직일 필요가 뭐 있어? 진짜 유니콘이라면 카디프가 데려올 테고, 가짜라면 렌님이 데려올 테니 나중에 천천히 구경이나 하지 뭐."

루린은 피식 미소를 지으며 고개를 끄덕였다.

"역시 마법사는 마법사네. 머리가 영 나쁜 건 아닌가 봐."

"하하, 루린."

위트가 애정이 넘치는 목소리로 루린을 부르자 그녀의 목소리 역시 어딘지 따스함이 넘쳐 났다.

"왜에~?"

"수프나 드셔. 공연히 사람 속 긁지 말고."

…위트의 성질은 어디 가지 않는다. 그것이 설령 착한 척을 하고 있는 지금이라 해도 말이다.

과연 요리사의 말대로 뎀피어의 사람들을 죄다 광장으로 모아놓은 듯 남녀노소랄 것 없이 북적북적거리며 소리들을 질러대고 있었다.

"잘한다!"

"한 번 더—!"

휘파람 소리와 웃음소리, 사람들의 열띤 응원, 환호 소리에 애버딘 일행들은 귀가 멍해져 눈살을 찌푸렸다.

"뭐가 좀 보여?"

애버딘이 일행 중 가장 키가 큰 카디프의 옆구리를 찌르며 묻자 그는 더욱더 인상을 찌푸리며 고개를 끄덕였다.

"유니콘의 등에 안장을 얹으려고 야단들인데?"

"유니콘이 어쩐지 불쌍해요. 인간과 어울릴 만한 것이 아닌데……."

시에라가 눈물을 글썽이며 카디프를 바라보자 그는 살짝 그녀의 어깨를 다독거리며 다정스런 목소리로 물어왔다.

"내가 저 유니콘을 데려와 줄까?"

"네, 나중에 숲에다 풀어주세요."

"쳇! 아주 둘만의 세계에 빠져들었군. 유니콘을 데려오는 것도 근처에 갈 수 있어야 데려올 수 있는 거지, 이렇게 인간들의 뒤통수만 득시글거리고 있는데 어떻게 데려오겠단 건가? 더군다나 지금처럼 레이디와 시시덕거리면서 말일세."

렌이 카디프를 곱지 않은 눈으로 흘겨보자 애버딘이 중재에 나섰다.

"카디프 형은 엘프니까 사람들 틈으로 비집고 들어가는 것도 별로 힘들지 않을 거예요. 걱정 마세요, 렌 아저씨."

카디프는 무슨 소리냐는 듯한 얼굴로 애버딘의 어깨를 툭 쳤다.

"이렇게 사람이 많은데 엘프라고 안 힘들까 봐? 엘프가 무슨 실프인 줄 알아?"

카디프는 피식 웃으며 솜씨 좋게 사람들을 헤집고 앞으로 나가더니 어느새 일행들의 눈으로는 쫓지 못할 만큼의 거리로 사라져버렸다. 렌은 이에 질 수 없단 듯이 비장한 얼굴로 애버딘과 시에라를 바라보았다.

"애버딘, 넌 시에라와 함께 여기 있어라. 난 저 말이 정말 유니콘인지 아닌지를 보고 오마."

"아, 네. 조심해서 다녀오세요."

걱정스런 표정으로 렌을 바라보던 시에라는 몇 걸음 나가지 못해 작은 소동을 만들어내는 렌에게 한숨을 내쉬었다. 덩치는 크고 키는 작으니 사람들 사이를 비집고 나간다는 게 그리 쉬운 일이 아니었던 것이다. 중심을 잃고 휘청거리며 넘어지려다 무심결에 손을 뻗어 잡은 것이 레이디의 치마였고, 드워프의 체중을 견딜 수 있을 만한 천이 세상에 존재할 리가 없었다. '찌이익' 하는 소리와 '꺄아악!' 하는 비명 소리에 렌이 사과할 겨를도 없이 따귀를 때리며 한바탕 소동을 만들어낸 것이다.

"오빠, 가서 좀 말려야 하지 않을까?"

"아아… 어쩐지 갑자기 피로가 몰려오는 기분인걸."

애버딘은 이마에 손을 짚으며 시에라와 함께 어느덧 구경꾼들이 몰려든 렌에게로 발걸음을 돌렸다.

"그래서 내가 미안하다고 하지 않았나!"

"미안하다면 다예요!? 남은 앞으로 창피해서 얼굴을 들고 다니지도 못하게 생겼는데!"

"그럼 이 아가씨야! 뭘 어떻게 해주길 바라는 건가?!"

삿대질까지 해가며 언성을 높이는 그들에게 다가간 애버딘은 자신의 로브를 벗어 그녀의 허리에 묶어 치마가 찢어진 부분을 가리고는 마치 기사가 레이디에게 예를 갖추는 것처럼 공손히 한쪽 무릎을 꿇고 최대한 상냥한 목소리로 말을 걸었다.

"제 일행이 아름다우신 레이디에게 대단한 무례를 범했습니다. 일행을 대신해 제가 진심으로 사과드리겠습니다."

옆에 서 있는 시에라조차 가슴이 두근거릴 정도로 우아한 말투와 표정이었지만, 렌의 표정은 어쩐지 빈속에 버터 한 덩어리를 삼킨 것만 같았다.

"어머! 아니에요. 달리 할 일도 없었는데 옷이야 갈아입으면 되는 거고, 신경 쓰지 마세요. 호호호."

얼굴까지 붉히며 선뜻 사과를 받아들이는 그녀에게 렌은 떠끠운 얼굴로 궁시렁거렸다.

"누구 말은 말이고, 누구 말은 씹으라고 있는 건 줄 알아?"

"호호, 그런데 무척 미남이시네요. 전 처음에 여자인 줄 알았어요."

"하하하, 그런 소리 자주 듣습니다."

"어쭈? 이것들이 어른이 말하는데 씹냐? 씹어?"

애버딘은 렌에게 가만히 있으라는 듯한 눈짓을 했지만 드워프라는 종족이 눈치가 빨랐다면 엘프들과 티격태격 다툴 일도 없었을 것이다.

"애버딘, 너 눈병이라도 났냐? 뭘 찡긋거려! 너, 지금 나 놀리는 거냐?!"

귀까지 빨개진 렌이 씩씩거리며 애버딘을 노려보자, 그는 어이없다는 눈으로 렌을 바라보다 시에라에게로 시선을 돌렸다.

"레이디를 모셔다 드리고 여관으로 갈 테니까 기다리지 말고 카디프 형이 돌아오는 대로 여관으로 가 있어."

"흥! 여기 걱정 말고 빨리 다녀오기나 하게. 늦어버리면 확! 다른 여관으로 옮겨 버릴 테니까."

으름장을 놓는 렌을 보며 어쩐지 주객이 바뀐 듯한 느낌이 드는 애버딘과 시에라였지만, 그다지 신경 쓰이는 일은 아니었던지 배시시 웃고 말았다.

"'가실까요? 레이디'~? 저 녀석 자주 저러냐?"

렌이 애버딘의 목소리를 흉내 내며 간드러지는 표정을 짓자 시에라는 터져 나오는 웃음을 참지 못하고 킥킥거렸다. 애버딘이 아가씨와 함께 광장에서 멀어지면서 자연스럽게 사람들의 시선 역시 멀어져 갔다.

"카디프 녀석, 말이랑 데이트라도 하는 건가?"

말이 없는 시에라에게 농담이라도 걸어보려던 렌의 등 뒤로 무언가 싸늘한 기색이 느껴졌다.

"누가 누구랑 데이트를 한다는 겁니까?"

"아하하핫! 농담일세. 카디프, 유니콘은?"

카디프는 미간을 찌푸리며 자신의 등 뒤에 서 있는 하얀 말을 가리켰다.

"오오! 정말 유니콘인가?"

렌은 놀랍다는 듯한 눈으로 말에게 다가갔다. 털은 부드러운 윤기가 흘러넘쳤으며 눈부실 정도로 하얀빛을 띠었고, 눈은 지성으로 빛났다. 무엇보다 이마 정중앙에 나선형의 뾰족한 뿔은 그가 유니콘임을 증명해 주었다. 렌이 놀랍다는 표정으로 유니콘에게 다가가 손을 뻗자 놀랍게도 유니콘이 뒷걸음질을 치며 인상을 확 찡그렸다.

"저리 가! 확! 안 가?!"

"…그래. 너도 유니콘이다, 그건가? 변태틱한 취향이 눈에 확 보이는군 그래."

"뭐라구?! 변태? 말 다 했어?!"

유니콘이 사납게 눈을 치켜뜨자 렌은 한번 해볼 테냐는 표정으로 유니콘을 흘겨보았다.

"자! 자! 그렇게 흥분하지 말아요. 드워프는 드워프대로 유니콘은 유니콘대로의 특징이 있는 건데 그걸 가지고 놀린 건 잘못이잖습니까?"

카디프가 부드러운 목소리로 그들을 진정시키자 유니콘은 불만스러운 목소리로 카디프에게 응석을 부렸다.

"난 카디프를 믿고 따라온 거라구. 어째서 심술궂은 드워프가 있다는 소리를 하지 않은 거야? 우우… 무서워."

유니콘이 카디프의 등으로 얼굴을 파묻자 렌의 눈이 가늘어지며 입술을 씰룩거렸다.

"허! 왜? 이젠 엘프도 꼬셔보려는 건가? 난 유니콘에게 그런 취미가 있는 줄은 몰랐는걸? 하긴, 변태 소린 아무나 듣는 게 아니지. 아무렴."

이죽거리는 렌에게 유니콘은 더 이상 참지 못하겠는지 앞발을 들어 렌을 위협해 보이자 그 역시 질 수 없다는 듯 배틀 엑스를 꺼내 들었다.

"헤~? 한번 해보자는 거예요?"

"네놈 뿔이 아주 값지다고? 오냐! 내 기필코 그 뿔을 잘라다 이 쑤시개로 만들어 버리고 말겠어."

"그만—! 그만 하세요!"

보다 못한 시에라가 중재에 나서자 놀랍게도 유니콘은 졸지에 얌전한 강아지마냥 꼬리를 살랑살랑 흔들어대기 시작했다.

"레이디가 계신지 모르고 실례했습니다. 저는 메이라고 합니다. 레이디의 존함은?"

"아… 저는 시에라라고 해요."

수줍은 미소를 짓는 시에라에게 메이는 기분 좋은 듯한 눈빛을 보내고는 결정했다는 듯 밝은 목소리로 말했다.

"좋아, 카디프. 나 결정했어. 이 아이를 따라갈래."

"그것 봐. 변태지? 그새를 못 참고 시에라에게 껄떡거리다니."

메이는 렌을 사납게 노려보기는 했지만 아까처럼 사납게 굴진 않았다.

"애버딘은 어딨어?"

"참 빨리도 물어본다. 그 녀석이라면 볼 일이 있다고 우리보고 먼저 여관으로 가 있으라더군. 그런데 정말 저 유니콘 끌고 다닐 생각인가?"

"끌고 다니다니요. 아무리 저라도 그렇게 몰상식한 짓은 하지 않습니다."

카디프의 불쾌하다는 듯한 표정에 안심이 된 렌은 의기양양한 표정을 지었다.

"하하하, 역시 카디프. 너, 마음에 든다."

"아, 뭘요. 자, 그럼 가실까요?"

"유니콘은?"

"함께 가야죠."

"뭐? 아까는 분명 안 끌고 간다며?!"

"네. 함께 가는 거지 끌고 가는 게 아니라는 뜻이었습니다만."

"뭐어~?! 너, 지금 어른을 데리고 노는 거냐?! 정말이지 요즘 젊은것들이란 예의라는 걸 도통 모른다니까."

카디프는 렌에게 피식 미소를 지어 보이며 유니콘과 함께 여관으로 향했다.

"비겁하게 도망가는 거냐? 쳇! 더 이상 뭐라고 하지 않을 테니까 유니콘의 뿔이나 어떻게 해봐. 여행 다니는 내내 구경거리가 되고 싶지 않다면……"

렌의 말에 일리가 있다고 생각했는지 카디프는 일순 멈칫했지만 이내 걸음을 재촉하며 입을 열었다.

"아무래도 유니콘이니까 신성 마법을 사용하는 루린이 걸어주는 편이 나을 겁니다."

"어째서 신성 마법이 더 낫다는 거죠?"

호기심 어린 눈으로 묻는 시에라에게 메이는 상냥한 표정으로 대답했다.

"제 뿔엔 신성한 힘이 깃들어 있어서 사악한 힘은 효과가 없답니다. 아, 물론 카디프야 투희야님의 증거니까 그가 사용하는 마법 역시 신성한 거지만… 프리스트의 마법도 나쁠 건 없죠."

"음… 그렇군요. 그런데 메이님은 어쩌다 이 마을까지 오신 거죠?"

"그게……."

"뻔하잖아. 귀엽게 생긴 여자애한테 찝쩍거리다 멍청하게도 사냥꾼에게 걸려든 거겠지. 보아하니 여기까지 오는 데 시간이 꽤 걸린 것도 아닌 것 같은데……."

드워프는 어디 다친 데도 없이 깨끗한 유니콘을 못마땅한 표정으로 바라보며 계속 이죽거려 댔지만 유니콘은 꿋꿋이 참아냈다.

"전 넬칸 마을 근처에 있는 숲에서 살았어요. 산책도 즐길 겸 식사도 할 겸 해서 평소 가기 꺼려했던 인간들이 조금 지나다니는 곳까지 나왔는데… 난생처음 보는 여인이 제 목에 밧줄을 걸고는 마음에 드는 사람을 만날 때까지 기다리라며 순식간에 아까의 광장에 혼자 두고 가버렸어요."

"쳇! 믿을 걸 믿으라고 해. 유니콘이 순식간에, 그것도 여자 한 명에게 납치당했다면 누가 믿겠어? 그 여자가 잘 나가는 마법사라고 해도 혼자였다면 솔직히 믿기 힘들구만. 게다가 마음에 드는 사람 만날 때까지 있으라는 것도 그래. 네 뿔이 비싸기도 하지만 마법사라면 누구나 탐내는 희귀한 재료이기도 하잖아? 그런데 이곳까지 워프해선, 그것도 누가 데려가게 될지도 모르는데 그냥 버려두고 갔다고?"

렌이 좀 심하다 싶을 정도로 이죽거려 대자 메이는 시큰둥한 얼굴로 대답했다.

"나도 모르는 걸 어떡해요? 설마 유니콘이 거짓말한다고 의심하시는 건 아니시겠죠?"

"하하, 그 여자, 어떻게 생겼는지 기억해?"

"미인이었는데… 조금은 사납게 생겼어. 머리카락이 흰색이고, 아무튼 마나 기운이 무시무시한 게 드래곤이 아닐까 싶어."

어쩐지 메이의 말에 훼이나가 떠오르는 시에라와 카디프였지만 이내 고개를 저어버렸다. 뭐, 평상시에 시에라나 애버딘을 보살피는 손길로 미루어보건대 그녀의 성격대로라면 가능한 한 의사라도 끼워보냈겠지만 의사들의 체력이란 영 엉망이었기 때문에 그들끼리 갈 수 있게 해준 것이다. 그러니 만약 유니콘을 잡을 수 있었다면야 그들에게 보내는 극성을 떨었겠지만 그들이 알고 있는 훼이나는 지극히 평범한 어머니였다. 드래곤이란 의심이 들 정도로 대단한 마력이라니, 농담의 소재로 쓰더라도 썰렁하기 그지없는 것이란 생각이 들었다.

"루린이 뿔이 안 보이는 마법을 걸어주고 나면 사람들 보는 곳에서 말하지 않도록 조심해. 사람들이 이상하게 쳐다보면 꽤나 골치 아파지니까."

렌이 심술궂은 표정으로 메이에게 충고하자 메이는 코웃음을 치며 렌을 비웃었다.

"흠! 이봐요. 설마 제가 품위없이 입으로 말을 하고 있는 거라고 생각하는 거예요?"

"그럼, 입으로 안 떠들고 꼬리로 떠들고 있는 거냐?"

메이는 렌을 뒷발질로 뻥 차버리며 씩씩거렸다.

"전음이란 말이에요, 전음! 다른 사람들에겐 들리지도 않을 뿐더러 제가 이야기를 한다는 것조차 모를 텐데 괜히 알지도 못하면서 참견하지 말아요."

"아야야— 그런다고 날 발로 차? 버릇없는 망아지!"

렌이 벌떡 일어나며 메이를 향해 버럭 소리를 지르자 메이는 얼른 시에라의 등 뒤로 돌아가 연약한 척을 해댔다.

"시에라님~ 무서워요~ 드워프가 유니콘 잡으려고 해요~ 저 좀 살려주세요~”

“허! 정말 팍 돌게 만드는군. 오냐, 그게 정말 네 소원이라면 그 정도쯤 못 들어주겠냐? 이리 와. 이리 와보라니까!”

시에라는 그런 그들을 보며 난처한 미소를 지었지만 정작 뜯어말리는 건 카디프였다.

그렇지 않아도 엘프와 드워프 눈에 확 띌 정도의 미소녀와 유니콘이라는 화려한 일행으로 사람들의 시선이 모여들고 있어 부담스럽건만, 아까부터 끊임없이 소란을 피워대는 통에 아예 시선들이 고정되어 떨어지지 않았던 것이다.

“자꾸 그렇게 떠들어댄다면 구경거리가 되든지 말든지 이 마을에 둘 다 내버려 두고 갈 테니까, 소란 피우고 싶으면 얼마든지 하세요.”

냉정하게 잘라 말하는 카디프에게 렌과 메이는 기가 한풀 꺾였는지 조용히 입을 다물어 버렸다. 여관으로 가는 내내 사람들의 호기심 어린 시선들이 자신들의 뒤를 따랐으나, 그 시선에 악의가 담긴 게 아닌 이상 뭐라고 할 수도 없는 터라 일행들은 부지런히 걸음을 재촉할 수밖에 없었다.

여관에 도착한 그들은 식당에서 자신들을 기다리고 있던 루린과 위트를 불러내 유니콘인 메이를 선보였다. 위트는 흥미롭다는 눈으로 하얀 털이 눈부신 메이를 요리조리 꼼꼼히 훑어보았지만, 메이는 그런 위트의 눈길이 거북하다는 듯한 표정으로 시에라의 등 뒤로 얼굴을 숨겨 버렸다.

“아직 어린것 같은데?”

“어리다니… 실례예요. 전 훌륭한 어른이라구요.”

“흐음, 그럼 수줍음이 많은 건가? 난 유니콘이 누군가의 등 뒤로 숨는다던가 하는 치사한 짓 한다는 소린 못 들어봤는데.”

“요령이 좋은 거겠지. 흥! 유니콘이란 것들이 원래 순결한 소녀들이나 처녀들만 밝혀대는 호색한이 아니던가. 그러면서도 신성한 동물로 취급받으려면 처세술이 좋아야 하지 않겠는가? 생각해 보게. 어린 소년이 우연히 유니콘을 발견하고 길들여 보고 싶다는 생각에 무작정 그 등에 올라탄다면 그들은 질색을 하며 그 소년을 등에서 떨어뜨릴 걸세. 그러나 소녀가 같은 행동을 한다면? 아마 좋아라 등에 태우고 숲을 구경시켜 주겠지. 유니콘은 그런 동물일세. 흥! 여신 투희야는 현명하다네. 엘프를 증거로 삼으면서도 유니콘은 그냥 아끼는 동물로만 남겨놓지 않았나? 그게 다 녀석들의 처세술을 깨달아서 그런 거 아니겠나?”

뭔가 한 맺힌 듯한 눈으로 메이를 노려보며 어쩐지 필요 이상으로 흥분하는 렌에게 위트는 피식 웃으며 농담을 건넸다.

“어쩐지 경험담 같은데요? 어릴 때 유니콘 타려다 낙마한 경우라도 있으십니까?”

바로 ‘무슨 소리 하는 거야? 혹시 너 바보냐?!’ 등등의 호통이 날아들 줄 알았던 일행들은 위트에게 매를 번다는 듯한 표정을 지었지만, 정작 렌은 당황스러운 표정으로 위트를 노려볼 뿐이었다.

“호오~? 정말인가 보네요?”

“시, 시끄러워!”

위트의 놀림에도 렌이 부정하지 않자 일행들은 놀란 토끼 눈이 되더니만 급기야 폭소를 터뜨렸다.

“아하하핫! 유니콘의 등에 올라타려고 했단 말이에요? 겁도 없이!”

루린이 큰 소리로 웃어대자 얼굴까지 시뻘게진 렌은 버벅거리며 애꿎은 위트를 덥석 잡더니 그대로 등짝을 퍽퍽 갈겨대기 시작했다.

"아야얏! 왜 저한테만 그러세요?"

"원인 제공은 너잖아!"

퍽퍽거리는 소리가 경쾌하게 울려대고, 그 속에서 간간이 위트의 비명 소리가 곁들어진 소란스러운 분위기에 루린은 어깨를 들썩이며 시에라에게로 얼굴을 돌렸다.

"그런데 아까부터 애버딘이 보이지 않네. 어디 간 거야? 나갈 땐 같이 나가놓고."

"오빤 광장에서 만난 아가씨를 데려다 주고 이리로 온다고 했는데… 곧 오겠죠."

"응? 광장에서 마음에 드는 아가씨라도 본 거야?"

"그런 거 아니에요. 렌 아저씨랑 그 아가씨 사이에서 조금 소동이 벌어졌는데, 카디프 오빤 메이를 보러가느라 그 자리에 없었거든요."

"헤~ 알 만하다. 애버딘이 보나마나 그 꽃밭 날리는 미소를 지으며 그 아가씨를 달래고 모셔다주러 간 거지?"

"사고 친 당사자는 여기 있고 말이죠? 하긴, 나라도 드워프의 에스코트보단 시에라님의 오빠에게 에스코트를 받고 싶을 거예요."

메이가 렌을 놀리는 듯한 어조로 말을 잇자 렌은 거칠게 인상을 쓰며 여관으로 들어가 버렸다. 아마도 여관 주인에게 열쇠를 달라고 해서 먼저 방으로 들어가 있으려는 것 같았다.

"에? 너무 약을 올렸나?"

메이는 미안한 표정으로 그가 사라진 여관을 흘끗 바라보고는,

이내 시선을 위트에게로 돌리며 그에게로 다가가 살짝 머리를 가져다 대었다. 그러자 뿔에서 은은한 빛이 뿜어져 나오더니 위트의 통증을 말끔히 가져가 버렸다.

"고맙다. 네 덕에 살 것 같아. 으으… 확실히 드워프라 그런지 힘이 장난이 아니야. 루린, 네가 나 대신 보답 좀 해줘."

"하여간 엄살은……."

루린은 알아줘야겠다는 눈빛으로 위트를 살짝 흘겨보고는 메이를 향해 생긋 미소를 지었다.

"난 루린이라고 해요. 유니콘님은 메이라고 하셨죠? 앞으로 잘 부탁드립니다."

"저야말로 잘 부탁드려요."

메이는 루린이 마음에 들었는지 그녀에게 다가가 편안한 얼굴로 눈을 감았고, 덕분에 루린은 마음 편히 마법을 걸 수 있었다. 유니콘의 뿔이 사라지자 메이는 외견상으로는 그저 평범한 야생마같이 보였지만 특별히 그것에 관한 불만을 보이지는 않았다. 다만 일행들을 호기심으로 지켜보는 사람들이 더 늘었을 뿐이다. 마구간에 메이를 부탁해 두고는 그들도 렌이 있을 방으로 올라가자 사람들 역시 다시 각자의 볼일을 위해 뿔뿔이 흩어져 버렸다.

기분이 상해 있는 렌에게 일행들은 별의별 재롱과 아양을 떨어대고서도 기분을 풀어주지 못했지만, 저녁 무렵 얼굴 전체에서 피곤함이 뚝뚝 흘러넘치는 표정으로 돌아온 애버딘의 미소 한 번으로 렌의 기분이 좋아져 버리자 허탈감에 빠져 버렸다.

저녁 식사를 마치고 다시 한 번 모여 앉은 일행은 이런저런 사소한 농담을 주고받으며 친목을 다졌다. 그러던 중 애버딘은 렌에게 프로소에 대한 걸 묻기 시작했다.

"저 지도의 던전 말이에요. 리도스라는 드래곤의 섬에 있는 건 가요?"

"프로소? 아아, 세이지 말이구나?"

"와~ 위트 형의 추측이 맞았네."

애버딘이 존경스럽다는 표정으로 위트를 올려다보자 위트는 그 정도쯤이야라는 표정으로 씩 미소를 지어 보였다.

"흠… 위트 녀석, 고대사에 흥미가 있었던 모양이군. 그렇지만 그 지도의 던전은 프로소에 있는 게 아니란다. 뭐, 우리는 그곳을 통해 집으로 가긴 하지만."

"에? 그게 무슨 소리예요?"

"세이지를 통해서 집으로 가긴 하지만 세이지 안에 있는 건 아니란 말이지. 세이지에 보면 거대한 성이 있는데, 그 성에 있는 워프 게이트를 통해 던전으로 간다고 보면 돼."

"어라? 그럼 그 성에 사는 사람들은 누구나 그 던전 안으로 들어갈 수 있다는 말인가요? 그렇다면 이거 뭔가 이상한걸요? 그런 던전이라면 어떻게 사람들이 모를 수가 있죠?"

애버딘이 의아한 눈빛으로 묻자 렌은 피식 미소를 지으며 끝까지 들어보라며 자신의 말을 이었다.

"그런 간단한 문제였다면 떠들어대기 좋아하는 인간들이 이제까지 침묵을 지켜올 수 있었겠냐? 뭐, 나도 세이지에 대해선 아는 바가 없어. 거기에 게이트가 있다는 사실도 이번 여행을 떠나오기 전까진 몰랐고."

"그럼 어떻게 아신 거예요?"

"그게… 우연히 발견했다고나 할까? 나도 너희 말고는 아무에게도 말하지 않았으니까 비밀은 지켜라. 너희가 실수로라도 입을 열었다간 한 가문이 몰살당하는 수가 있다구. 그럼 어디부터 이야기하면 되나… 그래, 세이지에 드래곤이 살지 않는다는 건 다들 들어서 알고 있지?"

렌의 질문에 위트는 어쩐지 웃음을 억지로 참고 있다는 듯한 표정으로 고개를 끄덕였다.

"세이지라는 곳이 대륙에 다시 붙으면서 사람이 오고 갈 수 있게 되었을 당시 처음엔 아무도 가지 않으려고 했지. 드래곤이 우글우글한 곳에 갔다가 살아 돌아올 수 있을지 어떨지 장담할 수 없으니까. 그러다 샤아플린에서 가장 먼저 용기를 내 기사단을 이끌고 힘들게 도착해 보니 이거… 허무하게도 인간들이 살고 있었다는 거 아니겠냐. 번듯한 성까지 있는데 뭐라고 그러겠냐?"

"그래서 결국은 아무도 간섭하지 않는 독립적인 자치 도시가 된 거다 그거죠?"

루린이 측은한 표정으로 웃음을 참느라 얼굴이 빨개진 위트를 대신해 아는 척을 하고 나섰다.

"바로 그거지! 그래도 명색이 기사단까지 끌고 왔는데 그냥 갈 수는 없잖냐. 인간들의 자존심과 명예란 알고 보면 그들의 권력욕과 야심에 비례하는 거라서… 쩝! 아무튼 세이지라고 이름까지 바꿨다는데 프로소에 대해 묻지 못할 이유도 없을 거라고 생각했는지 이곳에 있던 드래곤은 어디로 갔냐고 물었지. 그들은 웃기만 하고는 자신들은 드래곤과 살고 있는 거라고만 이야기했단다. 뭐, 기사단은 다시 자신들의 왕에게 돌아가 그들은 드래곤의 가호를 받고 있다고 전했다고 하지. 거리가 조금 좁혀지긴 했어도 프로소가 여전히 전설의 섬으로 남아 있는 한 세이지는 영원히 드래곤이라는 막강한 보호자를 두고 있는 거란다."

애버딘은 흥미진진한 얼굴로 렌의 말을 재촉했다.

"에이, 전 렌 아저씨께서 어떻게 던전에서부터 세이지로 오는 게이트를 알아낸 건지, 그리고 그 성에 사는 사람들은 어째서 그 게이트를 모르고 있는 건지 그게 제일 궁금해요. 그러니까 그 이야기부터 해주시면 안 될까요?"

"흠흠, 게이트를 알아낸 건 정말 우연이었다. 미궁을 만들고 싶으면 드워프들을 그 속에 살게 하란 말을 들어본 적이 있겠지?"

애버딘은 애교스런 미소를 지으며 당연하다는 듯 고개를 끄덕였다.

"그런 말이라면 당연히 헤헤… 들어봤을 리가 없다구요."

렌은 잠시 애버딘을 한심하다는 듯한 표정으로 바라보며 혀를 찼다.

"쯧쯧, 넌 정말 눈치가 없군. 드워프 전문이 뭐냐?"

"그거야, 세공 기술이랑… 아! 건축?"

"그래, 드워프만큼 땅 잘 파고 길 잘 내는 종족이 있으면 나와 보라고 해."

위트는 슬그머니 미소를 지으며 작게 두더쥐라고 속삭였지만 다행히 아무도 들은 사람이 없는지 렌의 이야기는 계속되었다.

"던전에는 드워프들이 득실득실거리고 있으니 그놈의 던전은 갈수록 규모가 방대해질 수밖에 없지. 그러다 보니 여행에서 막 돌아온 드워프들 중 조금 기억력이 안 좋은 녀석들은 길을 잃어버리는 일이 종종 생기곤 했어."

말을 잠깐 끊은 렌은 살짝 카디프의 눈치를 살폈지만 다행히 카디프는 보통 엘프들과는 다른지 비웃거나 하진 않았다.

"그래서요?"

또다시 애버딘의 재촉이 이어지자 렌은 귀엽다는 듯 애버딘의 머리를 쓰담아주며—애버딘이 인상을 찌푸리는 것은 신경 쓰이지도 않는지—이야기를 계속했다.

"새로운 길을 만들어내는 작업을 마치고 집으로 돌아가던 중 누가 도움을 청하는 소리가 들려서 주위를 살펴보니까 익숙한 얼굴이 함정에 빠져서 허덕거리고 있는 게 보이더군. 그 녀석, 끌어올려주고 나니까 이번엔 내가 발이 미끌어져 떨어지고 말았지. 하하, 너희들도 잘 알다시피 드워프라는 종족이 팔다리가 그리 길진 않잖냐. 그러다 보니 이리저리 부딪치다가 어떻게 워프 게이트가 열려 버렸는데, 정신 차려서 주위를 둘러보니 뭔가 화려한 천장이 보이더군."

이야기에 빠져든 일행들은 그게 워프 게이트가 이어진 성이라는 것을 짐작하고는 침을 꿀꺽 삼켰다. 성이라면 경비병는 기본이고, 보통 수호 기사 두세 명쯤은 으레 붙어 있기 마련이다. 그런 성 내부에 허가도 받지 않은, 그것도 배틀 엑스를 들고 있는 드워프가 갑자기 나타나면 사람들이 '잘 오셨습니다'라며 반길 리가 있겠는가. 침입자라며 일방적으로 붙잡려 들 게 불 보듯 뻔한 일이고, 드워프의 불 같은 성격에 같이 엉겨 붙으려는 게 당연하다면 당연한 일이다.

"뭐, 나로서는 갑자기 바뀐 풍경이 당황스러워서 주위를 두리번거리는데 마침 사람이 지나가더군. 그래서 난 큰 소리로 그를 불렀지. '이봐! 자네!' 하고."

렌의 한마디에 일행들의 표정은 '이런! 바보!' 라고 비난하는 듯한 표정과 사색이 된 표정, 두 가지로 갈려 버렸다.

"그래서요? 아저씨, 설마 멍청하게 '여기가 어딘가?' 라고 하시진 않으셨겠죠?"

"날 뭘로 보고 그런 말을 하는 건가."

불쾌하다는 표정으로 더 이상 말을 하지 않겠다는 듯 입을 꽉 다물어 버리자 애버딘은 특유의 눈웃음으로 렌의 비위를 맞추며 살살 그의 기분을 풀어주었다.

"헤헤, 농담이에요, 농담! 아무리 드워프라 하더라도 그런 소리까진 하지 않았겠죠. 렌 아저씨~ 그 다음은 어떻게 됐어요?"

"저도 궁금하군요. 그에게 뭐라고 하셨습니까?"

카디프까지 가세하자 렌은 어쩔 수 없다는 표정으로 입을 열었다.

"뭐라고 했을 것 같나?"

다들 서로의 얼굴만 멀뚱하게 바라볼 뿐 모르겠다는 표정으로 그가 말을 잇기만을 기다렸다.

"이런 창의성없는 녀석들을 보겠나. 쯧쯧."

"그러지 말고 가르쳐 주세요. 그런 걸 척척 대답할 수 있으면 따뜻한 집에서 아랫배 깔고 누워 소설이나 쓰고 있지, 누가 이 고생을 하겠어요?"

애버딘의 말에 위트가 또다시 킥킥거리며 웃음을 터뜨렸고 렌 역시 공감한다는 표정으로 고개를 끄덕였다.

"하긴, 아무튼 난 그 사람에게 '혹시 이 성 드워프가 짓지 않았소?' 하고 물었다."

"네? …하하하… 지금 그거 농담이라고 하시는 거예요?"

"진담이라고 하는 거다. 너도 그 성에 새겨져 있던 화려한 문양들과 입이 저절로 벌어질 정도로 훌륭한 성 내·외부를 보면 그런 표정은 못 지을 거다."

그의 말에 애버딘은 고개를 저으며 못 말리겠다는 표정을 지었지만 렌은 못 본 척하며 자신의 말을 이었다.

"흠흠… 아무튼 그는 괘씸하게도 날 무슨 침입자 취급을 하려고 들지 뭐냐. 만일 그곳의 주인이라는 자가 말리지 않았다면 한바탕 몸 좀 풀어뒀겠지."

"주인?"

"뭐, 그곳의 왕이라고 보면 되겠지. 따지고 보면 세이지야 나라나 마찬가지니까."

"헤에~ 그래서 어떻게 된 거예요?"

"그는 날 응접실로 데려가더니 그 게이트는 드래곤이 인간으로서 한순간의 꿈을 즐길 때 만들어놓은 것이며 종종 그 꿈을 반복해서 꾸기 위해 그대로 둔 거라더군. 그 성의 주인이 대대로 비밀을 계승하고 있다면서 제발 비밀로 해달라고 하기에 그렇게 하겠다고 약속하고, 대신 난 그 게이트를 자유롭게 쓸 수 있도록 허락을 받았지. 사실 드워프에게 들었다는 술 이야기도 그 사람이 해준 거라네. 하하! 그가 가능한 자신에 관한 이야기는 하지 말아달라기에 졸지에 드워프를 팔긴 했지만……."

입맛을 다시며 위트에게로 시선을 보내던 렌은 한숨을 내쉬며 긴 이야기를 마무리 지으려 했으나 뭔가 야릇한 표정을 짓고 있는 위트가 질문을 던지는 통에 할 수 없이 또다시 입을 열어야만 했다.

"혹시… 그 성 주인 머리 색이 좀 요란하지 않던가요?"

"머리 색? 하하! 그래, 머리 색이 알록달록한 게 얼핏 봐도 네가지 이상은 염색을 했을 것 같더군. 사람으로는 보기 드문 미남에 귀품까지 있어 보이던데."

렌의 말이 끝나기가 무섭게 위트는 또다시 배를 움켜쥐고 폭소를 터뜨리기 시작했다.

"으하하핫! 어쩐지… 하하핫!"

루린은 그런 위트를 바라보고는 또 시작이라는 표정을 지으며 혀를 찼지만, 누가 보면 허파에 바람이 들어간 게 아닐까 의심할 정도로 웃음을 멈추지 못했다.

"아아, 저 녀석 저러는 게 어제오늘 일도 아니고, 혼자 있을 때도 가끔 그러니까 신경 쓰지 말아요. 자기도 딴에는 마법사라고 마법사들이 다 하는 사이코 짓을 건너뛸 수가 없는 모양이니까. 다음에 갈 마을은 어디예요?"

"지름길로 가면 도시지만 중간에 마을에 들르지 않고 일주일 이상은 가야 하고, 조금 돌아가더라도 편하게 가려면 한 달은 걸릴 텐데 어느 쪽이 좋은가?"

그의 말에 카디프는 걱정스러운 듯 시에라를 바라보았다.

"단기간이 좋긴 하지만 일주일 강행군은……."

"물론 거의 몬스터들이 종종 출현하는 숲이기 때문에 잠도 편하게 못 잘 거고. 카디프, 네 말대로 강행군이 될 테니까 대답은 신중하게 하는 편이 좋을 거야."

카디프는 일행들을 힐끔 둘러보더니 결심했다는 듯한 표정으로 입을 열었다.

"남자들만 있는 것도 아니고 일주일 강행군은 무리입니다. 전 돌아가더라도 조금 편한 쪽으로 선택하죠."

"에이, 그랬다간 세이지에 도착하기도 전에 기운이 다 빠져 버리고 말걸? 시에라가 걱정돼서 그러나 본데, 설마 집에서 나설 때 이 정도 고생도 예상하지 못한 거야? 그런 게 아니라면 카디프도 옆에서 이렇게 잘 챙겨주는데 뭐가 문제지? 난 일주일 쪽을 택하겠어."

그녀의 말에 위트는 폭소를 멈추며 장난스런 표정을 지었다.

"이봐, 루린. 네가 부럽다고 해서 시에라에게 성질 부릴 것까진 없잖아. 부러우면 솔직하게 부럽다고 하고, 그 성질부터 죽이라구."

루린은 입은 상냥한 웃음을 띠고, 눈은 빨갛게 충혈된 채 위트를 노려보며, 목소리는 을씨년스러운 분위기를 연출해 내는, 이른바 진귀한 장면을 만들어냈다.

"어디 한번 더 지껄여 보시지? 으응~?"

위트는 찔끔한 표정으로 어색한 미소를 지었다.

"루, 루린, 너 지금 그 표정에, 그 대사 뒤에 '케케케' 하는 웃음소리만 흘리면 뭐로 보이는지 아냐?"

"뭐로 보이는데?"

"…언데드 몬스터. 좀 더 심하게 말하면… 좀비."

"호호호, 내가 그렇게 무.시.무.시.하.게. 보인단 말이지?!"

처음엔 상냥한 어투를 점점 건달 나부랭이가 지껄이는 말투로 바꿀 수 있는 것도 이 일행 중 루린만이 가지고 있는 특징이었다.

"하하하, 루린!"

"왜?"

"내가 잘못했어. 한 번만 봐줘."

"호호홋! 사내자식이 자기가 한 일로 징징대지 마! 징그럽게!!"

애버딘은 루린의 뒷 배경에 천둥 번개가 빠진 게 아쉽다고 생각하며 흥미진진한 얼굴로 두 사람의 대련을(?) 관전하였다.

"파이어 볼! 가까이 오면 이거 확 던진다."

"어쭈! 아주 귀엽게 노네. 이리 와~ 어디 한번 와봐."

위트는 자기 주먹만한 불의 구를 위협하듯 이리저리 움직여 댔지만 루린은 눈조차 깜빡거리지 않고, 사이드를 양손으로 힘껏 움켜쥔 채 전의를 불태워 대서 일행들을 긴장 속으로 몰아넣었다.

"으아아아! 루린, 어디다 휘두르는 거야? 남자의 생명은 허리라는 거 몰라? 난 사랑받는 남편이 되고 싶다구!"

"흥! 그런 웃기는 소리 할 시간 있으면 다른 마법으로 바꿔보지 그래?! 순진하기도 하지. 날 협박하는 데 쪼잔하게 그런 주먹만한 파이어 볼이 통할 거라고 생각했어?"

카디프는 고개를 절레절레 흔들며 만일의 경우를 대비해 물의 정령인 운디네를 소환하여 두고는 시에라와 함께 그들에게서 멀리 떨어졌다.

"어! 어! 그러다 정말 떨어뜨리겠어."

"애초에 책임지지도 못할 일, 시작은 왜 했어? 넌 혼 좀 나야 정신을 차릴 거야. 안 그래?"

얼굴은 웃고 있었지만 그녀의 사이드는 농담이 아니라는 듯 여전히 공격적으로 위트를 구석으로 몰아넣었다.

"아아, 없애면 되잖아. 없애면!"

위트는 파이어 볼을 손에서 없애 버리고는 어린아이가 자신의 어머니에게 그러듯 칭얼거리자 루린의 인상이 더 더욱 일그러지며 사이드를 휘둘러 댔다. 이미 방 안의 몇 안 되던 가구들은 루린이 휘두르는 사이드 덕에 반으로 갈라진 지 오래였고, 보다 못한 시에라가 실프를 불러 루린을 공중으로 띄워도 그녀는 좀처럼 진정되지 않고, 팔다리를 허우적거려 댔다.

결국 그녀가 진정되어 여관 주인에게 파손된 물건 값을 변상해

주며 사과하러 갔을 땐 얼굴조차 제대로 들지 못했고, 그들 일행이 마을에서 떠나자마자 여관 주인은 사이드 소지 금지라는 안내판을 붙여두기에 바빴다.

카디프를 제외한—물론 시에라를 배려해서이긴 하지만—다른 일행들이 지름길을 선택한 덕분에 필요한 물건들과 건량들을 충분히 준비한 그들은 아침 일찍부터 서둘러 마을을 떠났다. 렌이 부득부득 건방진 망아지의 버릇을 고쳐 줄 사람은 나뿐이니 다들 익숙하게 길들여서 탄 말인데 어떻게 뺏어 타냐느니 하는 속보이는 말로 메이의 등에 타려 했지만, 메이가 워낙 질색을 하며 난동을 부리는 덕에 결국 메이가 가장 좋아하는 시에라로 주인이 정해져 버렸고, 졸지에 주인이 바뀐 시에라의 말은 최대한 가련한 눈으로 카디프를 바라보았지만 결국 렌이라는 드워프를 주인으로 맞게 되었다.

"앞으로 일주일만 더 가면 타쿨라야. 그사이까지 가는 곳은 워낙 험준한 곳이라 몬스터 우범 지역에 강도까지 떼지어 출몰한다더군. 그래서 최대한 빨리 통과하는 것 말고는 답이 없네. 잠도 세 시간 이상 자면 안 돼. 각자의 정신은 각자가 챙길 수밖에 없으니까 서로 조심들 하자구."

렌의 연장자다운 충고에 일행들의 안색은 창백하게 변해 버렸지만 누구도 그에 대한 반론은 제기하지 않았다(심지어 메이조차도).

"아아… 정말 죽음이겠군요."

애버딘의 푸념처럼 며칠은 몬스터들과 짜증나도록 전투를 치러야 했고, 정말 더럽고 치사한 강도들을 만나 인간인 애버딘 등이

유사 인종인 카디프 등을 보기가 부끄러워지는 등, 정말 죽음이다 싶은 단어들이 머리 속을 헤집고 다니느라 곤혹스러웠다. 그래도 말을 열심히 몰아댄 성과가 있었는지 예정보다 반나절 빠른 6일째의 초저녁에는 타쿨라에 도착할 수 있었다.

타쿨라로 가는 길도 그랬지만, 타쿨라라는 마을은 애버딘과 시에라에게 있어 그리 좋은 추억을 제공해 준 장소는 아니었다. 바로 부모에게 버림받은 장소였기에. 그들이 생존해 있는지 그렇지 못한지조차 알 수 없었지만, 지금은 그것에 대해 솔직히 말하자면 신경 쓰고 싶지 않았다.

버려졌을 땐 그만한 이유가 분명히 있었을 테지만 한번 잘라진 쪽의 인연이란 그렇게 쉽게 되찾을 수가 없다. 자르는 쪽에선 느끼지 못하는 감정까지 잘려진 쪽에선 느껴 버리고, 대부분 자신의 상처에 스스로가 소금을 뿌려 버린다. 인간인 이상 아픔에 무감각해질 수는 없으니… 아프지 않으려면 상처를 주는 원인을 이쪽에서 먼저 잘라 버려야만 했다. 그들은 지금의 부모에게 만족하고 있으며, 또 다른 부모가 있으리란 생각은 하지 않았다.

"흐음… 아직은 도시가 아니라서 그런가? 딱히 볼 만한 게 없네."

메이는 툴툴거리며 주위를 둘러보았지만 마을은 별다른 특징이 없었다.

깨끗한 여관에서 반나절 푹 자는 걸로 피로를 말끔히 털어낸 그들은 오랜만에 뜨거운 물에서의 목욕도 즐기고 식사도 마음껏 즐겼다. 일주일 동안 건량만 먹었더니 부드러운 음식과 따뜻한 수프가 그렇게 그리울 수가 없었던 것이다.

내키지 않는 마을이라 그런지 떠날 때는 뒤도 돌아보지 않고 말을 달리는 데만 몰두했다. 다음 목적지인 마이라는 비교적 타쿨라와 가까워 이틀 정도밖엔 걸리지 않았다.

마이라는 아렌에서는 가장 가까운 대도시였다. 예전에는 24시간이 환한 낮과 같았다는 리절트의 명성답게 마법의 빛으로 환하게 도시에 대한 예의를 갖추었다. 낮이면 그 빛들을 끌 법도 한데, 리절트의 명성을 잇겠다는 각오에서인지 결코 그 빛들은 꺼지는 일이 없었다. 게다가 한눈에 보기에도 사람들의 시선을 끌어 모으기 위해 만들어진 듯한 마을 입구에 들어서 있는 화려한 분수대와 조각상들은 예술로써도 뛰어난 리절트의 표본들을 잘 살려놓았다.

여전히 외교적으로 뛰어난 나라이며 실용적인 마법이 발달되어 있긴 하지만 예전의 명성만은 못했다. 그나마 대도시만큼은 예전의 문명을 자랑하려는 건지, 아니면 사절단으로부터의 전시 효과를 노리려는 건지 온갖 화려한 마법은 다 걸어놓아서 밤에는 언제나 화려한 불꽃놀이를 비롯해 여러 가지 볼거리를 제공하고 많은 수의 경비병들이 치안을 담당하기 위해 거리 곳곳에 배치되어 있었다.

"아아, 정말 굉장한데?"

애버딘은 깨끗한 거리들과 잘 손질된, 마치 도시 자체가 하나의 거대한 정원과 같은 느낌을 주는 것에 감탄했다. 나무를 좋아하는 시에라 역시 얼굴에서 미소가 사라지지 않았다. 그들이 마이라에서 받은 첫인상은 평온한 느낌 그 자체였다.

루린, 신탁을 받다

"잠깐! 마이라엔 무슨 신전이 있지?"

마을에 도착하면 언제나 그렇듯 제일 먼저 찾는 것이 여관인만큼 일행들은 의아한 얼굴로 루린을 바라보았다. 그녀가 프리스트라는 것은 알고 있었지만 누구의 프리스트인지 알 수 없었던 일행들은 궁금증에 유심히 그녀를 살펴보기도 했지만, 그녀는 기도는커녕 위급한 일이 생겨도 신의 이름을 찾지 않았다. 그런 그녀가 갑자기 신전을 찾으니 과연 프리스트긴 프리스트구나 하는 생각이 들었다.

"으음, 트루님의 신전과 로잔님의 신전."

"아아… 아깝게 됐군. 슬슬 신전으로 가서 얼굴이나 좀 비추고 오려 했는데."

루린의 얼굴에 실망하는 기색이 보이자 위트는 한심하다는 표정으로 그녀를 바라보며 한숨을 내쉬었다.

"하아~ 정말이지 프리스트가 자신이 모시고 있는 신의 신전이 어딨는지 모른다는 게 말이나 되는 거냐? 게다가 너, 꽤 고위 프리스트 아니었어?"

"그 많은 신전을 일일이 어떻게 다 외워? 만일 내가 그렇게 비상한 머리를 가지고 있다면 너 같은 바보 마법사 밀어내고 내가 그 자리에 눌러앉아 버렸겠다. 그리고 그러는 넌 마법사 협회가 어디에 있는지 다 외울 수 있어?"

"응."

너무나 간단히 고개를 끄덕이는 위트에게 루린은 할 말 없다는 듯 입맛을 쩝쩝 다셨다.

"에에~? 루린 누나, 고위 프리스트였어요? 도대체 누구의? 그 눈 삔 신이 도대체 누구예요?!"

"하하핫, 눈.삔.신?"

루린이 호탕하게 웃으며 손수건을 꺼내 들자 다들 의아한 눈으로 그녀를 지켜보았다.

"애버딘, 너 사이드가 얼마나 잘 베어지는지 시험해 보고 싶어진 거니?"

나긋한 목소리로 사이드의 날을 손수건으로 닦아내는 루린에게 애버딘은 땀을 삐질삐질 흘리며 고개를 저었다.

"하하… 누, 누나, 농담한 거 알죠?"

루린은 빙긋 미소를 지으며 손수건을 집어넣고는 장난스럽게 애버딘의 어깨를 툭툭 건드렸다.

"나도 장난인 거 알지? 아무리 나라고 해도 명색이 프리스트인데 함부로 사이드를 휘두르기야 하겠니?"

"휘두르잖아."

"아아, 프리스트이기 전에 인간으로서의 가르침이지. 바보에겐 매가 약이라는……."

"그럼 내가 바보라는 말이야?"

"으음~ 너, 몰랐나 보구나. 너희 마을 사람들과 너를 가르친 스승은 너를 보고 감동했을걸."

"그건 또 무슨 헛소리야?"

"생각해 봐. 바보도 마법사가 될 수 있다는 가능성을 보여준 게 너일 텐데 얼마나 감동적이겠어? 하하핫!"

루린의 호탕한 웃음소리에 일행들은 다같이 폭소를 터뜨리고 말았다.

"아아… 다들 너무하는군."

위트는 씁쓸히 미소를 지으며 자신의 눈에 제일 처음 들어온 '잠이 저절로 오는 여관'이라는 다소 특이해 보이는 간판의 여관으로 들어가 버렸다. 메이의 까다로운 성격 덕에 카디프가 마구간으로 그를 데리고 가는 동안 일행들은 방으로 올라가 짐을 풀고는 식당에 모여들었다.

"아아, 메이는 자신이 다른 말들과 함께 마구간에 있다는 게 무척 싫은 모양인데……."

"그러길래 그 버릇없는 망아지는 나에게 맡기라니까 그러네."

"에이, 그랬다간 하루 걸릴 거리도 열흘 걸릴걸요. 아저씨랑 메이 사이가 나쁘다는 건 여기 있는 사람 모두가 아는 사실인데."

애버딘이 미소를 지으며 흥분한 렌을 뜯어말리자 여관 주인은 사람 좋아 보이는 얼굴로 메뉴 판을 들고 나왔다.

"지금 주문하시겠습니까?"

"조금 있다 하겠습니다."

루린이 예의 바른 미소를 지으며 대답하자 여관 주인은 고개를 끄덕이고는 테이블에서 멀어졌다. 일행들은 마침 배가 고팠던 터라 메뉴 판이 나오자 언제 장난을 쳤었냐는 듯 조용히 메뉴 판만 뚫어져라 쳐다보았고, 그녀가 다시 여관 주인에게 음식을 주문했을 때는 다들 어쩐지 착한 아이 버젼으로 돌아가 싱글벙글 연신 미소만 짓고 있었다.

역시 단순한 일행들을 다루는 데 맛있는 음식보다 좋은 건 없는 법이다. 열심히 포크질을 하던 렌은 무심코 음식의 전멸을 목표로 열심히 나이프와 포크를 움직여 대는 일행들을 보며 피식 미소를 지었다.

'이 얼마나 화기애애한 가축적인 분위기인가! …가축적? …뭔가 이게 아닌데… 뭐, 아무렴 어떤가? 정말 가축적인 것을.'

"아아~ 배부르다. 계속 이런 식으로 먹어대다가는 살이 더 찌겠는걸."

루린이 걱정스럽다는 듯한 표정으로 마지막 디저트인 푸딩을 입으로 가져가자 위트는 질린다는 듯이 고개를 내저었다.

"아무렇지도 않게 잘만 먹으면서 뭘 그래? 게다가 넌 더 먹어도 아무도 뭐라고 그럴 사람 없을 거야."

"어째서?"

"돼지가 먹는 거 보고 먹는다고 구박하는 사람은 없잖아."

"뭐~?! 너, 지금 말 다 했어?"

루린의 눈에 불이 켜지는 순간이었다.

"으아아아!! 잘못했어! 잘못했다니까아~!"

위트의 비명 소리가 메아리치는 중이다.

"도대체 위트 저 녀석, 루린이 어디가 뚱뚱하다고 저러는 건지 알 수가 없군."

"후후, 어쩌면 좋아서 더 괴롭히는 건지도 모르죠."

아직 어리다는 투로 위트가 귀엽다는 듯 카디프와 렌이 서로 늙은이 같은 대화를 나누자 애버딘은 기가 막힌다는 듯 혀를 찼다.

"쯧쯧, 누가 들으면 여기 육칠십 대 할아버지 두 분이서 말씀하시고 있는 줄 알겠네. 가만있다 카디프 형까지 가세할 건 또 뭐야?"

"애버딘, 이야기 도중에 끊어버려서 미안하지만 카디프와 난 육칠십이 넘어가 버린 지 꽤 오래되었단다. 뭐, 늙은이는 아니지만."

렌은 피식 미소를 지으며 말끝을 흐렸지만 애버딘은 뭔가 기분이 묘하다는 표정으로 그들을 번갈아 보았다.

"헤에~ 그랬었죠. 어쩐지 그 얼굴들로 몇백 살 넘었다니까 다 거짓말 같군요. 뭐, 보통 카디프 형 같은 얼굴이면 인간 나이로는 10대 후반에서 20대 초반이라고 할 텐데… 그러고 보니까 우리 처음 만났을 때랑 지금이랑 형은 조금도 변하지 않네?"

"하하, 인간인 너로서는 그게 꽤나 괴로울지도 모르겠구나."

렌이 부드러운 눈빛으로 애버딘을 바라보자 애버딘은 씁쓸한 얼굴로 카디프를 바라보았다.

"형은 내가 죽을 때까지 아주 조금밖에 변하지 않겠지? 렌 아저씨도 그럴 거고. 에에… 내가 나이가 들어 혹시나 배 나온 중년 아저씨가 되고, 그리고 더 나이를 먹어서 기운조차 없는 할아버지가 된다면 형을 질투하게 될지도 모르겠지만 아무래도… 제일 마음이 아픈 사람은 형이 되겠지. 내가 마지막에 지금의 순간을 회상하며 늙은이의 눈으로 형을 바라보고 있을 때조차 형은 지금처럼 젊은이의 눈으로 지켜볼 수밖에 없을 테니까."

카디프는 애버딘의 말에 장난스런 표정을 지으며 거칠게 그의 머리를 쓰다듬었다.

"하하! 어쩐지 상상이 되지 않는걸. 애버딘이 나이 들어 있는 모습은. 그렇지만 생각해 보면 너나 시에라… 참 빨리 자랐구나."

시에라는 이제까지 묵묵히 그들의 이야기를 듣고 있다가 애써 분위기를 밝게 하기 위해 활짝 웃어 보였다.

"사람이나 엘프나 세월이 지나가면 나이를 먹는 건 당연한 거 잖아요. 후후… 적어도 순간순간을, 지금을 충실하게 살면 애버딘 오빠 말처럼 마지막 순간이 온다고 해도 늙은이의 눈도, 젊은이의 눈도 같은 곳을 바라보고 있게 되겠죠. 중요한 건 그게 아닐까 요?"

"현재를 즐기는 것? 오호~ 시에라, 너 꽤 멋진 말을 하는데?"

애버딘이 밝게 웃으며 자신의 동생을 대견스럽게 바라보자 그 녀는 장난스럽게 헛기침을 해 보이며 살짝 다리를 꼬았다.

"에헴! 당연하죠. 이 시에라님은 언제나 멋진 말밖엔 하지 않는 다구요."

"뭐어~? 시에라, 너 이 녀석."

애버딘이 못 말리겠다는 표정으로 시에라의 뺨을 꼬집자 렌과 카디프는 한바탕 웃음을 터뜨렸다. 덕분에 살벌하게 티격태격거리 고 있던 루린과 위트조차 어리둥절한 표정으로 싸움을 멈추고 일 행들의 이야기에 끼어들었다.

"뭐가 그렇게 재밌는 거예요?"

"하하, 뒷북치긴. 그나저나 루린, 넌 어쩌다 이 일행에 합류하게 된 거냐?"

루린은 피식 미소를 지으며 별일 아니라는 듯 고개를 저었다.

"뭐, 특별한 이유는 없어요. 굳이 얘기하라면 신탁을 받았달까……."

"신탁?"

"지금 전 제가 바른 길을 가고 있는가 회의를 느끼고 있는 중이랄까… 최소한의 프리스트로서 해야만 하는 일을 찾아 여행을 하고 있는 중이에요. 이게 신탁에 의한 결정이기도 했지만 제가 내린 결정이기도 해서, 이곳저곳 여행하다 아렌에서 머물러 있으란 신탁이 내렸죠. 그리고 제 정체에 대해 의심하는 사람이 있으면 그들과 함께 여행을 떠나보라는 신탁이 또다시 내려졌죠."

"흠… 그래서 함께하고 있는 건가?"

"이래 봬도 일단은 프리스트예요. 신탁을 무시할 순 없는 일이죠."

생긋 웃는 루린에게 애버딘은 궁금하다는 표정으로 또다시 질문을 던졌다.

"프리스트도 자신에 대해 회의를 느낄 때가 있나요?"

"너… 프리스트는 인간이 아니라고 생각하는 거니?"

"그래도 프리스트라면 신의 뜻을 받드는 사람들인데… 프리스트가 된 게 회의를 느낄 때가 있나요?"

"뭐, 사람 나름이지. 너, 전사를 지망한다고 했지? 거기에 대한 회의가 느껴질 때 없니? 가령 네 검술이 더 이상 늘지 않는다고 느껴지거나 뭐… 네게는 전사가 될 만한 재능이 없다고 느껴지면……."

"당연히 왜 이 고생을 사서하는 걸까 싶죠. 뭔가 내게 더 잘 맞는 일이 있을지도 모른다는 생각이 들 땐 뭔가 기분이 허탈해지니까."

"내가 느끼는 감정도 비슷한 거야. 나는 내가 모시는 신과 신도들의 매개체야. 내가 하는 일은 신과 신도를 위한 일들이지. 신탁이 내려지면 그것이 내가 하고 싶은 일인지도 모르고 거기에 따라 움직이는……."

"그게 뭐가 잘못된 건가요? 프리스트라면 누구나 그렇게 할 텐데."

"잘못된 일이라곤 하지 않았다. 꼬맹아, 누님이 말씀하시는데 자꾸 끼어들면 그 귀여운 뺨을 꽉 꼬집어줄지도 몰라요."

루린이 장난스럽게 웃으며 애버딘을 가볍게 나무라자 다들 살짝 미소를 지어 보이며 그녀가 계속해서 말을 잇길 기다렸다.

"뭐, 프리스트들마다 다르겠지만 난 최소한 내 의지를 바탕으로 내 식대로 내가 믿고, 그리고 날 바른 길로 인도해 준 신을 모시고 싶었어. 문제는 바로 이거지. 신과 대화라면 유일한 대화인 그 신탁… 그리고 완전히 그것에 따라 움직여야 하니까 이건 내가 모시는 건지, 몸을 빌려주고 있는 건지 알 수가 없었어. 당연히 그런 신전의 생활이 재미없어져 버렸고, 아주 진지하게 고민을 하기 시작했지. 과연 '프리스트로서 살아갈 수 있을까'에 대해. 그리고 신탁을 기다렸지. 거기서 나온 답이 여행이야. 여기서 뭔가 느끼고, 재미가 있다면 난 프리스트로서 계속 생활해 나가겠지."

루린의 말에 위트는 살짝 미간을 찌푸렸다.

"뭐, 루린 자체만 두고 봤을 땐 좋은 프리스트가 될 수 있었을 텐데 문제는 루린이 그녀 말대로 빌어먹을 신탁이란 걸 받을 수 있는 몇 안 되는 프리스트 중 한 명이라는 거야. 나야 저 녀석이랑 알고 지낸 지 꽤 됐으니까 보고 있으면 답답하지."

프리스트가 되길 희망하는 사람 중 신탁을 받을 수 있다는 사실이 증명되면 그들은 바로 그 자리에서 꽤 고위 프리스트의 지위에 오르게 된다. 그건 신탁을 받을 수 있는 선택받은 자가 그만큼 적다는 것을 의미하기도 하지만 신의 뜻을 아는 자가 엇나갈 리가 없다는 프리스트들의 믿음이기도 했다.

루린 역시 평범한 견습부터 시작한 아주 평범한 프리스트였다면 아마도 그런 믿음을 보태는 프리스트였겠지만 그 무겁고, 절대적인 믿음을 받는 자의 입장에선 아무래도 부담이 될 수밖에 없었다. 다들 어쩐지 조용히 그녀를 바라보며 다음 말을 기다리는 듯한 얼굴을 하고 있자 루린은 멋쩍은 듯 뒤통수를 긁적거리며 배시시 미소를 지었다.

"아아, 그런 표정들 짓지 말아요. 그렇게 쳐다봐도 제 이야긴 여기서 끝이니까. 에… 게다가 제 이야기만 듣자니 너무 억울하잖아요. 누구라도 좋으니까 뭔가 이야기해 보세요. 저도 궁금한 거라면 잔뜩 있으니까."

"하하, 그럼 루린이 제일 궁금한 걸 물어보면 되겠네."

"후훗, 어쩐지 진실 게임하는 것 같아요."

"진실 게임이라… 좋지! 애버딘, 너 근육도 없고 특별히 생길 것 같지도 않은데 말이야, 어째서 전사가 되길 원하지?"

위트가 루린의 말을 가로막고 자신이 궁금한 이야기를 묻자 루린은 얄밉다는 표정으로 그를 한번 흘겨보긴 했지만, 그녀 역시 궁금했던지 어서 대답해 보라는 듯한 눈으로 애버딘을 바라보았다.

"윽… 남의 약점은 찌르는 게 아닙니다. 차라리 다른 걸 물어요. 피부 관리법이라던가, 귀엽게 웃는 법이라던가… 뭐, 그런 거라면 풀코스로 알려드릴 수도 있는데. 어떻습니까, 누님?"

장난스럽게 윙크해 보이는 애버딘에게 루린은 골치 아프다는 듯한 표정으로 고개를 흔들었다.

"너, 그게 네 또래의 남자애들이 할 만한 이야기라고 생각해?"

"하하핫! 그렇지만 누님 또래의 아가씨들에겐 무척 솔깃한 이야기일 텐데요?"

넉살 좋은 애버딘의 말에 루린은 솔깃하는 마음이 들었지만 자신의 이야기가 씹히게 그냥 있을 위트가 아니었다.

"아아, 이봐, 물어본 건 루린이 아니라 나잖아. 설마 너, 이 형의 질문을 감히 씹을 생각을 하고 있는 건 아니겠지?"

"하하하, 설마. 그렇지만 형, 루린 누나가 예뻐지겠다는 결심은 쉽게 하지 않을 텐데… 참견할 일은 아니지만 여성스러워지고 예뻐진 루린 누나 보고 싶지 않아?"

위트는 루린을 힐끔 바라보더니 이내 표정의 변화 하나 없이 대답했다.

"그딴 거 무지무지… 보고 싶어."

"하하하, 그럴 줄 알았지. 형, 나중에 딴소리하기 없기야. 루린 누나도 마찬가지. 약속해."

"아아, 그 녀석 참. 약속하마."

"좋아좋아, 약속할게."

애버딘은 회심의 미소를 지으며 손가락 두 개를 펼쳐 들었다.

"제 경우는 딱 두 가지가 있는데 말이죠, 첫째는 타고났다는 거니까 이건 넘어가고, 둘째는 극성스런 사람이 옆에 있을 것. 저희 어머니께서… 한극성 하셨죠. 하하."

"뭐야. 그걸로 끝?"

"시작은 아니니까 끝이죠."

"아앗~! 그건 게 어딨어?"

"세상은 말이죠."

애버딘은 허공을 응시하며 위트의 등을 툭툭 쳤다.

"그리 호락호락한 게 아니랍니다."

"어쭈! 아주 형을 가지고 노냐?"

위트가 살짝 애버딘의 머리를 쥐어박자 다들 또다시 미소를 지었다.

"아아, 어쩐지 피곤하네. 난 그만 가서 자야겠어. 누가 나랑 한 방 쓸래요?"

2인실 3개를 얻긴 했지만 아직 방 배정을 하지 않은 터라 애버딘이 열쇠를 하나 들고 일어서자 카디프도 따라 일어났다.

"나랑 같이 쓰자."

"아아, 다들 내일 봐요."

"그럼 우리도 일어날까?"

"네, 안녕히 주무세요."

"다들 잘 자고, 내일 아침에 봐."

일행들이 각자 배당된 방으로 가버리자 시끌벅적했던 여관도 평온해진 듯했다.

그러나 그들은 자신들의 방에 불이 꺼지기만을 기다리고 있는 자가 있다는 걸 아무도 몰랐던 듯싶었다. 그도 그럴 것이 위트는 일행들이 자고 있기만 기다렸다 아렌으로 워프했고, 루린은 씻고 싶다는 생각에 근처의 온천으로 향했다. 깨어 있던 사람이 아무도 없었던 것이다.

"기다리고 있었어. 애버딘과 시에라는 어때?"

누가 열혈 자식 사랑(?) 아니랄까 봐 훼이나는 마나의 흐름이 바뀌자마자 아이들의 안부부터 물어왔다.

"지금 보호자로 절 붙여놓고도 걱정이 되시는 겁니까?"

"아, 미안미안. 어머니라는 입장에서야 늘상 걱정을 달고 사는 거니까 특별히 위트, 널 못 믿어서 그런 건 아니야."

"하하, 농담입니다. 그런데 리도스님, 정말이지 자존심 상하는 일을 하셨더군요. 그냥 넘어가려다 기분 나빠져서 따지러 왔습니다."

리도스는 관심없다는 듯 차를 마시고 있다가 위트의 말에 의아하다는 듯 고개를 들었다.

"자존심 상하는 일?"

"그 렌이라는 드워프는 뭡니까? 제가 설마 리도스님의 성도 찾지 못할 거라 생각될 만큼 못 미더우셨던 겁니까?"

위트의 말에 훼이나의 눈꼬리가 가늘게 치켜 올라갔다.

"리도스, 나더러 과보호라고 말해 놓고 최신 지도에 그것도 모자라서 길 안내인까지 붙여준 거야?!"

"하하, 그거야 던전에는 함정도 많이 설치되어 있고, 새로 추가된 길도 있으니까 아무래도 안내자가 없으면 다치기 쉬운걸."

리도스의 말에 훼이나는 고개를 끄덕이며 리도스의 편을 들어줬다.

"맞아. 설마 너, 애버딘이나 시에라가 다쳤으면 좋겠어?"

"하~ 그럼 제가 훼이나님껜 따질 말이 없는 줄 아십니까?"

"나? 난 또 왜?"

"그 유니콘은 또 뭡니까? 누가 의사 필요하데요? 상처나면 설마 제가 회복 마법 안 걸어주고 침만 발라줄 것 같습니까?"

훼이나가 당황해하며 리도스의 눈치를 살폈다. 아니나 다를까, 그는 그럴 줄 알았다는 표정으로 훼이나에게 변명을 요구하고 있었다.

"유니콘이 뭐 상처만 치료해 주니? 걔 네 발 달린 말이야. 타고 다닐 수도 있고 힘도 세다구. 설마 그 드워프가 타고 있는 건 아니겠지?"

"드워프와 유니콘이 어울린다고 생각하세요?"

"그럼 다행이구. 시에라나 애버딘, 둘 다 예뻐서 유니콘과 함께 있으면 그림이 될 거야."

"안됐지만 뿔은 안 보이도록 마법을 걸어두었습니다. 뭐, 시에라가 타고 다니는 걸 보니 어울리긴 정말 어울리더군요. 그러나 이건 별개의 문제라는 거 아시죠? 갈 길은 저랑 드워프 덕에 줄긴 했지만, 아무튼 그들의 신변을 제게 맡겨놓으셨으면 이중으로 다른 누구를 붙이지 말아주십시오. 불쾌합니다."

위트가 위협적인 표정을 지으며 다시 한 번 강조했다.

"만일 두 분 중 한 분이라도 더 이상 개입하시겠다면 전 분명히 그만둘 것입니다. 더 이상 자존심 상하고 싶진 않거든요."

리도스와 훼이나는 알겠다는 듯 고개를 끄덕였다.

"아이들 잘 부탁해."

위트는 돌아가려다 멈칫하며 리도스와 훼이나를 바라보고는 씁쓸한 얼굴로 물었다.

"두 분께서 더 잘 알고 있으리라 생각하지만… 걱정이 돼서 묻겠는데, 그 아이들이 해츨링이 아니라는 건 잘 알고 있으시겠죠?"

"물론 알고 있어. 그러나 너도 기억하고 있어줬으면 해."

"뭘 말입니까?"

"리도스와 내가 드래곤으로 돌아가지 않는 이상 그 아이들은 죽을 때까지 우리의 아이야. 부모가 자신의 아이를 걱정하는 건 당연한 거 아니야?"

위트는 살짝 미간을 찌푸렸다.

'어쩐지 요즘 본체로 안 돌아가더라니… 뭐, 이런 것도 좋겠지.'

둘 사이에는 해츨링이 태어날 수 없었다. 이른 바 잡종은 허용되지 않는다는 원칙 때문이었다. 그런 것을 감수하고 둘만을 바라보고 있는 것이라 아무도 그들에 대해서는 간섭하지 않았다. 오히려 그들이 깨지지 않길 바라는 분위기였다. 비늘을 뚫고 뭐가 좀 나온들 어떤가. 왕싸가지라는 리도스나 하얀 마녀라는 훼이나나 제어가 가능한 녀석은 아무도 없었다. 그러나 현재는 사정이 다랐다. 서로가 서로에게 확실한 제어 장치가 되어주고 있으니, 결국은 헤어지지 않는 편이 모두에게 도움이 되는 일이니 누가 그들에게 헤어지란 말을 하겠는가.

"뭐, 내게는 조카 같은 녀석들이니 그런 걱정은 하지 않아도 될 텐데 또 그러시네요."

위트의 말에 훼이나는 생긋 미소를 지어 보이고는 고개를 끄덕거렸다.

"그럼, 나중에 뵙겠습니다."

쾌활한 미소를 지으며 그 말 한마디를 남기고는 여관에서 조금 떨어진 곳으로 워프한 위트는 어디선가 물 첨벙거리는 소리를 들을 수 있었다.

"이런 야심한 시간에 도대체 뭐 하는 거지?"

위트는 의아한 생각에 첨벙거리는 소리를 따라 걸음을 옮겼다.

그러나 그게 무슨 소리인지 알기도 전에 그 첨벙거리는 소리는 끝이 나버렸다.

"흐음… 이런 곳에 온천이 다 있었군."

하얀 수증기가 피어 오르는 걸 보며 위트는 피식 미소를 지었다.

"오랜만에 피로 좀 풀어볼까?"

"거기 누구 있어요?"

막 목욕을 끝냈는지 발그레해진 얼굴로 주위를 두리번거리는 루린은 바로 앞에 서 있는 위트를 알아보지 못하고 고개만 갸우뚱거렸다.

"이상하네. 내가 여기로 올 때만 해도 이런 나무는 없었던 것 같은데……."

아마 그 자리에 딱딱하게 굳어져 서 있는 위트를 나무라고 판단해 버린 모양이었다. 위트는 그녀의 말에 벙찐 표정으로 그녀를 바라보았지만, 괜히 지금 움직이며 아는 척했다가 혹시라도 치한으로 몰리면 골치 아프다는 생각에 그냥 서 있기로 했다.

'조금만 더 일찍 올걸. 아아, 아깝군.'

위트가 무슨 생각을 하거나 말거나 루린에게 현재 그는 나무일 뿐이었다. 게다가 이미 만나기 전부터 로브까지 다 갖춰 입은 상태였기에 사실 지금 아는 척을 한다 해도 위트를 치한으로 몰 만큼 어리석은 그녀는 아니었다.

"아아, 오랜만에 산책 좀 하려고 했더니 하필이면 여관으로 빨리 돌아가라는 건 무슨 심보죠?"

루린은 살짝 미간을 찌푸리며 하늘을 노려보았다. 이른바 신탁이 내려진 것이다. 도둑 길드를 찾을 것과 지금 서둘러 여관으로 가라는 것……

그녀는 터덜터덜 어쩐지 내키지 않는다는 걸음으로 여관으로
걸어가다 뭔가에 걸려 넘어지고 말았다.

"으아아아! 아파라~"

루린은 눈물을 찔끔거리며 자신의 무릎을 살펴보았다. 20대 초
반의 아가씨가 넘어져서 무릎을 다친다라는 건 아마 보는 사람이
있었다면 아픔보다 창피함이 앞서서 벌떡 일어나야만 했을 거란
생각에, 루린은 아무도 없다는 것이 이렇게 고마운 일이라는 걸
처음 알았다. 그러나 순간 나무인 줄로만 알았던 무언가가—위
트—자신을 향해 쪼그려 앉는 것이 아닌가.

"우아아아! 나무가! 나무가!!"

위트는 루린이 자신을 향해 비명을 지르는 것도 아랑곳하지 않
고 인상을 찌푸리며 제법 심하게 찢어진 그녀의 무릎을 바라보았
다.

"쯧쯧, 덜렁거리긴. 힐링!"

"우아아아! 나무가! 나무가! 말을 해!!"

"왜? 나무가 마법 쓰는 건 안 놀랍냐?"

위트는 예상외로 깜찍한 루린의 반응에 장난스런 미소를 지었
지만 루린은 또다시 비명을 질러댔다.

"우아아아! 나무가! 나무가 위트 흉내 내!!"

위트는 기가 막힌다는 듯 루린을 바라보며 비명을 질렀다.

"우아아아! 루린이! 루린이 바보가 돼버렸어!!"

덕분에 정신을 차린 루린이 얼굴을 바싹 가져다 대며 자세히
보기 위해 눈을 가늘게 치켜떴다.

"왜? 뽀뽀해 주려고?"

위트의 농담 섞인 한마디에 루린은 피식 미소를 지으며 그에게서 천천히 떨어졌다.

"그런 시답잖은 소릴 하는 거 보면 위트가 맞긴 맞구나."

"바보. 아무리 지독한 근시라지만 어떻게 날 몰라보냐. 나무?"

"너도 눈에 뵈는 게 없어봐. 그러나 안 그러나."

위트는 아직도 주저앉아 있는 루린을 일으켜 주며 핀잔을 주기 시작했다.

"보통은, 특히 다 큰 아가씨라면 이런 상황에서 뭐라고 하겠냐?"

"으음… 너, 언제부터 거기 있었어?"

"쯧쯧, 그런 거 말고 뭐 사달라고 할 텐데?"

"……?"

"말을 말자, 말을 말아."

"아아, 감사해요, 고마워요. 뭐, 그런 거?"

루린도 형광등은 아니었든지 피식 웃으며 위트의 등을 툭툭 쳤다.

"그래그래, 이 누님께 고맙단 소릴 듣고 싶은 거지? 고마워."

"누가 누님이란 거냐? 귀엽다 귀엽다 하니까 내가 만만하지?"

그렇게 말하는 위트도 루린이 그리 밉진 않은지 엷은 미소를 띠며 루린의 뺨을 살짝 꼬집었다.

"하하, 그래도 이게 내 애정 표현인걸 뭐. 여관으로 돌아갈 건데 같이 갈 거지?"

"아아, 벌써?"

"너무 늦게 들어가면 내 애인이 화내거든."

"애인? 네가 애인이 어딨어?"

"어디에 있긴… 저기에 있지."

루린은 빙긋 미소를 지으며 하늘을 가리켰다. 위트는 그런 루린에게 쓸쓸한 미소를 짓다가 이내 장난스런 얼굴로 물었다.

"루린, 내가 언제부터 여기 있었는지 신경 쓰여?"

"아얏! 언제부턴데?"

"난 다 봤지. 하얀 수증기 사이로 발그레해진 루린의 얼굴이……."

"우아아아! 뭐?!"

"벌러덩 넘어져 무릎 깨지는 거."

위트의 말에 루린은 그가 얄밉다는 듯 흘겨보았다.

"정말 애라니까. 속아 넘어간 내가 바보지."

"그래도 아가씨라고 신경은 쓰이나 보지?"

"흥! 내가 볼 게 어딨다고 신경 쓰이겠어?"

"어이! 어이! 속 좁게 그런 걸로 화가 난 건 아니겠지? 라이트!"

위트는 빛을 불러내 루린이 또다시 넘어지지 않도록 배려하며 천천히 걸음을 옮겼다.

'어쩐지 루린은 훼이나님과 닮은 데가 있다니까. 하! 그래서 좋아하는지도…….'

"위트."

"왜?"

"…혹시 말이야."

"뭐?"

"아니, 아니야. 빨리 가자구."

"싱겁긴."

위트가 루린의 방 앞에까지 데려다 주며 잘 자라는 인사를 하고 등을 돌리던 차에 루린의 다급한 목소리가 터져 나왔다.

"위트! 위트!"

위트는 의아한 얼굴로 그녀의 방으로 뛰어 들어갔다.

"왜 그래? 무슨 일 있어?"

"시에라가 없어졌어."

"무슨 소리야?"

위트는 맞은편의 텅 비어 있는 침대를 바라보며 별일 아니라는 듯 시큰둥하게 대답했다.

"너처럼 온천 갔거나 잠시 산책 갔겠지."

"아니야. 온천에는 나 혼자뿐이었다구. 산책을 갔었다고 해도 이 근방인데, 그럼 아까 우리 들어왔을 때 마주쳤어야지."

위트도 그제야 이상하다는 얼굴로 침대 곁으로 다가갔다.

"침대 시트 보면 자고 있었던 것 같은데… 일단 난 카디프 방에 가볼 테니까 루린, 넌 렌 아저씨께 가봐."

"아, 알았어."

사실 방들은 그리 떨어진 곳이 아니라 가는 것까진 문제가 안 되지만 문제는 렌을 깨우는 일이었다. 루린이 아무리 흔들고 소리쳐도 소용이 없었다. 혹시나 하는 마음으로 애버딘과 카디프의 방에 가봤지만 어쩐 일인지 두 사람 역시 꼼짝도 하지 않고 있었다.

"이거 뭔가 수상하지 않아?"

위트가 난감한 표정으로 묻자 루린도 같은 생각이었는지 의심스런 표정으로 물었다.

"위트, 너 혹시 약이 듣지 않는 체질이니? 예를 들어 수면제라던가……."

"뭐야? 루린, 너도?"

"아아, 역시… 위트, 잠시 비켜봐."

"어? 왜?"

"답답하긴. 일어나지 않으면 일어나도록 만들어줘야지."

루린은 테이블에 놓여진 꽃병의 꽃을 뽑아 들고 두 사람의 얼굴을 향해 물을 뿌려 버렸다. 덕분에 두 사람은 정신을 차린 듯 자리에서 벌떡 일어났다.

"아! 차가워! 이게 무슨 짓입니까?!"

애버딘의 항의 섞인 목소리를 뒤로하고 위트는 렌에게로 달려가 물을 뿌렸지만 렌은 눈만 조금 껌뻑거릴 뿐 여전히 일어날 생각을 하지 못했다.

"도대체 얼마나 먹어댔길래……"

위트가 혀를 내두르는 순간 사색이 된 카디프가 그들의 방으로 뛰어 들어왔다.

"그게 무슨 소리야? 시에라가 사라졌다니?!"

"우선은 렌 아저씨부터 깨우고 이야기하자구."

카디프는 아직도 태평스런 얼굴로 잠을 자고 있는 렌을 차갑게 바라보며 운디네를 소환해 냈다.

"운디네, 렌님이 깨어나실 때까지 실컷 물을 드리도록 해."

그가 말을 끝내기가 무섭게 침대 시트는 흥건히 젖어버렸다.

"푸에취~! 이게 무슨 짓인가?!"

잠이 확 달아난 렌은 위트와 카디프를 잡아먹을 듯 노려보며 고함을 질러댔다.

"시에라가 사라져 버렸습니다."

"뭐? 무슨 소리야?! 잘 자고 있던 애가 갑자기 왜 사라진 건데?!"

렌도 당황한 표정으로 흥분했지만 답을 아는 사람은 아무도 없었다. 어느새 애버딘과 루린도 렌의 방에 들어왔지만 둘 다 딱딱하게 굳은 표정으로 서로를 바라보고 있을 뿐이었다.

"루린, 시에라가 없어진 걸 모르고 있었나?"

"전 온천에서 목욕을 하고 오는 길이라서… 여관으로 빨리 들어가 보라는 신탁을 받고 서둘러 와보니 시에라는 이미 사라진 후였어요."

"잠깐! 그럼 없어진 게 아니라 산책을 간 걸 수도 있잖아!"

렌의 말에 카디프는 여전히 사색이 된 얼굴로 소리쳤다.

"실프를 불러 물어봤는데 주변에 없답니다!"

"그게 어디 나한테 화낼 일인가?! 다른 놈을 불러내 물어보게!"

카디프는 또 다른 실프들을 불러 물어보았지만 다들 고개만 흔들 뿐이었다. 카디프와 애버딘의 표정이 점점 일그러져 가고 있을 때 낯익은 실프 하나가 나타났다. 바로 시에라와 계약을 맺은 중급 정령이었다.

"그녀는?!"

실프는 카디프만이 알아듣는 말을 해대고는 사라져 버렸다.

"뭐라고 그래?"

애버딘이 다급한 목소리로 묻자 카디프는 허탈한 표정으로 짧게 대답했다.

"시에라가 정령을 다룰 수 없는 처지래. 이 여관 밖으로 끌려가서 근처에 있는 워프 게이트로 끌려갔다는군. 어떡하지?"

루린은 아랫입술을 질끈 깨물었다.

"우리가 먹었던 음식에 수면제가 들어 있었어. 나랑 위트는 약이 듣지 않는 특이 체질이라서 비교적 빨리 시에라가 없어진 사

실을 발견할 수 있었지. 그러니 이 여관을 뒤집어엎으면 아마
도……."

"아마도?"

"시에라의 행방을 알 수 있을지도 몰라."

루린의 말이 떨어지기가 무섭게 카디프와 애버딘은 1층 현관으
로 내려갔지만 다들 깊이 잠들어 있는 이 시간에 여관 주인이라
고 해서 깨어 있을 리 없었다. 카디프는 일행들과 함께 여관 밖으
로 나가서는 땅의 정령인 놈을 불러냈다.

"저 여관을 가볍게 흔들어줘. 지진이 난 것처럼."

카디프의 지시에 놈은 고개를 끄덕이고는 곧 이어 눈으로도 보
일 정도로 여관이 흔들거리게 만들었다. 위트는 라이트를 사용해
비명을 지르며 뛰쳐나오는 사람 중에 여관 주인을 찾아냈다. 마음
씨 좋아 보이는 이 아주머니는 갑작스런 사태에도 당황하지 않았
는지 남편과 함께 양손 가득 짐들을 쥐고 있었다.

"잠깐 거기 서요!"

루린이 날카로운 목소리로 외치며 그들의 앞을 막아서자 아주
머니의 얼굴에는 안도의 빛이 넘쳐 났다.

"아아, 손님들, 무사히 나오셨군요."

"불행히도 무사하지 못해요. 우리 일행 중 초록빛 머리카락의
아가씨를 기억하세요?"

"그런 미인은 전에도 본 적이 없으니 잊고 싶어도 못 잊죠. 혹
시 여관 안에서 빠져나오지 못한 겁니까?"

걱정스러운 눈빛으로 일행을 바라보는 아주머니에게 흥분한 렌
은 버럭 소리를 질렀다.

"시치미 뗄 생각 하지 말게! 저녁에 우리가 먹은 음식에 수면제

를 탄 것도 당신이잖아!"

아주머니는 새파랗게 질린 표정으로 남편을 다그쳤다.

"설마 당신, 오늘 저녁에 나갔다 온 게……."

"아… 니야. 난 아니야!"

"아니긴 뭐가 아니에요?! 오늘 주방에서 음식을 만든 건 당신이잖아요! 손 씻었다고 하셔 놓고 어째서? 어째서 또 그 녀석들과 손을 잡은 거예요?!"

일행들은 의아한 표정으로 아주머니를 바라보다 일제히 남편을 노려보았다.

"그 녀석이라뇨?! 시에라는 어디에 있는 거죠?!"

카디프가 과격하게 남편의 멱살을 움켜쥐자 그는 아랫입술을 질끈 깨물었다.

"말할 수 없습니다. 그 여자 분은 포기하십시오."

"말하지 않는다면 내 손에 죽을 거다! 어디에 있지?!"

애버딘이 검을 뽑아 들며 남편을 다그쳤지만 그는 눈 하나 깜짝이지 않았다.

"당신 손에 나 하나 죽으면 끝이지만 내가 입을 열면 우리 가족 모두가 그들 손에 죽어갈 것이오! 당신이라면 말할 수 있겠소?"

"나라면 비겁하게 여자를 납치하지도 않아!"

위트는 자신의 가죽 주머니에서 노란 약병을 꺼내 들고는 그의 입에 들이부었다.

"지금부터는 말하지 않고는 못 버틸걸! 그건 자백제거든. 이런 치사한 짓은 하고 싶지 않았지만 이에는 이, 눈에는 눈이라구!"

"그, 그런! 당신은 내 아내나 내 가족의 목숨이 어떻게 되든 상관없단 말입니까?!"

"당연하잖아! 넌 시에라가 당할 고통을 생각이나 하고 그애를 납치한 거야? 피차일반이라구."

어쩐지 일행이 알고 있는 위트의 모습이 아니라 뭔가 묘한 위화감이 들긴 했지만 지금은 그런 걸 따질 여유가 없었다.

"시에라는 어디에 있지?"

카디프의 날카로운 목소리에 그는 식은땀을 흘렸지만 그의 입에서 대답이 흘러나오기까지는 그리 오랜 시간이 걸리지 않았다.

"지금 어디에 있는지 알 수는 없지만, 그들은 그녀를 드래곤의 제물로 바치려는 것 같습니다. 매년 드래곤의 가호를 받기 위해 산이나 바다에 아름다운 아가씨들을 버려두고 가는 관례가 있어서……"

"보통 그런 건 마을 사람의 딸 중에서 한 명으로 보내지 않아요?"

루린이 미간을 찌푸리며 묻자 그 대신에 아주머니가 고개를 숙이며 대답했다.

"드래곤이 정말 존재하는지 단순히 사람들이 지어낸 건지 알지도 못하는 상황에서… 미친 짓이죠. 게다가 이건 명백한 불법이에요. 어떤 부모가 자기 자식을 자기 손으로 죽이려 들겠습니까? 다 길드에서 하는 짓이죠."

"길드? 혹시 도둑 길드를 말씀하시는 거예요?"

루린이 놀란 듯 두 눈을 동그랗게 치켜뜨자 그녀는 고개를 끄덕였다.

"네. 거기 마스터가 굉장한 마법사라고 알고 있습니다."

'흥! 인간이 굉장해 봤자지. 하필이면 리도스님과 훼이나님께 큰소리치고 나자마자 일이 터질 건 또 뭐냐.'

"길드는 어디에 있어? 안내하란 소린 하지 않을 테니까 빨리 불어."

"길드는… 마리안 상회 지하에 있습니다만……."

그는 긴 한숨을 내쉬며 위트를 바라보았다.

"너! 지금 날 바보로 아는 거냐?!"

위트가 버럭 화를 내자 그는 그의 눈을 정면으로 응시했다.

"의심해도 할 수 없지만 저는 진실을 말했습니다."

"그건 당연하지. 내가 만든 시약에 실패가 있을 리 없으니까."

"그럼 무엇 때문에?"

"마리안 상회라는 말만으로 내가 그걸 알 수 있을 리가 없잖아!"

위트가 버럭 화를 내자 다들 벙찐 얼굴로 위트를 바라보며 혀를 찼다.

'아무리 생각해도 저 녀석, 바보 아니야?'

렌이 뭐라고 한마디 하려던 차에 아주머니가 긴 한숨을 내쉬며 나섰다.

"남편의 잘못은 내 잘못이기도 하죠. 제가 마리안 상회 입구까지 안내해 드리겠습니다."

"안내라니요. 말로 설명해 주셔도 찾아갈 수 있습니다. 카디프, 메이를 데리고 와."

"아니에요. 길이 너무 복잡해서 제대로 설명해 낼 자신도 없어요."

카디프가 메이를 데리고 나오자 위트는 허탈한 표정을 지으며 자신의 아내를 바라보는 남편에게 말을 걸었다.

"쯧쯧, 아내보다 못하군. 뭐, 좋아. 이번엔 아주머니를 봐서 당신들 목숨은 건드리지 않도록 조치를 취해주지."

"다녀올 테니까 주무시고 계세요."

그녀는 남편을 향해 짤막한 인사를(?) 하고는 앞장섰다. 여관에 들르지 않고 바로 출발할 생각이었는지 일행의 말들을 모두 데리고 나온 덕에 다들 한 손에 말고삐를 쥐고는 발걸음을 재촉하기 시작했다.

그녀의 말대로 상회로 가는 길은 미로처럼 복잡하게 얽혀 있어 머리가 좋다고 자부하는 애버딘조차 헷갈릴 정도였다.

"부디 조심하세요."

"안내해 주셔서 감사합니다. 그리고 오늘 부인께 실례를 한 건 마음에 담아두지 마세요. 저희들도 시에라가 없어져서 당황한 거니까."

"네, 당연하죠. 저희야말로 큰 잘못을 저질렀는걸요. 그럼……."

그녀가 골목길 귀퉁이로 사라지자 일행들은 거대한 저택을 노려보며 마리안 상회의 문패를 확인했다. 앞서 언급했듯 마이라는 마법으로 밝혀놓은 빛 덕분에 온 거리가 낮만큼이나 환했다. 온천 같은 곳이나 호수, 산 등 자연계 쪽은 그곳의 생태와 이용하는 사람의 편의를 위해 어두운 상태 그대로 해두었지만, 그렇지 않은 곳은 언제나 휘황찬란한 불빛을 자랑하고 있었다.

"이곳의 마스터가 마법사라고 했었지?"

위트가 비웃듯 다시 확인하자 루린이 의아한 얼굴로 대답했다.

"대단한 마법사라고 했었지. 자신있어?"

"인간치고 나를 이길 수 있는 녀석은 아무도 없을 거다."

"아아, 그건 자만이고……."

루린이 옆에서 가볍게 손사례를 치자 위트는 의미 모를 미소만을 지었다.

"정면 돌파할 거야? 숨어 들어갈 거야?"

"당연한 걸 왜 물어?"

"······?"

의아한 표정으로 일행들이 위트를 바라보는 것도 잠시, 그가 굳이 입을 열지 않아도 해답을 알 수 있었다.

"누구냐?!"

"아아~ 이런 의미였군."

애버딘이 고개를 끄덕이며 우르르 몰려나온 사병들을 바라보았다. 보통은 저택 입구에서 서성거린다고 해서 대여섯 명의 사병을 내보내거나 하진 않는다.

"이곳에 용건이라도 있는 건가?"

"그럼 정면 돌파하는 건가?"

렌이 배틀 엑스를 만지작거리며 사병을 노려보자 애버딘은 살짝 땀을 닦아내고는 그의 앞을 막아서며 배시시 미소를 지었다.

"제가 해결할게요."

"너희들은 누구냐?!"

사병들은 검을 뽑아 들며 자신들의 말이 씹힌 게 못마땅한 건지, 수상해 보이는 자에 대한 예의를 보이는 건지 한껏 인상을 찌푸리며 험상궂은 분위기를 풍겼다.

애버딘이 여전히 여유만만한 미소를 지으며 그들에게 다가가자 그들은 긴장했는지 노련하게 애버딘의 행동을 주시했다.

"안녕하세요? 오늘은 달이 무척 예쁘죠?"

사병들은 물론 일행들의 긴장마저 한순간에 사라져 버리는 순간이었다.

"임마! 너, 지금 농담 따먹기 하냐?!"

렌이 버럭 소리를 지르자 벙찐 표정으로 애버딘을 바라보던 사병 한 명이 화낼 마음도 사라져 버렸다는 듯 피식 미소를 지어 보였다.

"그렇군. 그런데 마리안님의 저택에는 무슨 일로 온 거냐?"

"마리안님께서 저희 상회에 맡기신 물건이 있어서 그것을 드리기 위해 찾아왔습니다. 마리안님을 뵐 수 있을까요?"

애버딘의 엉뚱한 말에 렌의 눈이 날카롭게 빛났지만 루린이 뭐라고 속삭였는지 일단은 잠자코 있어주었다.

"이런 늦은 시간에? 당연히 신원 보장 증명서 같은 건 가지고 왔겠지? 이리 줘봐. 일단 네 녀석이 누구인지부터 알아야 하니까."

"당연히 가지고 왔죠."

자신만만한 미소를 지으며 품속을 뒤적거리는 애버딘에게 일행은 속으로 의아한 생각이 들었지만 곧 애버딘의 멋진 연기 실력에 감탄의 표정을 지을 수밖에 없었다. 그는 울상을 지으며 사병에게 매달렸던 것이다.

"아아~! 어떡해! 어떡해요?!"

뭔가 당황스런 표정으로 사색이 돼버린 애버딘에게 사병은 의아한 표정으로 물었다.

"무슨 일이야?"

"그게… 저희 상회에서 주신 증명서를… 잃어버렸어요. 형! 어떡해요!? 그 증명서가 없으면 여기에 못 들어갈 테고, 그렇게 되면 전 저희 상회의 주인에게 해고당할 텐데… 어머니가 아시면 절 보려고 들지도 않을 거예요! 으아아아! 어떡해~!?"

애버딘의 말에 그는 측은한 표정을 지으며 고민에 빠진 것 같왔다. 아마 애버딘 또래의 동생이 있는지 그의 머리까지 쓰다듬으며 안심시켜 주는 사병도 있었고, 한결 살기가 누그러지긴 했지만 여전히 무뚝뚝한 눈으로 그를 바라보는 사병도 있었다. 결국 동생이 있는 것 같은 사병이 애버딘을 향해 구원의 손길을 뻗었다.

"그럼 집사님을 깨워오면 안 될까? 집사님께서 아무래도 우리보단 권한이 많으시니까. 결국 마리안님을 만나뵈려고 해도 집사님을 거쳐야 하잖아."

"너, 어쩌려고 그래? 증명서나 추천장도 없는 사람을 집사님께서 만나주려고 하시겠어? 게다가 집 안으로 들이면 더 야단날 텐데 그 뒷감당은 어떻게 하려고 그래?!"

"그거 참, 그렇게 야박하게 굴 건 없잖아. 저들이 안으로 들어가는 게 힘들다면 집사님을 여기로 모시고 나오면 되는 건데… 내가 다녀올 테니까 여기서 저쪽이나 신경 써."

그는 흘끗 심상치 않아 보이는 애버딘의 일행을 가리키며 주의를 주고는 저택 안으로 서서히 멀어져 갔다. 저택이라고 해도 수풀로 우거진 정원과 작은 호수, 그 외에도 멋들어진 분수대를 갖추고 있는 대저택인만큼 집사와 함께 나오는 시간은 지루할 만큼 길었다.

"누가 마리안님을 찾아온 건가?"

"전 애버딘이라고 합니다. 저희 주인님이 마리안님께서 특별히 주문하신 물건이 이제야 완성된 것이라고… 늦은 시간이긴 하지만 당장 가져다 드리라고 하셔서, 실례인 줄은 알지만 마리안님을 뵙게 해주세요."

"상회 이름이 뭔가? 자네 같은 아름다운 아가씨가 이런 밤에 찾아올 만큼 급하게 주문한 거라면 내 머리 안에 분명히 들어 있을 테니 소속을 밝히게."

집사는 깐깐한 표정으로 애버딘을 노려보았지만 애버딘 역시 호락호락하게 물러설 위인이 아니다.

"제가 여자로 보이십니까? 이래 봬도 남자이고, 이 물건은 마리 안님께서 찾아오셔서 주문하고 가신 겁니다. 뵙게 해주십시오. 아 시다시피 상거래란 신용이 생명 아닙니까? 이 야심한 시간에 가 져올 물건이라면 얼마나 대단한 건지 제가 굳이 설명드리지 않아 도 될 텐데요."

"그래? 그럼 그 물건을 나에게 주게. 내가 직접 가져다 마리안 님께 전해드리겠네. 돈은 마리안님께 물건을 가져다 드린 뒤 지불 하도록 하지."

"저희 주인님께서 마리안님께 직접 드리라고 하셨습니다."

집사는 처음부터 애버딘의 말을 믿지 않았는지 인상을 찌푸리 며 바로 적의를 드러냈다.

"소속도 밝히지 않고, 신원 증명서도 없고, 물건도 보여주지 않 다니 그게 말이나 된다고 생각하나?! 뜨거운 맛을 보기 전에 썩 여기서 사라지게!"

장사에 대한 거라면 물건 값을 깎는 경험만으로는 노련한 집사 를 이기기 힘들었다.

"이건 분명히 주문받은 물건이고, 직접 전해드리라고 한 물건인 데 집사님 때문에 늦어지면 어쩌라는 겁니까?! 급한 물건이라니 까요!"

뭐든지 목소리 커서 불리한 싸움은 없다. 애버딘이 귀가 찢어질 만큼 높은 톤의 목소리로 꽥 고함을 지르자 잠시나마 집사는 움찔 거렸고, 그 기세를 몰아 애버딘은 정신없이 떠들어대기 시작했다.

"물론 저희 상회야 마리안님의 상회에 비하면 새 발의 피니까 저 같은 심부름꾼을 쫓아 보내실 수도 있지만, 같은 상인이라면 다른 상회의 신용도 좀 생각해 줄 수 있는 거 아니겠어요? 게다가 전 어렵게 취직을 한 건데 이 일로 짤리기라도 한다면 전 어머니께도 쫓겨날 거고… 아아! 무일푼으로 비참한 생활을 하다 장가도 못 가보고 굶어 죽겠죠. 그렇게 된다면 제가 원망할 사람은 당연히 집사님이 되겠죠. 그러면 집사님께선 밤마다 악몽을 꾸게 될 거고 나날이 야위어갈 거예요. 그래도 좋은가요?"

애버딘은 상큼한 미소를 지으며 구리구리한 말들을 쏟아냈지만 집사는 아까는 단순히 그의 큰 목소리에 귀가 멍멍했던 것뿐이었던지 눈 한번 깜빡이지 않았다.

"흥! 자네가 길에서 굶어 죽든 얼어 죽든 그건 내 알 바가 아니네. 내가 아는 건 난 마리안 상회의 집사이며, 이곳엔 나 말고도 여러 명의 집사가 더 있다는 거지. 만일 내가 실수를 하게 되면 그 날로 난 이거일세."

집사는 자신의 목을 자르는 시늉을 해 보이고는 냉정히 잘라 말했다.

"게다가 난 자네보다 스무 살은 많을걸? 그러니 자네가 굶어 죽기 전에 운이 좋다면 늙어 죽을 수 있게 되겠지. 그러니 먼 훗날보다 지금 당장의 밥그릇을 챙겨야 하지 않겠나? 나를 통해 이 저택에 한 발자국이라도 들어가고 싶거든 추천서나 증명서, 그리고 거래를 할 만한 무언가를 들고 오게."

애버딘이 난감한 얼굴로 서 있자 루린은 짧게 한숨을 내쉬었다.

"하아~ 잠깐만요. 전 루린이라고 하고, 저희 일행 모두는 루이슨 상회 소속이죠. 마리안님께서 주문하신 물건은 검 길이만 60㎝

인 숏 소드이며 특별한 축복을 내려놓은 신성한 검입니다. 그러나 이 축복에는 유효 기간이 있는 것이라 시간을 지체하기가 힘듭니다. 집사님의 성함은 어떻게 되십니까?"

일행들 모두가 루린의 입에서 터져 나오는 낯선 단어들에 당황한 표정으로 집사와 그녀를 번갈아 바라보자 그녀는 또다시 속으로 한숨을 내쉬었다.

'저런 바보들! 사람이 뭐처럼 나서면 도와주진 못할망정 표정 유지나 하고 있을 일이지…….'

"흠! 흠! 마스터에겐 제가 잘 말씀드릴 테니 다들 걱정 마세요."

루린이 헛기침을 하며 입은 생긋 웃으며 일행들을 향해 눈에서 아이스 빔이라도 뿜어낼 것 같은 시선을 보내는 것을 잊지 않았다.

"제 이름은 무엇 때문에 물으십니까?"

애버딘에게 대할 때와는 달리 꽤 정중함이 묻어 나오는 말투와 표정에 긴장감까지 내비쳤다.

"이만큼 늦어지게 했으니 당연히 집사님께서 저희 상회의 신용을 책임지고 증명해 주셔야죠. 그리고 유효 기간이 있는 축복인만큼 이 시간까지 발생하는 손해에 대한 모든 가격에 대해서도 책임을 지셔야 합니다. 빛에 노출되면 그 유효 기간이 더욱 짧아지는 것이니 확인하시겠다면 앞서 말씀드렸다시피 모든 가격에 대한 책임을 지셔야겠죠. 그러니 당연히 집사님의 성함을 알고 있어야 하지 않겠습니까?"

생긋 미소를 지으며 여유롭게 반문하는 루린과는 달리 어느덧 집사의 이마에는 송골송골 땀이 맺히고 있었다. 소규모의 상회라 해도 마리안이 직접 찾아가서 주문했다는 것은 가격이 엄청나다거나 쉽게 구할 수 없는 물건—이 경우 부르는 것이 곧 값이다—혹은 두 가지 모두를 일컫는다는 뜻이다.

"거절한다면 어떻게 되는 거죠?"

"어떻게 할 것 같아요? 저희가 서류를 가지고 와서 마리안님을 뵙고 이야기한다 해도 저희들만의 이야긴 믿어주시지 않겠지만, 사병들의 이야기라면 사정이 달라지겠죠?"

"사병들이 당신을 위해 증명해 줄 것 같소? 이들도 마리안 소속의 사병들인데……."

"진실을 말하는 것에 관한 대가는 얼마가 들어도 아깝지 않죠. 이곳의 3배를 드린다면 집사님의 말씀대로 당장의 밥그릇과 진실을 밝힌 용기까지 얻는 건데 거절하겠습니까?"

루린의 말대로 사병들은 솔깃한 얼굴들을 하고 있었다. 집사는 한숨을 내쉬며 졌다는 듯 고개를 내저었다.

"제법 하시는군요. 제 이름은 페일입니다. 안으로 들어오십시오."

집사의 말이 떨어지기가 무섭게 사병들은 굳게 닫힌 저택의 문을 활짝 열었고 집사에게 다가간 루린은 여전히 사람 좋아 보이는 미소를 지으며 물었다.

"물건 확인하시지 않아도 되겠습니까?"

집사는 사색이 된 얼굴로 애써 평정을 유지했다.

"아아, 제가 본다고 알 수 있는 물건도 아니고, 마리안님께서 주문하신 거라면 당신들의 말을 믿도록 하겠습니다."

'하? 지불할 물건 값이 두려운 게 아니라?'

루린은 속으로 그를 보며 비웃었지만 겉으로는 고맙다는 듯한 표정으로 조용히 그의 뒤를 따를 뿐이었다.

과연 저택은 대저택. 저택 안까지 준비된 마차를 타고 가는 것에만 지루할 만큼의 시간이 지나가 버린 것이 마음씨 좋아 보이는 사병도 말을 이용했던 듯싶었다. 집사가 일행들과 함께 저택 안으로 들어서자 나이 든 시녀 한 명이 빠른 걸음으로 계단으로 올라가는 것을 확인하고는 일행들을 응접실로 안내했다.

"차 드시겠습니까?"

"아니요, 괜찮습니다."

루린이 부드러운 얼굴로 거절하자 집사는 고개를 끄덕이고는 편히 기다리라는 말을 남기고는 밖으로 나갔다. 일행들끼리만 남겨지자 불만에 가득 찬 시선들이 일제히 애버딘을 향해 날아들었고 애버딘은 머리를 긁적이며 시키지도 않은 변명을 늘어놓았다.

"하하, 덕분에 쉽게 왔잖아. 실패한다면 그때 가서 정면 돌파해도……"

"입 다물어!"

카디프의 냉정한 시선에 애버딘은 잠시 불만이 가득 찬 표정을 지었지만 카디프의 심정을 배려해서인지 조용히 입을 다물었다. 어색한 침묵이 이어지는 것도 잠시 '똑똑' 하는 노크 소리와 함께 아까보다 나이가 많은 듯한 집사가 들어왔다.

"마리안님께서 기다리고 계십니다. 대표로 몇 분만 나와주십시오."

"네? 함께가 아니라 대표만요?"

애버딘이 당황한 표정으로 되묻자 집사는 당연한 걸 왜 묻냐는 표정으로 고개를 끄덕였다.

"제가 가죠."

카디프가 자리에서 일어나자 애버딘이 얼른 따라나섰다.

"난 당연히 가야 해요."

위트 역시 따라나서려는지 자리에서 일어나자 집사가 얼른 그를 제지하고 나섰다. 아마 앞의 집사에게 들은 이야기가 있는 듯싶었다.

"아아, 루린님께서 가셔야 하니 나머지 분들은 자리에서 기다려 주십시오."

"그럼, 두 사람 중 한 명이 빠져 주지 않을래?"

위트의 말이 먹힐 리 없었다. 카디프와 애버딘, 두 사람 모두 단호한 표정으로 그의 제안을 거절해 버리자 집사는 세 사람과 함께 응접실 밖으로 나왔다.

"마리안님께서 주무시다 일어나 기분이 썩 좋은 편이 아니니까 신경을 쓰십시오. 그리고 마리안님의 방은 소리 차단 마법이 걸려 있으니 필요한 게 있으시면 불편하시더라도 잠시 나오셔서 문 앞에 대기하고 있는 아이에게 부탁하시면 됩니다."

"네, 알겠습니다."

마리안이 기다리고 있다는 또 다른 응접실 앞에서 집사는 일행들에게 준비됐느냐는 눈빛을 보냈고, 루린이 가볍게 고개를 끄덕이자 그는 가볍게 문을 두들겼다.

"들어오십시오."

어쩐지 생각보다 목소리가 젊게 느껴졌다. 목소리가 들리자 문앞의 소년이 조용히 문을 열었고, 셋은 애버딘을 선두로 방으로 들어갔다. 루린이 마지막으로 방문을 닫으며 슬쩍 마리안이라고 불리운 사람을 곁눈질했다.

"흐음… 난 또 없는 주문 운운하며 이 야밤에 사람을 깨우기에 얼마나 잘난 녀석들인가 얼굴 좀 보려고 했더니, 겨우 철없어 보이는 꼬맹이 셋인가?"

어쩐지 노인 같은 말투이긴 하지만 그런 말을 하고 있는 마리안이란 사람은 날씬한 체격의 파란 머리가 인상적인 열 살쯤 되어 보이는 꼬맹이였다.

"이거 뭔가 잘못 알았나 본데… 차라리 집사가 더 수상하지 않아?"

"여관 주인이 속인 거 아니야? 그럴 사람 같아 보이진 않던데……."

눈앞에 팔짱을 끼고 비스듬히 서서 애버딘 일행을 상당히 건방진 표정으로 바라보던 꼬맹이는 자신이 씹히고 있다는 것에 매우 기분이 상했는지 인상을 찌푸리며 애버딘과 루린을 노려보았다. 카디프는 계속 조용히 있다 꼬맹이에게 정중한 얼굴로 물었다.

"당신이 마리안이 맞습니까?"

"헤~ 역시 엘프는 뭐가 달라도 다르네. 좋아, 마음에 들었어. 넌 살려주기로 하지."

싱긋 어린애다운 귀여운 미소를 지으며 양손에 파이어 볼 두 개를 떠올렸다.

"헉! 마법?!"

애버딘이 바짝 긴장을 하며 꼬맹이를 노려보았지만 루린은 평온한 얼굴로 그를 보며 싱긋 미소를 지었다.

"어쩌면 우리 잘 찾아온 것 같은데?"

여유만만한 표정으로 자신을 바라보는 그녀에게 꼬맹이는 피식 미소를 지으며 파이어 볼을 각각의 목표를 향해 날려 버렸다.

"애버딘! 내 뒤로 와!"

루린의 날카로운 목소리에 애버딘은 재빨리 루린에게로 달려갔고 아슬아슬하게 파이어 볼을 피해낼 수 있었다. 검은 기운이 루린의 주위를 완전히 뒤덮고 있었던 것이다.

"이래 봬도 내 빽이 꽤 하거든."

꼬맹이의 눈에는 놀라움과 분함이 뒤섞여 나왔다.

"이런 마법은 들어본 적이 없어. 아이스 윈디!"

날카로운 물보라가 두 사람을 향해 날아들었지만 검은 기운은 쉽게 사라지지 않았다.

"이봐이봐, 이래 봬도 나 사랑받고 있는 몸이라구. 그렇게 쓸데없이 마나 낭비하다간 너부터 나가떨어질걸?"

어쩐지 얄미운 말투로 약을 바짝 올리는 듯했지만 꼬맹이는 다행스럽게도 루린의 의도대로 잘 빠져 주고 있었다.

"흥! 쓸데없는 참견이야!"

그는 또 다른 마법을 구사하려 했지만 카디프에게 뒷덜미를 잡히고 말았다.

"아앗! 이게 무슨 짓이야?!"

"네가 도둑 길드 마스터라며? 초록색 머리의 끝내주게 예쁜 소녀 알지?"

애버딘이 꼬마의 코끝까지 바짝 다가와서는 다짜고짜 시에라부터 찾아댔다.

"모른다는 말은 못 할 거야. 오늘 이 마을에서 사라져 버렸으니까. 어디로 빼돌렸어?!"

인상을 구기며 화를 내는 애버딘에게 꼬맹이는 피식 비웃음을 흘렸다.

"내가 멈추라는 한마디만 하면 너희는 모두 그대로 굳어서 들지도, 보지도, 말하지도, 움직이지도 못하게 되는데 계속 까불래?"

꼬맹이의 말에 벙찐 애버딘은 이마에 힘줄이 돋는 것을 느꼈다.

"카디프, 저 건방진 꼬맹이 거꾸로 매달아 버려."

"흠, 그게 좋겠다."

카디프가 만족스러운 표정으로 꼬맹이를 거꾸로 들려는 순간 꼬맹이의 다급한 목소리가 터져 나왔다.

"멈춰!"

꼬맹이의 목소리에 루린을 제외한 모두가 그 자리에서 딱딱하게 굳어버렸다.

"그러길래 내가 말했잖아. 괜히 까불고 그래."

고소하다는 듯한 표정으로 카디프와 애버딘을 번갈아 보던 꼬맹이는 가볍게 카디프로부터 벗어날 수 있었고, 루린에게 다가가 피식 미소를 지었다.

"대단한걸? 혼자서 움직일 수 있다니."

"말했을 텐데. 내 빽에게 사랑받는 몸이라구."

루린은 여유를 부리긴 했지만 등에서 식은땀이 흘러내렸다. 홀드 마법의 일종이라면 누군가 움직이게 되는 동시에 바로 깨져 버리기 마련이다. 그러나 아무리 루린이 움직인다 해도 카디프와 애버딘은 여전히 굳어 있었다. 루린이 곁눈질하는 게 보였는지, 그게 아니라면 자신의 실력을 자랑하고 싶은 마법사 기질이 발동했는지 꼬맹이는 시키지도 않은 말을 떠들어댔다.

"너는 움직이는데 왜 네 일행들은 움직이지 못하는지 궁금하지? 이런 마법에 대해서는 들어본 적이 없었을 테니까."

"난 마법사가 아니니 내가 알지 못하는 마법이 아는 마법보다 훨씬 많을 텐데, 그런 걸 일일이 궁금해하다간 재미없는 어른이 돼버리고 말 거야."

"하하, 재미있는 여자로군. 좋아, 너도 그 초록색 머리와 함께 형에게 선물로 보내주지. 형이라면 예쁜 여자보다 재밌는 여자를 좋아할지도 모르니까."

루린의 표정이 처음으로 어두워졌다.

"그 말은 네가 이곳의 마스터가 아니란 뜻이야? 그게 아니면 시에라를 드래곤의 제물로 바친단 구실로 네 형이란 사람의 노리개로 줬다는 거야?!"

"너, 꽤 똑똑하구나? 무슨 소리가 듣고 싶은 건데?"

"장난치는 거 아니니까 똑바로 대답해."

루린은 사이드를 손에 쥐고 여차하면 휘두를 기세를 보였지만 꼬맹이는 여전히 여유만만한 표정으로 장난치듯 대답했다.

"뒤쪽이 정답이야. 아직 형에게 도착하려면 멀었지만… 그런데 그 사이드로 뭘 하려는 거야? 설마 어린애를 잔인하게 베어버릴 생각은 아니겠지?"

"설마~ 마법사를 육탄 공격하려는 것뿐이야. 계란으로 바위 치기라 해도 반항하는 게 낫지 순순히 죽여주십시오 할 순 없으니까."

"헤에~ 근성있는걸? 새로운 마법을 만들어내는 내게 그깟 사이드 하나로 덤벼보겠다?"

꼬맹이의 빈정거림에 루린은 속으로 아찔함을 느꼈다.

'뭐야, 나 말고도 애인이라면 얼마든지 있으니까 빨리 불러들이자는 건가요? 아무리 그러셔도 나만큼 당신을 위할 사람은 없다는 거 아시죠? 알아서 하세요. 난 지금 불려가도 손해볼 거 하나도 없으니까.'

루진은 자신이 모시고 있는 신에게 은근히 협박성의 투정을 부렸지만 반쯤은 기가 죽어버렸다. 그러나 이대로 얌전히 무너질 루린이 아니다. 그녀는 사이드를 위협적으로 휘두르며 선제공격을 날렸다.

"우아아아! 베일 뻔했잖아!"

"괜찮아, 괜찮아. 죽진 않을 테니까."

어쩐지 바보 콤비가 되어버린 루린과 꼬맹이가 나름대로 긴박한(?) 전투를 벌일 때쯤 응접실의 문이 벌컥 열렸다.

"루린! 괜찮아?!"

위트의 날카로운 목소리에 루린은 살짝 미간을 찌푸렸다.

"이제야 오면 어떡해?!"

"마법으로 재워 버리고 오는데… 렌 아저씨까지 잠들어 버려서……."

쑥스러운 듯 머리를 긁적이며 얼굴을 붉히는 위트를 보며 루린은 이마에 힘줄이 돋았다.

"이게 지금 쑥스러워한다고 해결될 일이야?!"

날카로운 루린의 말에 위트는 딴청을 부리느라 고개를 돌리다가 꼬맹이와 눈이 마주쳐 버렸다.

"루린."

"응?"

"미안하지만 좀 자라."

"에? 그게 무슨 말도 안 되는……."

루린은 말을 채 끝내기도 전에 그대로 잠이 들어버렸다.

"혀… 형."

사색이 된 꼬맹이의 입에서 터져 나오는 소리.

"너 이 자식! 죽을 줄 알아!!"

마치 입에서 불을 뿜어내는 듯한 위트.

"형, 내가 형 일행인 줄 알았다면 납치했을 리가 없잖아. 한 번만 봐줘."

"짧게 대답해. 시에라 지금 어딨어?"

"형 방에."

"뭐?! 너, 지금 누구 놀리냐?!"

"거짓말 아니야. 형에게 거짓말했다간 뼈도 못 추리는데 내가왜 거짓말을 하겠어?"

"누가 거짓말한데? 왜 납치했는지 이유를 설명해야 할 거 아니야."

"형이 짧게 대답하라며?"

"이젠 말대답까지 하시겠다?"

"아, 아니, 그럴 리가 있겠어? 예뻐서 분명 형이 좋아할 줄 알고그랬단 말이야. 요즘은 통 유희도 즐기지 않고 계속 성에만 있으니까……."

"네 나이가 몇 살인데 그런 헛소리를 하는 거야? 일이 바쁘다보면 못 나올 수도 있는 거지. 그게 몇백 년이 되긴 했지만… 아무튼 너, 도망가지 말고 여기 있어!"

위트는 말을 끝내기가 무섭게 모습을 감추었다.

"아아… 정말 죽었다."

꼬맹이는 어느덧 20대 초반의 모습으로 변했지만 여전히 풀 죽은 모습으로 위트를 기다렸다. 잠든 시에라를 안아 들고 돌아온위트는 무시무시한 눈으로 꼬맹이를 노려보았다.

"어쩔시구리! 아직도 여기 버티고 서 있으면 나랑 한번 해보겠다는 거야?! 이걸 그냥 확! 빨리 안 가지!"

"형이 여기 있으라고 했잖아."

"호오~ 이제 반항하겠다는 거냐?!"

위트의 손에 어느덧 사람 머리만한 파이어 볼이 떠오르자 그는 허겁지겁 방에서 나가 버렸다. 위트는 카디프와 애버딘의 마법을 풀자마자 다시 재워 버리고는 응접실에 뻗어 있는 렌과 유니콘을 비롯한 모든 일행들을 데리고 세이지에서 가까운 산으로 워프해 버렸다.

혼자서 텐트를 치고 있는 동안 위트가 소환해 낸 정령들은 서로 도우며 불을 피우고 음식을—그래 봐야 바비큐지만—만들어냈다.

"수고했어. 정령들도 때론 쓸 만하군. 돌아가도 좋아."

정령들이 만족스러운 얼굴로 사라지자 위트는 골치 아프다는 표정으로 뻗어 있는 자신의 일행들을 바라보았다.

"메이, 너 내가 정령을 쓴 거 이를 거냐?"

위트의 느닷없는 질문에 메이는 긴장한 표정으로 고개를 저었다.

"어쩐지 당신에겐 절 데려왔던 여인과 같은 향기가 나요. 당신도 그녀와 같은……?"

"하하, 마음대로 생각해. 다만 쓸데없는 소리 하면 당장 유니콘으로 해 먹을 수 있는 요리 책을 찾아다 널 잡아먹어 버릴지도 모르니까 입 조심하고."

살짝 윙크를 해 보이는 그에게 메이는 조금 걱정스러운 표정으로 고개를 끄덕였다.

"물론 이야기하지 않겠어요. 그렇지만 일행인데 굳이 당신이 누구라는 걸 숨길 필요가 있나요?"

"숨기긴 누가 숨긴다는 거지? 나는 위트, 마법사이면서 독특한 술집을 경영하고 있는 괴팍한 고위 마법사일 뿐 그 이상도 그 이하도 아니야."

어쩐지 진심이 담긴 말투라 뭐라고 이야기하기 어려워지는 메이였다.

"저 정도면 푹 잤으니까 녀석들을 깨우는 거나 도와줘."

혼란스러워하는 메이의 머리를 쓰다듬으며 피식 미소를 짓자 메이는 마지못해 시에라와 루린을 향해 걸음을 옮겼다.

"일어나! 일어나라구!! 지금이 대낮인 줄 알아?! 어서 일어나라구!"

위트는 애버딘과 카디프를 툭툭 치면서 고함을 질러댔다. 덕분에 메이가 뭐라고 하기도 전에 시에라와 루린이 미간을 찡그리며 자리에서 일어났다.

"아함~ 잘 잤다. 어라? 시에라?!"

늘어지게 하품을 하고 난 뒤의 루린은 자신의 옆에서 아직 잠이 덜 깬 듯한 시에라를 발견하고는 깜짝 놀란 표정을 지었다.

"시에라?!"

역시 그 이름에 가장 먼저 반응을 보인 건 카디프였다. 뭔가 연인 상봉의 한 장면이 연출되기도 전에 간발의 차이로 일어난 렌과 애버딘들이 우르르 몰려들어 시에라의 상태를 살피느라 서로를 마주 보며 미소를 지을 수밖에 없었다.

"어떻게 된 거야? 대충 넘어가려 하지 말고, 솔직히 말해 봐. 슬리핑 마법을 쓴 건 너잖아."

"…뭐, 덕분에 잘 해결됐잖아. 나 혼자 꽤 애먹었다구."

"그런 것치고는 너무 깨끗하단 생각이 드는데……."

"바람난 남편을 추궁하는 폼 어떻게 좀 안 돼?"

위트가 장난스러운 얼굴로 루린에게 농담을 건네자 루린은 무시무시한 얼굴로 인상을 찌푸렸다.

"바람난~ 남편~? 누가 뭘 어쩐다고~?!"

"하하하, 이것도 부탁해."

위트는 재빨리 바비큐를 덜어놓은 접시를 루린에게 넘겼다. 루린은 얼떨결에 접시를 받아 들고는 내키지 않는 걸음으로 옮겨야 했다.

식사를 끝내고 난 뒤 아침이 되어버린 숲 속을 여기저기 살펴보아도 사람의 손길이 닿은 듯한 흔적은 찾을 수 없었다.

"도대체 여기가 어디야?"

애버딘이 답답하다는 얼굴로 살짝 인상을 찌푸렸지만 아무도 대답을 해주지 않았다. 워프를 해온 위트가 잊어버렸다며 입을 다물고 있으니 아무도 여기가 어디인지 알 수 없었던 것이다.

"어디로 가야 하지?"

애버딘이 또다시 한숨을 푹 쉬며 묻자 시에라는 빙긋 미소를 지으며 실프를 불러냈다.

"여기서 가장 가까운 마을을 찾아줄래? 작아도 상관없으니까."

시에라의 말에 실프는 잠시 마을을 찾아 일행들의 시야에서 사라졌다.

"헤~ 꽤 걸리는데? 근방에 마을이 없는 거 아니야?"

애버딘이 초조한 얼굴로 주변을 두리번거릴 때쯤 실프가 마을을 찾았는지 일행을 안내했다.

"흐음… 작은 마을이군."

"이렇게 작은 곳도… 마을이라고 할 수 있을까요?"

루린의 말에 이 마을보다는 크지만 아주 작고 평화로운 마을에서 지냈던 애버딘과 시에라는 자신도 모르게 발끈했다.

"사람이 살면 마을이죠 뭐."

"사람이 적어도 마을은 마을이랍니다."

루린이 어색한 미소를 지으며 고개를 끄덕이자 시에라는 자신을 바라보고 있는 실프에게로 얼굴을 돌렸다.

"고마워요. 이제 그만 가보세요."

실프가 안내해 준 마을은 채 열 가구가 될까 말까 한 작은 집들이 옹기종기 모여 있는, 이름조차 없는 마을이었다. 위트를 선두로 마을 안에 들어선 일행은 어느새 아이들에게 빙 둘러싸였다.

"으음, 아무리 생각해도 우리가 잘못 찾아온 게 아닐까?"

"내 말이 그 말이야."

"우아아아! 이 녀석, 내 머리카락 안 놔?!"

"흐아앙~ 누나가… 못생긴 아줌마가 화내!! 흐아앙~"

벌써 10여 분 동안 아이들의 장난감이 되어버린 애버딘 일행은 아이들의 울음소리와 놀아달라고 떼를 쓰는 소리에 귀가 멀어버릴 것만 같았다.

"난 차라리 오크들과 싸우는 게 낫지 도저히 애들 보긴 자신없네."

마을에 들어선 지 30여 분 만에 땅에 쓰러지듯 털썩 누워버리는 렌에게 일행들은 공감이 간다는 얼굴로 고개를 끄덕였지만 렌처럼 바닥에 누워버릴 수는 없는 노릇이었다. 그건 단순히 체면의 이유가 아니라, 지치지도 않는 꼬맹이들에게 밟힐 위험이 있기 때문이었다.

"우아아악! 이 녀석! 내 허리가 밟으라고 있는 건 줄 아냐?! 억! 다… 다리가……."

처절한 비명 소리에 안 되겠다 싶었는지 시에라는 운디네를 불러냈다.

"우와~! 예쁜 누나다!"

아이들의 입이 큼지막하게 벌어지며 잠시 동안 조용해지자 시에라는 한숨을 돌리며 이마에 맺힌 땀을 닦아냈다.

"어른들은 어디에 있니?"

루린이 최대한 상냥한 미소를 지으며 아이들에게 묻자 아이들은 고개를 저었다.

"수상한 사람이 말시키면 대답하지 말랬어."

"맞아. 그리고 우리 엄마 곧 올 건데 못생긴 아줌마가 소리 질렀다고 다 일러줄 거야!"

"못난이래요~ 못난이래요~"

한 명의 어린애가 노래 부르듯 루린을 약 올리는 소리는 어느덧 합창이 되어 울려 퍼졌다.

"못난이래요~ 못난이래요~"

루린은 이마에 힘줄이 돋는 걸 느꼈지만 남의 집 애를 때릴 수도 없는 노릇이라 그저 노려볼 수밖에 없었다. 엄습해 오는 두통에 위트에게 도움을 청할까 싶었던 루린의 눈에 참새마냥 짹짹거리고 있는 아이들 사이로 어울리지 않는 덩치가 들어왔고, 동시에 그녀의 눈에 불이 켜지는 순간이기도 했다.

위트가… 그 위트가 아이들 사이에 끼어서 박자 맞춰가며 박수를 치면서 '바보래요~'를 외치고 있는 것이 아닌가.

"아무리 생각해도 가끔씩 의심이 갈 때가 있어. 위트! 바보 아니야? 정말이지 솔직히 말해 봐. 위트, 너 바보 맞지? 바보가 아니고선 어떻게 거기서 사람 약 올릴 생각을 할 수 있어?!"

"저기… 다 좋은데, 이 귀 좀 놓고 이야기하면 안 될까? 이거 꽤 아프거든."

루린이 마치 누나가 동생에게 그러하듯 위트의 귀를 손가락으로 쭉쭉 잡아당기고 있었던 것이다.

"사이드 안 휘두르는 걸 천만다행으로 알아. 아이들도 있는데 지난번처럼 날뛰다간 부상자가 생긴다 해도 이상할 거 없다구. 루린 누나 성격에……."

애버딘의 말에 공감했는지 위트는 한숨을 내쉬었다.

"어쩔까? 이 녀석들 계속 보고 있자니 성질 다 버릴 것 같고 그냥 출발하자니 막막하고 정말 골치 아프게 됐어."

미간을 찌푸리며 꼬마들을 바라보던 루린에게 시에라는 생긋 미소를 지어 보였다.

"이 마을에서 하루 정도 지낸다고 해서 크게 나쁠 건 없잖아요? 아이들도 귀엽고, 어른도 없는데 두고 가자니 어쩐지 걱정도 되고 말이에요."

"귀, 귀엽다고? 저 꼬마들 어디가 귀엽다는 거야? 너, 눈이 어디 잘못된 거 아니야?"

"후훗, 많이 지친 모양이군. 루린은 애들을 별로 좋아하지 않는가 보지?"

"카디프, 너 나무 위에 애들 피해 올라간 주제에 잘도 떠벌떠벌거리는구나."

못마땅하다는 목소리와는 달리 그녀의 표정은 부러움으로 가득

했다.

"그렇게 못마땅하면 누나가 올라가서 끌어내리면 되잖아요. 아까부터 뭘 그렇게 노려보고만 있는 거예요?"

애버딘의 말에 위트가 자신의 검지손가락을 좌우로 흔들며 혀를 찼다.

"쯧쯧, 기본이 안 됐군, 기본이. 루린은 나무에 올라갈 수 없어요."

"에? 어째서?"

"너희들, 돼지가 나무에 올라갈 수 있단 소리 들어봤어?"

"위~ 트~ 으~!"

루린의 목소리에 위트는 피식 미소를 짓고는 농담이라며 싹싹 빌었지만 루린의 표정이 좀처럼 풀리지 않았다.

"아무리 생각해도 형… 즐기는 거 같아."

"뭘?"

"누나에게 야단맞는 거."

"난 그런 취미 없다. 누구 변태 만들 일 있어?"

"하하, 꼭 그런 거 말고도 있잖아. 형이 누나에게 장난칠 만한 이유."

"뭔데?"

"형이 누나를 좋아하면 그럴 수 있지. 안 그래요?"

애버딘이 렌을 향해 묻자 그는 씩 미소를 지으며 맞장구를 쳤다.

"당연하지. 둘 사이 눈빛도 심상치 않은 게… 난 예전부터 눈치 챘다네."

"눈치 채긴 뭘 채요? 전 프리스트예요. 제 애인은 저기에 있다구요!"

루린은 하늘을 가리키며 목소리를 높였지만 렌과 애버딘의 의혹의 눈길은 쉽게 사라지지 않았다.

"정말 그만들 하세요. 괜히 루린 언니 화나게 해봤자 득될 건 하나도 없어요."

시에라의 말에 다들 알아들었다는 듯 미소를 지으며 고개를 끄덕이자 난처한 표정의 루린도 얼굴이 환해졌다.

"저기… 예쁜 누나."

여섯 살 정도 돼 보이는 꼬마가 시에라의 치맛자락을 붙잡고 몸을 꼬아대자 그녀는 살짝 무릎을 굽히고는 생긋 미소를 지어 보였다.

"왜 그러니?"

"예쁜 누나, 우리 집에 가요. 엄마는 조금 더 있어야 와요."

천진난만한 미소를 지으며 시에라를 잡아끄는 아이를 보자 어쩐지 더 열이 받는 루린이었다.

'그래, 누구는 예쁜 누나고 누군 아줌마라 이거지?'

오후가 되어서야 사람들이 하나둘 마을로 돌아왔다. 애버딘 일행들은 아이의 집에서 나와 간신히 어른들을 만날 수 있었다. 마을에선 아주 오랜만에 손님을 맞는 것인지 친절한 미소를 지으며 자신의 집으로 일행들을 데려가더니 차를 대접했다.

"그럼, 여기가 어딘지도 모르고 왔단 말이에요?"

의심스러운 표정으로 일행을 바라보던 아주머니는 일행들의 표정이 거짓이 아니라는 걸 깨달았는지 한숨을 내쉬며 입을 열었다.

"이 산을 넘어가면 세이지예요. 그러니까 다시 내려가는 게 좋을 거예요. 세이지에선 타지 사람을 반기지 않거든요."

"세이지요?"

일행들이 화들짝 놀란 얼굴로 반문하자 아주머니는 그럴 줄 알았다는 눈으로 일행들을 바라보았다.

"길을 잘못 들었나 보군요. 요즘은 괜히 드래곤의 가호니 뭐니 하는 엉터리 같은 소리에 세이지를 찾는 사람이 늘었다지만 거의 그 땅을 밟아보기도 힘들다고 하더군요. 드래곤이라는 게 있다면 왜 사람들이 보지 못했겠어요? 그게 다 눈속임이지."

"헤~ 아주머닌 드래곤을 믿지 않으세요?"

"예전엔 있었을지도 모르죠. 그리고 사실은 이 마을은 세이지에 정착하려던 사람들이 그곳에서 받아주지 않는 바람에 임시로 모여 살게 된 곳이에요. 세이지에 정착하는 것은 안 되지만 간혹 생필품을 사거나 일을 하러 가는 건 상관없다는 아주 이상한 이야기에 휘말려서… 뭐… 수입도 좋은 편이고 하니 어쩌겠어요, 일단 벌고 나서 다른 마을로 정착하려다 보니 이렇게 된 거죠. 그러다 보니 세이지에 대해 알게 된 건데… 솔직히 믿기 어려워요. 만일 드래곤이란 게 있다면 누가 그 세이지란 곳에 살겠어요. 안 그래요?"

"그러니까 가호받고 있다는 거 아닌가요?"

"가호는 무슨. 만약 정말 드래곤이 있다고 한들 귀찮게 인간들을 챙겨줄 거라고 생각하는 건 아니시겠죠?"

"에? 그러면 안 되는 거예요?"

"호호, 정말 몰라도 한참 모르시네. 세이지는 그 도시가 드래곤의 가호를 받는 나라라고 하지만 사실은 개개인이 드래곤의 가호를 받는 나라예요. 드래곤이 설마 그 큰 마을에서 사람 얼굴을 하나하나 다 기억할 거라고 생각해요?"

"흐음, 만일 다른 나라에서 전쟁을 일으키면 그 정신없는 와중에 어떻게 일일이 얼굴을 확인하겠어요?"

"하긴… 그 확인 절차 기다려 줄 적국도 없을 테니까 어떻게 생각하면 일리가 있는 이야기일 수도 있겠네요."

"어이, 어이. 우리는 지금 드래곤의 던전을 찾아가는 건데… 드래곤이 없다는 말을 하고 있으면 어쩌자는 거냐?"

"인간들은 망각의 종족이라고 한다더니… 쯧쯧, 눈에 보이지 않는다고 드래곤도 멸종시켜 버리는 거냐? 카디프, 너 몸조심해야겠는걸?"

렌의 뜬금없는 말에 카디프는 의아한 얼굴을 해 보였다.

"……?"

"엘프들은, 그것도 대부분의 하이 엘프들은 숲을 벗어나지 않는데다가 인간의 앞에 나서는 일도 없지. 그러니 조만간 엘프들은 멸종했다라는 소리를 들을 수도 있지 않겠냐?"

묘하게 표정이 일그러진 카디프에게 렌은 쓸쓸한 미소를 지었다.

"그건 드워프도 마찬가지겠지. 예전만큼 밖으로 나가는 일도 없고……."

시에라는 뭔가 침울해 있는 두 사람을 보고 있기가 곤란했는지 불쑥 끼어들었다.

"그렇지 않아요. 믿는 사람은 믿는걸요. 저희 부모님 덕분에 전정령들과 친구가 될 수 있었어요. 세상엔 저희 부모님 같은 사람들도 많다구요."

그녀의 말에 애버딘과 카디프는 잠시 미소를 지었지만 위트는 애써 웃음을 참으려는 듯한 얼굴로 물었다.

"너희 부모님이 어떤 분들이신데?"

"두말할 필요도 없죠. 전 저희 아빠 같은 사람이 되고 싶어요."

"어이! 어이! 엄마가 아니라?"

애버딘이 어쩐지 들떠 있는 시에라를 말리며 다시 생각해 보라는 듯한 얼굴을 해 보였지만 그녀는 싱긋 미소를 지으며 단호하게 고개를 끄덕였다.

"물론 엄마도 멋지지만 전 아빠가 더 좋아요."

"단순히 누가 더 좋다는 걸로 닮고 싶단 생각을 하는 거니?"

루린이 피식 미소를 지으며 되물었지만 시에라의 대답은 한결같이 고개를 끄덕이는 것이 다였다. 덕분에 카디프가 순간 그 화려한 머리가 자신에게 어울릴지 혼자서 심각한 고민에 빠졌다는 사실도 모른 채……

'…어쩐지 훼이나님과 리도스님의 생활이 보이는 것 같군.'

"뭐, 세이지로 가려면 이 산만 넘으면 된다는 이야기죠?"

슬슬 화제를 돌리는 게 좋겠다고 생각했는지 애버딘이 수상한 사람을 보는 듯한 표정으로 자신들을 바라보고 있는 아주머니에게 묻자 그녀는 얼른 친절해 보이는 미소를 지으며 고개를 끄덕였다.

"네. 그런데 이 산이 워낙 높고 가파라서 말이죠. 아가씨들이 있는 만큼 시간이 꽤 걸릴 텐데 괜찮겠어요?"

"저희 일행들 모두 산행이라면 일가견이 있으니까 괜찮습니다."

"걱정해 주셔서 감사합니다."

루린의 말에 아주머니는 고개를 갸웃거리며 여전히 의아한 표정으로 물었다.

"정말 세이지로 가려는 거예요?"

"네, 아무튼 신세 많이 졌습니다."

이름도 없는 작은 마을을 벗어난 일행들은 말이라곤 유니콘 메이밖에 없는 상태라 좀 힘들더라도 걸을 수밖에 없었다. 뭐, 말이 있다 해도 아주머니의 말대로 세이지를 향해 가면 갈수록 길이 가파라지고 있었기 때문에 타고 갈 수도 없었겠지만, 사람의 심리라는 게 현재 불편한 것만 보이는 법이라 땀을 뻘뻘 흘리고 있는 지금의 처지가 더 힘들게 느껴지는 건 어쩔 도리가 없었다.

"이거야 원, 날씨가 이렇게 더웠나?"

렌은 소매 끝으로 이마에 흐르는 땀을 연신 닦아냈지만 이미 흥건하게 젖어버린 소매는 더 이상 땀을 흡수하지 못했다. 렌보다 덜하긴 했지만 사정은 애버딘들도 마찬가지였다. 로브 안에서부터 찌는 듯한 열기가 온몸으로 퍼지고 있었고 옷들은 땀 범벅이 되어 등에 달라붙어 있었다.

"정말 짜증나게 덥지 않아?"

일행들은 말할 기력도 없는 듯 성의없이 고개를 끄덕거렸다.

"우아아아! 이 바퀴벌레 같은 로브 벗어버리고 싶어!!"

루린이 씩씩거리며 로브를 손으로 펄럭거리며 짜증을 부렸지만 일행들은 아까처럼 고개만 끄덕일 뿐이었다.

"어쩐지 아까부터 순서대로 짜증 부리고 있는 거 같지 않냐?"

위트의 말에 일행들은 서로의 얼굴만 바라보다 그늘을 찾아 자리에 털썩 주저앉아 버렸다.

"잠깐만 쉬었다 가자. 아무리 생각해도 더 이상 갔다간 타 죽어버릴 거 같아."

"여자애 말투가 뭐 그래?"

"내 말투가 어때서?!"

"아니, 내 말은 제대로 이야기하라는 거지. 타 죽는 게 아니라 쪄 죽는다고……."

썰렁한 만담도 더위에 지쳐 버린 일행들의 귀에 들려오지 않는지 다들 축 늘어진 여름날의 강아지 같은 표정으로 바람이 불어오는 쪽으로 얼굴을 돌릴 뿐이었다.

"그런데 나, 갑자기 궁금한 게 생각났어."

"뭐가?"

"우리 이 숲에 어떻게 온 거야? 위트가 워프 마법을 써서 모두를 데려온 거라면 어째서 처음부터 마법을 쓰지 않은 건데?"

더위가 조금 가실 무렵 루린이 안경을 쓸어 올리며 예의 날카로운 표정으로 위트를 바라보자 위트는 손가락을 들어 보이며 말했다.

"간단해. 이 마법은 내가 쓴 게 아니거든."

"에엑?! 뭐야? 그럼 누가 썼다는 거야? 설마 그 꼬맹이?"

"꼬맹이가 약 먹었냐, 적에게 이로운 짓을 하게."

위트의 말에 루린은 더욱 궁금한 표정으로 그의 대답을 재촉했다.

"그럼 뭐야? 응?"

"뭐긴 뭐야, 바로 이거지."

위트는 자신의 허리춤에 매어둔 가죽 주머니를 꺼내고는 씩 미소를 지었다.

"이건 말이야, 바로 워프 가루라는 거지. 바람에 날아가면 안 되니까 열어서 보여줄 순 없지만, 사실 두세 명이라면 워프할 수 있지만 뿔뿔이 흩어진 렌 아저씨도 끌고 가야 하는 마당인데 이런 게 없으면 불가능하지."

"잠깐! 잠깐! 위트, 너 그럼 도망친 거란 말이야?"

"도망이라니! 작전상 후퇴라고 해줘."

"인간 중엔 널 이길 수 있는 마법사가 없다고 큰소리 탕탕 칠 땐 언제고 도망을 쳤다고? 처음부터 그럴 생각이었다면 큰소리나 치지 말지."

"날 이길 수 없다는 건 허풍이 아니었잖아. 어디까지나 이기고 지는 건 승부가 나야 정해지는 만큼 이 워프 가루가 있는 한 내 쪽이 불리해지면 언제든지 안심하고 후퇴할 수 있는 거 아니겠어?"

"비겁하잖아, 그런 거."

"비겁이라니~ 요령이라고 해줘."

넉살 좋게 미소를 지으며 루린의 어깨를 툭툭 치는 위트를 그녀가 한심하다는 표정으로 흘겨보자 애버딘이 헛기침을 해댔다.

"흠! 흠! 누나, 그쯤 해두세요. 형에게 비겁이니 뭐니 할 입장은 아니잖아요. 카디프 형이랑은 초반전에 깨졌고, 렌 아저씨는 한참 푹~ 잤다고 하셨는데… 누나마저 막판에 잠들었다면서요?"

"무슨 말이 하고 싶은 거야?"

"짐짝이 벌써 네 명인데 살아나온 것만 해도 대단하다고 생각되지 않아요?"

애버딘이 정색을 하며 루린에게 반문하자 그녀는 피식 미소를 지었다.

"대단하다고 생각하지~ 자신의 일행을 둘이나 재워 버렸으니 멀쩡한 일행 둘을 짐으로 만들어 버린 거잖아. 상황 악화엔 반쯤 은 자업자득이라구."

볼멘소리로 위트를 나무라는 루린에게 그는 피식 미소를 지었다.

"너무 오래 쉬었나 보다. 둘 다 티격태격하는 거 보면."

"원인 제공이 누구라고 생각해?"

"네, 네, 아가씨. 제가 죽을죄를 지었습니다요."

어쩐지 굉장히 띠껍다는 표정으로 자신을 바라보는 게 신경 쓰였는지 루린은 고개를 홱 돌리며 메이의 갈기를 손질하기 시작했다.

"이제 한숨 돌린 것 같으니 출발하는 게 어떻겠냐?"

렌이 자리에서 일어나 분위기를 바꾸자 일행들은 아쉽다는 듯한 표정으로 한숨을 내쉬며 미적거렸다.

"숲의 낮은 그리 길지 않아. 게다가 저녁엔 움직일 수도 없으니까 움직일 수 있을 때 최대한 빨리 숲에서 벗어나야지. 다들 힘내자구!"

카디프까지 한몫 거들고 나서자 일행들은 어쩔 수 없이 자리에서 일어나야만 했다.

숲의 밤은 언제나처럼 빠르게 찾아왔다. 나무들 덕분에 숲에서의 생활이 낯설지 않았던 시에라와 고된 수행을 해왔다는 루린의 경우 비교적 양호한 상태로 메이를 돌본다거나 요리를 거들고 있지만, 더위를 먹었는지 축 늘어져 버린 애버딘은 텐트를 치자마자 자리에 드러누워 버렸다. 제일 힘들어할 것 같았던 렌은 땀만 많이 흘렸을 뿐 여기저기 돌아다니며 참견을 하고 있는 중이었다.

"나야, 여기저기 여행도 다녔고 광부로서도 날리던 몸인걸."

"…그런 거 묻지도 않았어요. 심심하시면 식사가 완성될 때까지 애버딘의 말동무나 해주세요."

렌은 혼자서 수다를 떨어대다 결국 루린에게 쫓겨나고 말았다.

메이는 꼴 좋다며 몇 차례 렌을 놀려댔지만, 그래도 비교적 평온한 하루가 지나갔다.

 그리고 숲을 완전히 벗어난 것은, 렌의 표현을 빌리자면 징하게 흐르지 않던 3일 뒤였다.

제3장
잠자는 공주님의 메르헨

그곳에는 공주님이 잠들어 있었다

"옛날 옛날에, 그러니까 할머니의 할머니, 그리고 그 할머니의 할머니 더 이전에 있었던 이야기예요. 거기에는 키엔이라는 세상에서 가장 아름다운 공주님이 살고 있었습니다. 아! 물론 제 눈에는 엄마가 제일 예쁘지만… 으음, 아무튼 아름다운 공주님을 본 나쁜 드래곤은… 인간은 왜 이렇게 창의성이 없죠? 나쁜 녀석은 드래곤 아니면 마왕이라니. 그래도 드래곤보다는 마왕이 낫겠죠? 좋아요! 그냥 마왕이라고 해두죠. 아무튼 마왕은 한눈에 공주님에게 반해서 공주님을 탑에 가두었습니다. 바보 아닌가? 한눈에 반했는데 가두긴 왜 가두죠? 그러니까 괜히 장렬한 최후나 맞는 거지. 쯧쯧, 아무튼 공주님은 언젠가 멋지고 늠름한 왕자님이 자신을 구해주리라 믿고 오늘도 탑의 창가에 앉아 무서운 마음이 들지 않으려고 노래를 불렀습니다. 에? 어째서 노래를 부르는 거죠? … 죄송해요. 다음에 좀 더 재밌는 책을 찾아올게요. 아무리 생각해도 책이 좀 이상한 거 같거든요. 이렇게 이야기해 놓고 매번 이야기 하던 도중에 끝난 것 같지만 뭐, 어때요? 다음에 정말 좀 더 재밌는 책을 구해다 드릴게요. 약속!"

한눈에 봐도 머릿결이 좋아 보이는 금발, 하얀 피부에 뚜렷한 이목구비, 마치 잘 그려진 그림 속에서 튀어나온 듯한 20대 초반의 청년이 책을 덮으며 따스한 눈길로 물의 구 속에서 편안하게 잠들어 있는 갈색 머리의 소녀를 바라보았다.

"엄마는 오늘도 같은 꿈을 꾸고 계시겠죠? 동화에 나오는 것처럼 아빠가 깨우러 오는 그런 꿈… 떼떼도 무척 기다려지네요. 이제 곧인데……"

자신을 떼떼라 칭한 청년은 매우 기대가 된다는 얼굴로 미소를 지었다.

"아아, 손님이 온 것 같군요. 엄마, 그럼 떼떼 조금 있다 다시 오겠습니다."

떼떼가 내키지 않는다는 표정으로 소녀에게 인사를 하자 주위의 배경이 순식간에 사방의 벽들이 책들로 빽빽하게 들어찬 서재로 변했다. 그리고 그곳에는 다섯 가지 머리 색이 화려한 리도스가 서 있었다.

"어?! 아저씨셨어요?"

내키지 않는다는 듯한 표정은 싹 사라진 채 어린아이의 표정으로 돌아가 반가움이 가득한 얼굴로 리도스를 맞는 떼떼였다.

"여전하군요. 오늘도 리즈에게 다녀온 겁니까?"

"에? 갑자기 왜 경어를 쓰시는 거죠? 편할 대로 하세요. 편할 대로."

떼떼가 어울리지 않는다는 표정으로 리도스를 말리자 그는 살짝 미간을 찌푸렸다.

"오늘은 혹을 달고 와서 말이죠."

"어머! 그런 실례의 말을…… 오랜만에 뵙는군요."

리도스의 등 뒤에서 삐죽 얼굴을 내민 하얀 머리카락의 여인이 반갑다는 듯한 얼굴로 떼떼를 바라보자 그는 여전히 반가운 표정을 짓고 있었다.

"훼이나 아줌마까지 오셨군요. 두 분 다 편하게 말씀하세요. 제가 떼떼인 이상 두 분께 경어를 듣자니 어쩐지 이상하잖아요."

귀엽게 웃으며 말을 하는 떼떼에게 훼이나는 피식 미소를 지었다.

"역시 떼떼라니까. 거봐, 괜히 어울리지도 않게 폼 잡았네."

"그런데 정말 어쩐 일이세요, 연락도 없이?"

"우리가 준비한 동화의 엔딩이 예정보다 일찍 끝날 것 같아서 말이야."

"네?"

"하하, 잠자는 리즈 공주님의 메르헨 말이다. 왕자 측인 애버딘 일행이 숲 하나를 넘어가면 세이지거든."

떼떼는 어쩐지 씁쓸한 표정으로 되물었다.

"예정보다 너무 빨라진 거 아닌가요?"

"하하, 어쩐지 서운해하는 것 같은데?"

"조금은……. 엄마가 긴 잠에서 깨어나면 지금처럼 보고 싶을 때 매일같이 찾아가긴 힘들지 않겠습니까? 아무래도 서운하지 않다고 하는 쪽이 거짓말이겠죠."

"그래도 웃고 떠드는 쪽이 좋잖아. 리즈야 명랑한 게 최대의 장점인데. 모르긴 몰라도 입이 근질근질할 거다."

"하하, 그건 그래요. 그런데 일정이 어떻게 이렇게 빨라진 거죠?"

"위트 녀석이 주요 도시 다 빼먹고 워프해서 다 갖다 날랐거든."

리도스의 간단한 줄거리 요약에 떼떼는 감탄한 듯한 표정으로 고개를 끄덕였다.

"헤에~ 그럼 얌전히 기다리고 있기만 하면 되는 건가요?"

"준비 기간이 길었으니 이제 그만 감상할 때도 됐잖아."

떼떼는 마법으로 불러낸 홍차를 대접하며 의자에 앉기를 권했다.

"그동안 어떻게 지내셨어요? 아빠가 오실 때까지 쌓인 이야기나 하며 기다리는 것도 나쁘진 않을 것 같은데……"

"호오~ 역시 세이지!"

"아무리 봐도 멋진 곳일세."

렌은 주변을 두리번거리며 세이지의 놀라운 건축물들을 뚫어져라 바라보기 시작했다. 잘 가꾸어진 나무들도 나무들이지만, 집들 하나하나가 드워프인 렌의 눈에도 아름답게 보일 정도로 잘 만들어진 것이다.

"흠… 역시 드워프들이 만든 것 같은데 어째서 드워프들이 이런 마을을 만든 건지 이해가 안 가는군."

"아무래도 좋잖아요, 마을 같은 건. 렌 아저씨께서 말씀해 주신 성에 가서 오늘 하루 푹 쉬고 내일 출발하는 거예요."

"그게 위트, 네 말대로 쉽게 되면 얼마나 좋겠니? 성에서 워프 게이트 쓰는 것도 눈치 보이는 일인데 재워달라면 쉽게 재워주겠어?"

그녀의 말에 위트는 피식 미소를 지으며 검지손가락을 흔들어 댔다.

"쯧쯧, 이봐, 아가씨. 내가 한 가지 비밀을 알려줄까?"

"무슨 비밀?"

"…이곳 주인이 내 가게의 단골 손님이란 사실."

"에에에엑?!"

다들 놀란 표정으로 일제히 위트를 쳐다보자 위트는 피식 미소를 지었다.

"일단 지금은 잘 아는 사이라고 해둘까나."

"거짓말."

"정말이야. 아니면 이곳 주인이 어떻게 렌 아저씨께 내 술에 관한 이야길 할 수 있었겠어?"

위트의 말에 메이가 더 보태려는 듯 거들고 나섰다.

"정말인지 거짓말인지는 성에 도착해 보면 알게 되겠죠. 서둘러요. 그리고 제 허리 부러지기 전에 산에서부터 무거운 짐들은 다 제가 짊어지고 있다는 것 잊지 말아주세요."

"저어… 제가 좀 도와드려요?"

"아니에요. 시에라님의 그 가느다란 팔목보단 제 허리가 튼튼하니까 괜찮아요. 도와주시려거든 그 성에 빨리 도착해 주시는 게 최고예요."

"아~ 정말 말 많지, 저놈의 망아지. 한동안 기특하게 입 좀 다물고 있는다 싶더라."

렌이 퉁명스럽게 메이를 힐책하자 메이는 콧김을 내뿜으며 가볍게 그를 무시해 버렸다.

성은 먼 곳에서도 한눈에 발견할 수 있을 정도로 규모 면에서도 웅장함을 자랑했다.

"이거… 성에서 정말 통과시켜 줄까요?"

어쩐지 기가 죽은 듯한 애버딘의 말투에 렌은 이마에 힘줄이 돋는 것을 느꼈다.

"애버딘! 드워프가 그렇게 흔한 것 같은가? 특히 세이지에서 말이야."

그러고 보니 세이지에 도착한 이후 간간이 사람들과 마주치긴 했지만 유사 인간 종족은 한 명도 보이지 않았다. 물론 다른 마을에서도 마찬가지였지만 드래곤의 가호를 받는다는 소문 때문일까? 어쩐지 세이지라는 곳은 전설 속의 프로소인만큼 미지의 분위기가 풍겼다.

"드워프나 엘프들도 인간과 함께 살면 참 좋을 텐데……."

애버딘이 아쉽다는 듯한 어조로 중얼거리는 소리를 들었는지 루린이 불쑥 끼어들었다.

"난 그거 결사 반대야. 엘프같이 휩쓸리기 쉬운 종족은 금세 물이 들고 말 거야."

"드워프는요?"

"드워프? …인간이 드워프화 되면 좋을 것 같냐? 세상이 시끄러울 텐데."

"그 말은 사람이 휩쓸린다?"

"그렇지. 뭐, 개인적인 생각이지만."

"드워프 광산 캐다 허리 부러지는 소리 하고 있네."

렌이 투덜거리며 말을 잘라 버리자 루린은 피식 미소를 지었다.

"제 개인적인 생각이니까… 아하하, 기분 나쁘게 생각하지 말아요. 드워프는 그만큼 활기 차서 좋으니까. 엘프도 좋지만 전 드워프 체질이거든요."

"쳇! 내 쪽에서 사절이다!"

"에이~ 그러지 말라니까요. 귀여운 아가씨가 농담을 할 수도 있는 거죠 뭐."

순간 일행들은 돌처럼 뻣뻣하게 굳어버렸다(만일 전설 속의 투희야의 유머가 아직 남아 있었다면 필 수 있는 절호의 찬스였을 테지만 어쩐 일인지 투희야의 유머는 오래전에 소멸됐다고 한다).

"이봐요. 어지간하면 이제 움직여 주지 그래요? 아무리 내가 귀엽지 않다고 해도 이건 좀 너무하잖아요."

"만일 내가 멋진 청년이 어쩌고저쩌고하면 너, 뭐라고 할래?"

"잠시만 기다려. 내가 감옥에 집어넣어 줄게. 그건 명백한 사기라구."

루린이 위트의 말에 뒤도 돌아보지 않고 성의 병사 쪽으로 빠른 속도로 걸어가자 위트는 그럴 줄 알았다는 듯 혀를 차며 궁시렁거렸다.

"거봐, 거봐. 내가 병사 부르러 갈 줄 알았지. 그건 범죄라구, 범죄."

렌을 발견한 병사는 성주에게 드워프는 무조건 통과시키라는 말을 들었다며 일행 모두를 성안으로 들여보내 주었다. 성 밖에도 많은 집이 있겠지만 성안은 밖의 조용함과 평온함과는 정반대의 시끌벅적한 활기를 만들어내고 있었다.

"램프 사세요! 램프! 품질 좋고 가격 저렴한 램프입니다!"

"천 사세요! 천! 거기 예쁜 아가씨에게 어울릴 만한 옷감들이 잔뜩 있습니다!"

"빛 가리개 사세요! 말만 잘하면 공짜예요! 구경들 하고 가세요!"

저마다 목청을 높이며 자신들의 물건을 팔기 위해 손님을 끌어들이느라 정신이 없었다.

성안답게 거리는 사람들로 넘쳐 났고 호기심 어린 시선들로 애버딘 일행을 바라보는 사람들도 있었지만 그 시선은 오래가지 못했다. 성 밖과는 달리 안은 드물긴 하지만 엘프와 드워프 같은 유사 인간들도 눈에 띄었다.

"시장에서 뭐 필요한 거 없어?"

쇼핑이 하고 싶었는지 루린이 기대 어린 눈빛으로 물었지만 일행들의 반응은 무덤덤했다. 루린은 흘끗 시에라를 쳐다보았다. 언제나 생각하는 거지만 시에라는 여성스럽고 미인이면서 소박했다.

'저 정도 나이의 여자라면 갖고 싶은 것도 많을 법한데…….'

애버딘이 양지적인 경향이 강하다면 시에라는 약간 음지에 속한 사람 같았다.

'하긴, 애버딘과 비교하면 누구나 음지 쪽으로 가겠지? 하아~ 기운만은 끝내주게 좋은 녀석이니까. 시장 같이 가자고 꼬셔볼까? 그렇지만 애버딘 이 녀석, 꽤 똑똑해서 어지간히 꼬시지 않으면 잘 안 넘어갈 거 같단 말이야.'

루린은 자신이 이런저런 생각을 하는 동안 시장에서 점점 벗어나고 있다는 사실조차 깨닫지 못하고는 어떻게 하면 애버딘들을 꼬실 수 있을까 궁리를 하기 시작했다.

"아아… 사기야, 사기. 말해 봐. 이번에도 워프 가루를 사용한 거지?"

"루린, 알 만한 녀석이 왜 그러냐? 이 비싼 가루를 고작 시장에서 벗어날 만큼의 거리로 워프하는 데 쓸 것 같아? 내가 바보냐?!"

"너라면 나 곤란한 얼굴 보려고 충분히 그럴 것 같은데 아니야?"

"아니야, 아니라구. 가만히 있지들 말고 다들 뭐라고 해봐."

"성에 다 왔어."

어느새 성에 도착해 버린 그들은 아주 간단하게 성안으로 들어갈 수 있었다. 다만 성주의 부재로 대리인에 의해 안내되어 좋은 대접을 받을 수 있었다. 난생처음 보는 요리에―맛도 있었다―푹 파묻혀 버릴 것 같은 푹신푹신한 침대, 아무리 생각해도 렌을 보고 이런 좋은 대접이 나온 것 같지는 않았다. 대리인은 위트를 잘 아는지 꼬박꼬박 '위트님'이라는 호칭과 경어를 사용했고 여러 가지를 대접하는 가운데 위트의 눈치를 살피는 것 같았다.

'뭐, 나만 그렇게 생각하는 건가?'

루린은 흘낏 자신의 옆 침대에 앉아 있는 시에라를 바라보았지만 그녀는 자신의 정령들과 친밀도를 높이는 중이라 그다지 방해하고 싶은 생각이 없었다.

'위트에게나 가볼까?'

루린은 시에라에게 같이 가겠냐고 물었지만 예상대로 그녀는 이곳에 남겠다고 했다.

"요즘 정령들에게 신경을 못 써줘서. 미안해요."

"아아! 괜찮아. 그럼 나 잠깐 다녀올게."

"잘 다녀오세요."

생긋 미소를 지으며 배웅하는 시에라에게 루린은 자신도 엉겁결에 미소를 짓고는 밖으로 나왔다.

애버딘의 방이라고 해봤자 자신들의 바로 옆방이라 멀리 나갈 필요도 없었다. 게다가 안전한 성인지라 시에라 혼자 있어도 별다르게 납치에 대한 걱정은 하지 않아도 좋았다. 카디프는 그래도 걱정스러운 생각이 들었는지, 아니면 시에라가 심심해할 거란 배려에서인지 그녀가 있는 방으로 건너갔고, 위트는 렌과 체스 두기에 여념이 없었다. 당연히 혼자 심심해서 죽상을 하고 있는 애버딘에게 그녀는 천사로 보일 지경이었다.

'이렇게 되면 꼬실 필요도 없겠는데…….'

"누나! 시장 가지 않을래?"

'후후후, 귀여운 녀석.'

루린은 피식 미소를 지으며 애버딘의 머리를 쓰다듬었다.

"심심한가 보구나?"

어쩐지 꼬리가 있다면 흔들거리고 있지 않을까 싶을 정도로 고개를 끄덕이며 애버딘이 최대한의 동정심을 불러일으킬 만한 얼굴을 하고 있자 루린은 자리에서 일어났다.

"뭐, 좋아. 마침 심심하던 참이니까."

"형, 아저씨, 갈 생각 없으세요?"

"생각없네."

"바빠. 아! 루린."

위트는 밖으로 나가려는 루린의 로브 자락을 붙잡았다.

"응?"

"이 마을에선 절.대. 사고 치지 마."

"내가 언제 사고 치고 다니는 거 봤어?"

"응, 셀 수도 없을 만큼."

"그렇게 걱정되면 따라나서지 그래?"

"나 지금 바빠. 여기 이거 제가 가집니다."

위트는 슬쩍 잡고 있던 루린의 로브 자락을 놓고는 다시 렌에게로 시선을 고정시켰다.

"아앗! 그런 게 어디 있나? 한 수만 물리게."

"째째하게 구실 겁니까? 전 말을 다섯 개나 잃었지만 아까부터 이런 식으로 하나도 따지 못하게 하다니 너무하시는군요."

"오옷! 마법사의 승부 근성이 불타오르는 모양이군. 좋아, 그래야 게임할 맛 나지."

루린은 할 수 없다는 듯 고개를 저었다.

"쯧쯧, 체스가 일행보다 중요한 것 같은 폼이잖아. 애버딘, 체스 바보는 내버려 두고 우리끼리 가자."

체스 바보라는 말에 렌은 움찔하긴 했지만 곧 평정을 유지하고 말을 옮기기에 여념이 없었다.

"다녀오겠습니다."

애버딘의 경쾌한 인사를 뒤로하고 루린과 애버딘은 성 밖으로 나갔다. 날씨는 여전히 덥긴 하지만 간간이 불어오는 바람 덕에 시장 구경하기가 불편한 정도는 아니었다.

"아아! 그러고 보니 누나, 신전에 들러야 한다고 하지 않았어요?"

"이런! 깜박 잊고 있었네. 여기 무슨 신전이 있었지?"

"뭐, 세이지에 대해서는 거의 아는 바가 없는 건 똑같으니까 사람들에게 물어보는 쪽이 빠를 것 같아요. 누나, 저기 누나랑 비슷한 로브 같은데, 안 보여요?"

"어디, 어디?"

"저기."

애버딘은 손으로 한쪽을 가리켰지만 루린이 알아보지 못하고 헤매자 애버딘은 아예 그에게로 루린의 손을 잡고 다가가 버렸다.

"아아! 이런 곳에서 프리스트를 만나다니! 반가워요!"

생긋 미소를 지으며 그의 어깨에 손을 올리자 그는 천천히 고개를 돌렸다.

"우아아악! 루나?!"

"…루린입니다, 바클란님."

서로 아는 사이인지 바클란이라 불리운 40대 후반의 남자는 경악에 찬 얼굴이었고, 찡그려진 그녀의 표정은 좀처럼 펴지지 않았다.

"루나가 여긴 어쩐 일이죠?"

이마에 힘줄이 파지직 곤두선 루린.

"루린이라니까요. 그러는 바클란님께선 여기 어쩐 일이시죠?"

"저야 이곳 태생이라 어차피 지원도 없는 곳… 돌아와야겠다 싶어서 온 겁니다만… 아악!"

말을 잠시 멈춘 그는 갑자기 사색이 돈 얼굴로 비명을 질렀다.

"설마!! 루나도 이곳으로 발령이 난 건 아니겠죠?!"

파지직— 파지직—

"루린이라니까요!"

"그러니까 루나! 여기로 발령난 겁니까?!"

파지직— 파지직— 파지직—

"우아아아! 도저히 못 참겠다!"

루린은 바클란의 어깨를 양손으로 잡고 머리로 쿵! 받아버렸다.

"내 이름은 루린! 루린이라고!!"

어쩐지 애버딘은 루린에게서 완전히 잊혀진 듯 바클란이라는 프리스트와 루린, 두 사람의 재회는 점점 더 강렬해지고(?) 있었다.

"루… 루나."

"루린! 루린!"

쾅! 쾅! 쾅!

"루… 루… 나."

"크오오옷! 루린이라니까!!"

입에서 불을 뿜을 수 있다면 어쩐지 드래곤 브레스를 뿜어낼 것 같은 기세로 달려드는 루린을 애버딘은 보다 못해 뜯어말렸지만 그는 벌써 기절해 버리고 말았다.

"이 사람이 누나를 보고 비명을 지른 이유… 어쩐지 납득할 수 있을 것 같은데요……."

"너, 지금 열 채우냐?"

루린이 지친 표정으로 한숨 돌리기 위해 고개를 들었더니, 자신들의 주변에 사람들이 삥 둘러서서 수군수군거리고 있었다.

"저기 뻗어 있는 녀석은 바클란 씨 아니야? 어떻게 된 건데?"

"저기 검은 로브 입은 아가씨가 바클란 씨가 이름을 잘못 불렀다고 머리로 받아버렸어요."

"죽은 거 아니야? 움직이지 않잖아."

"세상에! 이름 좀 잘못 불렀다고 사람을 죽이다니! 정말 무서운 아가씨군."

루린은 그들이 만들어내는 수군거림과 웅성거리는 소리에 현기증을 느꼈다.

"애버딘, 너 저 사람 업을 수 있겠니?"

"뭐, 저 정도면 가뿐하죠."

루린은 심드렁한 표정으로 그를 업으라는 듯한 얼굴을 해 보였다.

"자! 이젠 어쩔까요?"

애버딘이 그를 들쳐 업고 다음 행동을 묻자 루린은 작은 목소리로 속삭이듯 대답했다.

"어쩌긴 튀어야지."

후닥닥—

사람들 틈을 뚫고 달려나가는 루린과 애버딘의 뒤로 오래간만에 재미있는 구경을 했다는 듯 만족스러운 얼굴로 하나둘 사라졌다.

"으음… 이제 어쩌지?"

"가만히 두면 알아서 깨겠지."

여전히 퉁명스런 말투에 애버딘은 한숨을 내쉬었다.

"아아~ 왜 그렇게 싫어하는 거예요? 무슨 원한 관계라도 가지고 있어요?"

"원한? 무슨 소리를 하는 거야? 그런 게 있을 리가 없잖아. 프리스트들끼리 원한은 무슨 원한이 있겠어. 뭐… 프리스트하면 숭고한 희생이니 사랑이니, 그 딴 거 쫙! 쫙! 뿌려야 하는 사명감을 타고 태어나는 작자들인데. 하하! 이렇게 이야기하니까 마치 난 프리스트가 아닌 것 같네. 아무튼 원한 같은 거 없어."

너무나 간단하게 부인해 버리자 애버딘은 더욱 이상하다는 표정으로 고개를 갸웃거렸다.

"그렇지 않고서야 어떻게 보자마자 기절을 시켜요?"

"애버딘~! 너 점점 위트를 닮아가는 것 같다~?!"

움찔!

"위트 같은 녀석이 되면 내가 평생 괴롭혀 줄 거야~!"

움찔! 움찔!

"위트 녀석이 하여튼 순진한 애들 다 버려놓는다니까. 아무튼 여기 내려놔."

투덜거린 루린은 적당한 크기의 나무 그늘을 가리키며 바클란을 눕히는 걸 도왔다.

"그럼 어떻게 아시는 사이세요?"

"뭐… 같은 신전에 있었어."

"에? 그런데 이름도 몰랐던 거예요?"

"신전이라 해도 말이 같은 신전이지, 내가 있는 곳은 워낙 컸으니까 그것뿐이라면 이해할 수도 있어. 이래 봬도 난 마음이 넓거든."

"그럼 뭐 다른 거라도 있어요?"

"있지. 바로 내 교육 담당이었거든. 2년 간 쭉—!"

"학생 수가 많아서 못 외웠던 거 아니에요? 신전이 굉장히 컸다면서요? 그럼 견습 프리스트도 많을 텐데……."

약간은 바클란이 너무했다는 생각을 하긴 했지만 사람 수가 많아서 기억을 못한다면 루린이 잘못한 셈이니, 어차피 가려질 잘못이라면 애버딘은 조금이라도 그녀를 진정시키고 좀 더 냉정해질 수 있게 만들기 위해서 그의 역성을 들 수밖엔 없었다.

"학생 수가 많다구~?! 학생 수가 많아~? 아하하하! 많았지. 그래, 많았어. 그래서 이름도 못 외울 수 있었겠다."

어쩐지 비꼬는 듯한 말투로 말을 받은 루린은 살벌한 눈으로 바클란을 노려보았다.

"학생 수는 달랑 둘뿐이었어. 견습 프리스트 한 명, 그리고 나. 2년 간 쭉—!"

어쩐지 몸이 휘청거리는 애버딘이었다.

"하하… 사람 이름 외우는 데 재능없는 거 아니에요?"

"견습 프리스트 이름은 한 번 만에 외웠다구. 적어도 내가 보는 앞에선 그녀의 이름을 한 번도 잘못 부른 적 없었어! 2년 간 쭉— 말이야. 그러니 내가 열 안 받게 생겼어? 내 인상이 그렇게나 흐릿하냐?"

"하… 하… 그런……"

루린은 예전의 일이 떠올라 버렸는지 뭔가 더 열받은 얼굴이었다.

"이렇게 편안하게 쉬게 할 때가 아니지. 힐링!"

그녀는 커다랗게 부풀어 오른 이마의 혹들을 치료해 버리고는 바클란을 흔들어 깨웠다.

"이렇게 자고 있을 때가 아니잖아요! 일어나세요!"

"저… 누나, 자고 있는 게 아니라 기절한 건데요."

"그랬지 참. 아무튼 상관없어. 내가 다 치료했는걸. 얼른 일어나요!"

루린이 바클란의 등을 짝! 소리가 나도록 세게 치자 그는 벌떡 자리에서 일어나 소리를 질렀다.

"으아아아아! 루나다!"

빠직!

"루린이라니까요! 도대체 그 입 어디에서 루나라는 소리가 튀어나오는 거죠?"

루린은 바클란의 입술을 꼬집으며 예의 사람 좋아 보이는 미소를 지었다.

"루나, 저기… 여기가 어디야?"

빠직— 빠지지직!

"이런 돌대가리! 오크도 당신보단 학습 능력이 좋겠다! 어째서 자꾸 루나라는 거야?!"

보다 못한 애버딘까지 꽥 성질을 부리자 루린은 고개를 끄덕거렸다.

"거봐. 이거 은근히 사람 속 터진다니까."

"아아… 이름 같은 거 난 모르는 일이고, 어차피 신전의 위치 찾으려던 거 아니었어요?"

"으음, 그거야 그렇지만 어쩐지 찜찜하잖아."

"뭐가 찜찜한데요?"

"넌 누가 너보고 야버딘이라면 기분 좋겠니?"

"누나, 사소한 일에 얽매이다간 큰일을 못해요."

"아아… 정말……. 좋아, 알았다구. 이봐요, 바클란님, 신전은 어디죠?"

"나의 장밋빛 미래는 이대로 끝이란 말인가……."

무심결에 그가 중얼거리는 소리를 들은 루린은 그의 뒤통수를 강타하며 열을 올렸다.

"장밋빛 미래는 무슨 장밋빛 미래예요?! 지금 꼭 제가 무슨 사신이라도 되는 것처럼 말씀하시는데, 바클란님, 제 신경을 더 이상 자극하지 말아주세요. 저 대단히 성질 더럽다구요."

루린의 등 뒤로 검은 불길이 치솟는 것처럼 보였지만 애버딘조차 그녀를 말릴 수가 없었다.

"우하하하! 신전이 어디죠, 바클란님~?"

"루린이 맛이 갔어~ 우아아아!!"

어쩐지 평상시의 루린이 아닌 것 같은 마음에 애버딘은 위트를 찾아 성으로 달리기 시작했다. 유사시에 그녀를 말릴 수 있는 것은 위트뿐이라는 이야기가 떠올랐던 것이다. 숨이 턱까지 차서 헐떡거리고 있던 차에 마침 산책을 나온 건지 위트 혼자 서 있는 것이 보였다.

"혀어… 혀엉……"

너무 빠르게 뛰어댄 탓일까? 목소리가 쉽게 나오지 않았다.

"형! 위트 형!"

숨을 가다듬고 크게 소리를 지르자 그제야 위트가 뒤를 돌아보며 애버딘을 발견해 냈다.

"어? 왜 혼자냐?"

"누, 누나가 이상해. 빨리 가봐야 될 것 같아."

"사고 안 치면 그게 이상한 거지. 하아~"

위트는 골치 아프다는 표정으로 묵묵히 애버딘의 뒤를 따랐다.

얼마나 달렸을까.

어디선가 비명을 지르는 소리가 들려왔다.

"우아아아! 살려줘, 루나!"

"그놈의 루나 소리 하지 말랬지?!"

거의 눈이 뒤집힌 루린이 자신을 피해 도망가는 바클란을 향해 마구잡이로 사이드를 휘두르는 바람에 애꿎은 수풀만 잘려 나가고 있었다.

"하아~ 한심하군."

"그런 말 하고 있을 때가 아니잖아! 형이라면 어떻게든 말릴 수 있지 않아?"

애버딘을 보며 건성으로 고개를 끄덕인 그는 거의 다 잡혀가는 바클란의 뒤를 막아주며 루린을 향해 검지손가락을 치켜들었다.

"죽음과 평안을 맡고 있는 신의 이름은?!"

"형! 지금 농담 따먹기 할 시간 없어!"

애버딘이 위트를 힐책하자 그는 맡겨달라는 폼으로 루린을 정면으로 다가섰다. 순간 거짓말처럼 루린은 그 자리에 멈춰 서서는 자신있게 대답한다.

"베니핏!"

"호오! 제법 하는군. 그럼 '죽음의 서 평안이여, 영원하라' 제1장 15절은?"

움찔! 움찔!

"'안식이 네게 깃들지어다'는 언제 부르는 노래지?"

"그, 그게……."

루린은 시선을 회피하며 얼굴을 붉혔다. 위트는 여기에서 멈추지 않고 최대한 언성을 높이며 간깐한 표정을 지었다.

"기본이 안 되어 있잖아, 기본이! 넌 죽음의 서 10장까지 저녁 먹을 동안 꼼꼼히 읽고 반성의 기도를 올리도록 해."

"아아… 안 돼!!"

루린은 털썩 무릎을 꿇고는 눈물을 쏟아냈다.

"안 돼… 그걸 언제 다 읽어……."

위트는 그녀의 손에서 사이드를 빼앗아 들고는 끝났다는 듯 루린의 어깨를 툭툭 쳤다.

"야! 야! 정신 안 차려? 무슨 프리스트가 이래?"

루린은 눈물이 그렁그렁한 눈으로 위트를 바라보았다.

"안 외워도 돼?"

"…설마 내가 하이 프리스트라고 생각하는 건 아니지?"

"위, 위트?"

그제야 눈물을 닦아낸 루린은 멍청한 표정으로 머리를 긁적거렸다.

"내 사이드를 위트, 네가 들고 있다는 건……."

"그렇지. 또 네 눈이 뒤집혀서 이 거리가 박살날 뻔했다는 거지."

'그리고 자칫했다가 네 목이 날아갈 뻔했다는 이야기고.'

위트는 속으로 궁시렁거리며 한숨을 내쉬었다.

"아아악! 정말 나 왜 이러니?!"

'내가 사고 치지 말라고 그만큼 이야기했건만… 차라리 얌전하게 성에 있을 일이지, 뭐 하러 프리스트님을 곤란하게 만들어?'

그제야 겨우 한숨을 돌린 그는 위트를 향해 미소를 지었다.

"괜찮습니다. 일행이신가 보군요."

"…바클란님, 안심하세요. 전 발령이 난 게 아니라 여행을 하고 있을 뿐이니까요. 아무튼 보고는 해야 하는데 계속 신전이 보이지 않아서……."

"여행? 무슨 여행이길래 여기까지 온 건가요?"

바클란은 이제 완전히 체력이 회복된 듯 신성 마법으로 잘려진 수풀을 재생시키고는 바닥에 털썩 주저앉았다. 루린과 애버딘, 위트 역시 지쳤다는 듯 털썩 바닥에 주저앉고는 한숨을 돌렸다.

"하아~ 리도스라는 드래곤 이야기 아시죠?"

"아아! 유명한 이야기니까요."

"그의 던전을 찾는 중입니다."

애버딘의 말에 바클란의 눈이 반짝였다.

"혹시 그 잠자는 공주의 메르헨을 읽은 건가?"

"잠자는 공주님? 메르헨?"

애버딘이 의아한 표정으로 되묻자 그는 시무룩한 표정으로 말을 이었다.

"리즈 공주님의 이야기는 알고 있겠지?"

"네. 그 이야기 역시 유명하니까요. 어린아이들의 왕년의 꿈치고 그녀를 찾아 나선다는 이야기, 한 번도 해보지 않은 녀석이 있긴 있을까요?"

"하긴, 리즈 공주님이라면 이미 만인의 이상형이 되어버린 지 오래잖아."

루린이 고개를 끄덕이며 애버딘의 말에 동의하자 위트는 온몸을 부들부들 떨며 간신히 웃음을 참아냈다.

"만인의 연인이라? 하핫! 공주님이라는 신분은 이렇게나 로맨틱한 이야기로 만들어주는군."

"뭐야?! 위트 형, 마치 공주님을 잘 아는 듯한 그 말투는. 공주님은 전설만큼 아름답지 않을진 모르지만 분명히 멋진 분일 거라구."

"호오~ 뭐냐? 너의 이상형도 그 공주님이냐?"

뭔가 발끈한 표정의 애버딘을 바클란이 얼른 말리고 나섰다.

"제 이야기에 관심없으신가 보군요? 하긴… 메르헨을 즐길 나이는 지난 건가……."

"아아! 아닙니다! 들려주세요!"

애버딘이 바클란의 계획대로 순조롭게 걸려들자 그는 만족한 듯한 미소를 지으며 편안한 자세를 취했다.

"이것은 메르헨이라고 하기엔 너무나 석연치 않은 이야기들이 많답니다. 리즈 공주님은 자신의 일행이 모두 희생되어 죽어버리자 너무나 슬픈 나머지 신께 부탁을 했죠. 자신의 시간이 그들과 함께 흐르기 시작하는 날, 그때가 되면 눈을 뜨게 해달라고. 신은 그녀의 소원을 들어주기로 하고 리도스의 던전에 그녀를 봉인해버렸습니다. 그 뒤부터 떼떼라는 골드 드래곤은 그들이 나타날 때까지 그녀를 지키고 있게 되었다는 그런 이야기죠. 어떻게 보면 전설보다 메르헨 쪽이 더 진실 같아 보이지 않습니까? 지나친 과장도 없고."

"흐음, 그러고 보니 저도 이쪽 이야기가 어쩐지 친밀감이 드는데요."

"어쩔 거야, 애버딘?"

"뭘요?"

"바보! 저 메르헨 이야기, 리도스 던전이라면 지금 우리가 향하고 있는 전설의 그곳이라구! 내 이야기 듣고 놀라지 마. 메르헨에 나와 있는 단서대로라면 우리는 지금 그녀의 흔적이 아니라 그녀의 실물을 만나게 될지도 모른다는 거야."

루린의 다소 흥분된 듯한 표정은 애버딘에게로 전염되었다.

"아얏! 정말 그런 거였어요?!"

"어쩔래? 한번 알아보러 갈까? 나도 그 이야기 들어본 적 있거든. 신전에 가면 꽤 상세하게 기록된 게 있을 거야."

"누나, 그런 거 일반인한테 보여주는 거예요?"

"아니, 희귀본이 값이 얼마나 나가는 건데. 만일 도둑이라도 맞으면 어떻게 책임을 지려고. 그렇지만 걱정 마. 내가 누구냐? 이래 봬도 고위급의 프리스트 아니냐. 난 적어도 어떤 신의 신전을 막론하고 신전에선 무조건 무사 통과라니까."

"앗, 그럼 저는요?"

"하하, 걱정 마, 걱정 마. 내가 신도를 안내하겠다는데 누가 말리겠어?"

"그치만 애버딘 녀석, 종교가 있었나?"

"그러니까 지금부터 그 메르헨에 관한 정보를 알아낼 때까지만 독실한 신도가 되어주는 거지. 베니핏님의……."

"역시 누나! 대단해!"

애버딘이 감탄한 얼굴로 루린을 바라보자 바클란은 딱딱하게 굳어진 얼굴로 그녀를 바라보았다.

"지금 하신 말씀은… 베니핏님과 모든 프리스트, 거기에 더해 신도에 대한 모독이라고 봐도 되겠습니까?"

"누가 누구에 대한 모독을 했다는 겁니까?"

루린 역시 정색을 하며 바클란을 바라보자 그는 움찔거리면서도 자신의 의견을 굽히지 않았다.

"그게 아니면 기만하시는 겁니까? 기만한다고 해도… 신전 사람들과 신도들을 기만하는 것도 정도가 있는 법입니다. 신도도 아닌 사람에게 신전의 정보를 제공하겠다는 겁니까?"

"누가 신도가 아니라는 거죠? 분명히 말했을 텐데요, 정보를 얻을 때까지는 독실한 신도라고."

"장난이라면 이쯤에서 그만두십시오. 신도란 하루아침에 만들어지는 것도 아니고, 이득을 얻기 위해 신을 믿는 것도 아닙니다."

그의 말에 루린의 표정은 애버딘이 이제까지 그녀를 보아온 것 중 가장 최악으로 변해 버렸다.

"그렇습니까? 신도가 되기 위한 길은 그 하루아침에 시작하는 것이고, 신을 만나 마음의 안식과 깨달음 등을 얻기 위해 신을 믿는 사람들은 뭐죠? 그들도 그들 나름대로의 이득이 있으니까 신을 찾는 겁니다. 막말로 아무런 변화도 없는데 돈 버리고, 시간 버려가며 신도들이나 프리스트들이 신전을 찾는 이유가 있겠습니까?"

"좋습니다. 제가 백배 양보를 해서 그가 신도라고 칩시다. 도대체 그가 베니핏님에 대해 알고 있는 게 뭡니까?"

"프리스트라고 해봤자 제가 베니핏님에 대해 얼마나 알고 있는 것 같습니까?"

"그거랑 이건 차원이 다르지 않습니까."

"뭐가 다르다는 거죠? 믿는다는 마음은 가장 기본이 되는 조건이기도 하지만 최대의 조건도 되는 겁니다. 좋잖아요. 혹시 이 정보를 다 얻게 되는 순간 멋진 신도 한 분이 늘게 될지도 모르는 거 아닙니까? 어떤 일이든 우리가 장담할 수 있는 건 아무것도 없습니다."

루린이 생긋 미소를 짓자 바클란은 솔깃하는 마음이 들었는지 애버딘을 바라보았고, 그런 좋은 찬스를 놓칠 만큼 우둔하지 않은 루린은 재빨리 애버딘에게 다짐을 받아냈다.

"자! 자! 애버딘, 분명히 약속한 거다. 정보를 얻기 전까진 독실한 신자이기로."

"네, 네, 약속했습니다."

"하아~ 할 수 없군요. 그럼 저도 입 다물고 당신들을 지켜보도록 하죠. 뭔가 조금이라도 제 믿음에 거슬리는 게 있다면 주저없이 다른 프리스트들에게 일러 버릴 테니까 그렇게 아십시오."

"이해해 주셔서 고마워요."

바클란은 갑작스런 그녀의 말이 좀 쑥스러웠는지 살짝 얼굴을 붉히며 말을 받았다.

"고마워할 필요 없습니다. 일종의 호기심이랄까… 그런 게 생긴 것뿐이니까. 지금 바로 신전으로 가신다면 제가 안내를 해드리겠습니다만?"

"아아, 난 패스! 성으로 돌아갈래. 지금은 애버딘이 잠깐 도와달라고 해서 여기에 있었던 거니까. 메르헨에는 별다른 관심 없어."

"그럼 우린 신전에서 자고 갈지도 모르니까 혹시 아침까지 돌아오지 못하면 며칠 더 기간을 늘려줘."

아마 루린에게 가장 약한 사람을 뽑으라면 모르긴 몰라도 위트가 단연 1위일 거란 생각이 들었다. 버리고 가라고 애원을 해도 루린은 꼭꼭 챙겨갈 만한 위트이니 일행들에게도 어련히 알아서 잘 말해 두겠는가.

위트가 듣는 척 마는 척하며 자리에서 벗어나자 애버딘은 바클란에게 신전으로 가자는 눈빛을 보냈다.

"신전은 여기서 그다지 멀지 않으니까 조금만 더 가면 됩니다."

바클란은 안내하고 나서부터 한참 동안 같은 소리를 반복하고 있던 터라 애버딘과 루린은 그의 말에는 아예 신경을 꺼버리고는 묵묵히 걷고만 있었다.

"아아! 다 왔다."

거대한 검은색의 신전이 애버딘 앞에 나타나자 그들은 안도의 한숨을 내쉬었다.

"하아~ 어쩐지 신전이라기보다 뭔가 묘한 느낌인걸요."

"세상 그 어떤 신전을 둘러보아도 우리보다 음침한 건 찾기 힘들 겁니다."

바클란의 말에 루린과 애버딘은 수긍한다는 눈빛으로 고개를 끄덕거렸다.

"검은색 돌이라니… 난 이런 게 있는 줄 여기서 처음 알았어요."

애버딘이 신전의 벽을 붙잡고 감탄하자 루린은 피식 미소를 지었다.

"뭘 이 정도로 놀라고 그래? 신전 구경은 지금부턴데."

"두 사람 다 뭐 잊은 거 없습니까? 흠… 여긴 신전인데 구경보다 먼저 해야만 하는 일이 있지 않던가요?"

바클란의 말에 루린과 애버딘은 선물을 앞두고 착한 일을 하려는 아이들의 표정과 똑같은 얼굴로 신전을 향해 축복을 걸었다.

"언제나 평온한 안식이 함께하시길……."

합창하듯 입을 모아 외치는 루린과 애버딘을 발견한 몇 명의 프리스트들이 곁으로 다가왔다.

"베니핏님의 평온함이 깃드시길… 처음 뵙는 분들 같군요."

"루린입니다. 인사는 들어오면서 했으니 더 할 필요는 없겠죠?"

"아아! 바클란님께 들어본 적이 있습니다. 어쩐지 제가 생각했던 이미지와는 정반대인 귀여운 분이군요. 하하! 반갑습니다. 그런데 무슨 일로 여기까지 오신 겁니까?"

"감사합니다. 뭐, 프리스트가 신전에 들르는 거야 이상한 일은 아니지 않습니까?"

"아아… 그런 뜻이 아니라 제가 듣기엔 이곳과 무척 떨어진 곳에 계신다고 들어서요."

"아, 네. 일행들과 함께 여행 중이라 지나가던 길에 들렀습니다."

"흐음… 거기 신도님께선?"

애버딘에게로 얼굴을 돌리자 루린이 얼른 나섰다.

"제 일행 겸 베니핏님의 독실한 신도라 제가 들르는 김에 함께 왔습니다. 아아! 그러고 보니 잠자는 공주님의 메르헨에 관한 자료가 신전에 있다는 이야기를 들었는데, 그거 지금 볼 수 있습니까?"

"물론이죠. 그런데 신도님께서도 함께십니까?"

"네, 저도 흥미가 있어서."

"제가 책임을 지죠."

"그렇게까지 말씀하신다면 거절하는 것도 우습죠. 그럼 절 따라오십시오. 안내해 드리겠습니다."

"그럼 전 이만……."

"바클란님, 오늘 감사했습니다."

루린이 생긋 웃으며 인사를 건네자 그는 고개를 끄덕여 보이고는 신전의 복도 저편으로 사라져 버렸다.

"자! 이쪽입니다."

프리스트는 그들을 지하에 있는 비밀 서고로 데려갔다. 그곳은 일반 도서관에선, 아니, 왕국 도서관에서도 찾아볼 수 없는 희귀 도서들이 많았는데 그것들 때문에 일반인들에겐 열람이 금지되는 형편이었다.

"어쩐지 멀미가 날 만한 풍경이야."

"에? 신전에 있었다면서 누나가 있던 신전은 책이 별로 없었던 거야?"

"글쎄……."

"글쎄라니?"

"별로 관심이 없어서 찾아보지 않았거든."

"헤에~"

"뭐, 희귀 서적들은 신도들로부터 기증받는 형편이라 어지간한 신전들치고 희귀 서적 서너 권 정도 없는 곳은 없을걸."

그들을 안내해 준 프리스트가 작은 책을 꺼내 들고는 이곳만 보라고 신신당부를 하고 올라가 버리자, 애버딘은 그제야 책에 집중을 할 수 있었다.

"'잠자는 공주님의 메르헨'? 똑같은 거 아니에요?"

"헤에~ 이건 그때 당시의 원서인 것 같은데? 그냥 앞의 전설이 워낙 빵빵하다 보니 이런 메르헨은 잘 팔리지 않아서 결국 구전이 되어버렸다고 하더라구."

"그럼 이 속에 필요한 정보가 다 있는 건가요?"

"저 책이라면 읽는 데 얼마 걸리지도 않겠는데 뭐."

루린은 책을 힐끔 바라보더니 피식 미소를 지었다.

"이 책 저자가 누구인 줄 알아?"

"어디? 어디? 우아아~ 바클란?"

"어차피 본인도 아닐 텐데 뭘 그렇게 놀래? 책 자체가 벌써 몇백 년은 된 걸 텐데. 뭐, 영구 보존 마법을 걸어둔 거니까 새책 같이 느껴지는 거지, 안 그랬으면 읽지도 못할걸."

"아아… 그래도 순간적으로 얼마나 놀랐다구요. 뭔가 전혀 매치가 안 되니까."

"그렇지? 지금의 바클란님이 쓰셨다면 리즈라는 이름이 어떤식으로 변했을지 모른다구. 뭐, 내 이름을 못 외운다고 해도 언제나 루나라는 이름으로 부르니까 어쩔 땐 일부러 그러는 것 같다니까."

"아까 보니까 같은 게 아니라 일부러 그러던걸요 뭐."

루린은 책장을 펼쳐 천천히 글을 읽어가기 시작했다. 신전으로 들어가기 전까지는 책을 즐겨 읽었지만 들어와서부터는 자연히 멀어졌기 때문에, 실로 오랜만의 책이란 느낌에 집중하는 데 많은 시간이 필요하지 않았지만 흥미를 잃는 것 또한 그리 많은 시간이 필요하지 않았다.

"으음, 이거 왜 안 팔렸는지 알겠어. 전설을 별개로 생각한다고 해도 이건 너무 재미가 없어. 누군가 불러주는 것을 옮겼다라는 느낌밖엔……."

"제가 읽어요?"

"그래 줄래? 미안하지만 이런 책은 사양하고 싶어. 난 적당히 다른 소설 몇 개 골라보다 일어나야겠다."

루린이 책을 고르러 사라지는 동안 애버딘은 내내 두근거리는 가슴을 진정시키려 애를 써야만 했다. 유년 시절 한 부분을 차지하고 있던 전설이 현실로 다가오고 있다는 생각에 마음이 진정되질 않았던 것이다.

"슬슬 시작해 볼까?"

책장을 넘기며 루린의 말이 조금은 이해가 갔지만 의외로 유용한 정보가 꽤 많았던 덕에 꾹 참고 읽어 내려갔다. 나중에 루린이 손에 뭔가 다른 책을 꺼내 들고 올 때까지 꼼꼼히 책을 읽어 내려가던 그는 그녀가 곁에 오자 못해먹겠다는 표정을 지었지만 루린은 그런 거 따윈 안중에도 없었다.

"아… 다 읽었다."

어쩐지 피곤한 얼굴로 책을 노려보는 애버딘에게 루린은 피식 미소를 지으며 감탄했다는 듯한 표정을 지었다.

"정말 다 읽었네. 뭐 쓸 만한 거 있어?"

"네. 적어도 공주가 봉인된 곳에 호숫가 있다는 건 건졌어요. 뭐, 그 밖에도 꽤 있긴 했는데 던전이야 어차피 버벅거리라고 있는 거 아니에요?"

"너… 꽤 무서운 말을 하는구나. 거기가 너희 집 안방인 줄 알아? 버벅대다가 인생에 끝이라는 마크가 붙여지면 그대로 경축 베니핏님의 나라로 직행이라구."

"뭐, 살려고 버벅거리는 거 아니었을까요?"

애버딘의 말에 그녀는 약간 수긍이 간다는 듯 고개를 끄덕거렸다.

"그럴 수도 있겠지. 어차피 마지막 순간에 가면 지푸라기라도 잡고 싶어질 테니까."

"아직 던전 탐사할 만한 실력도, 경험도 없으니까. 제 경우야 상상이나 이야기를 듣는 게 전부였는데 괜찮을까 모르겠어요."

"당연히 괜찮을 리가 없잖아?"

"아아, 역시… 그렇지만 대놓고 말하는 건 좀 심했어요, 누나."

"하하, 그렇지만 괜찮지 않아도 갈 거잖아, 결국."

"궁금한 건 정말 질색이거든요."

"그 정도 각오면 어떻게든 되겠지. 더 찾아볼까? 어디서 석판을 본 것 같긴 한데……."

루린은 한참 동안 주변을 두리번거리다 결국은 석판들만 모아 놓은 곳을 찾아냈다.

"여기서 잠자는 공주님의 메르헨을 찾으면 되는 거지?"

거의 손바닥 하나가 들어갈 법한 공간이라 그녀는 최대한 손을 집어넣어 손끝에 온몸의 신경을 집중시켰다.

"나와라, 나와라, 우우……."

주문을 외우는 듯 미간을 찌푸리며 중얼중얼거리는 그녀를 느긋하게 바라보던 애버딘은 그녀의 옆에 놓여진 석판을 발견하고는 석판을 들어 보였다.

"에? 누나, 이거 아니에요?"

"어? 이게 왜 거기 있는 거야?"

"누나 옆에 있던데요."

"어? 그럼 왜 난 못 봤지?"

루린이 의아한 얼굴로 주변을 두리번거리자 애버딘은 작은 목소리로 중얼거렸다.

"삽질하느라고 못 본 거죠."

펙!

불행히 그 소리를 들었는지 루린이 애버딘의 머리를 쥐어박아 버렸다.

"아야야~! 너무하잖아요."

"너무하긴 뭐가 너무해?"

그녀는 인상을 찌푸리며 조용히 하라는 듯 애버딘에게 눈을 흘겨 보였다.

"조용히 해. 신경 쓰여서 글을 읽을 수가 없잖아. 신성 문자로 쓰여진 거라 가뜩이나 신경 쓰이는데."

루린은 석판을 뚫어져라 바라보고는 마침내 다 읽었다는 듯한 만족한 표정으로 고개를 끄덕였다.

"애버딘! 이거 우리 확 깨버리자!"

"에에에엣!? 무슨 소리예요?!"

"뭘 그렇게 놀라고 그래? 책에 있는 것 중 가장 쓸데없는 것만 고르고 골라서 새긴 것 같아서, 화가 나서 농담 한번 해본 건데."

"누나가 그렇게 말하면… 왜 농담으로 안 들리는 거죠?"

"시끄러워."

"도대체 무슨 말이 있는데 그래요?"

"도대체가 드워프의 낭만이니 장인이니, 그런 걸 알아야 하는 이유가 뭐니? 석판에까지 난리를 부리고 말이야."

"혹시 모르잖아요. 그게 암호라도 되는 건지도……."

애버딘의 말에 루린은 피식 미소를 지으며 검지손가락을 치켜들었다.

"그럼 말이지, 이 던전은… 완전히 코미디야."

"…그렇겠죠? 아무리 암호 제작 센스가 없더라도 이렇게까지 하진 않겠죠?"

"으음, 아무리 생각해도 우리 뭔가 구리구리한 마수에 빠져 버린 것 같아요. 갔는데 없으면… 우리만 바보되는 거겠죠?"

"내 생각도 그렇긴 하지만 이왕 가는 건데 낭만과 꿈이 있는 쪽이라면 좀 끌리지 않아?"

"하긴……."

"이왕에 신전까지 온 거 본전은 뽑고 가야지. 밥 먹으러 가자. 시간 지나가면 식당 문 닫아놓고 아무리 사정해도 안 주니까."

"헤~ 그래요? 확실히 규칙적일 수밖에 없겠네요."

"굶어 죽기 싫으면……."

"꽤 살벌한 말이군요."

"아무리 게으른 자라도 신전에 일주일만 가둬놓고 살게 해봐. 다른 건 몰라도 식사 시간은 절대로 어기지 않게 될 테니까. 아아, 이러고 있지 말고 우리 빨리 가자니까. 종이 울린 뒤라면 이미 인간들이 버글버글해서 한참 기다려야 된다구. 지금 올라가도 시커 먼 로브 한 무더기가 쓰레기 줍는 척이라던가, 심도 깊은 토론을 하는 척 등등 온갖 잔머리를 동원해서 주변에 깔려 있을 테니까."

"에? 그럼 어차피 올라간다고 해도 좀 기다려야 되는 거 아니에요?"

"뭐 하러? 프리스트들은 조금 멀찌감치 떨어져 있을 텐데. 왜 체면이니 권위니 하는 문제 있잖아. 우리야 그런 거 필요없으니까 문 앞에서 알짱거리다 종이 울리면 들어가서 먹으면 되는걸."

"…뭔가 개념이 깨져 버리는데요."

애버딘의 말에 루린은 피식 미소를 지었다.

"프리스트도 인간이잖아."

루린의 손에 이끌려 식당으로 올라온 그들은 루린의 말대로 바퀴벌레처럼 구석구석에 모여 있는 검은 로브의 프리스트들을 볼 수 있었다.

"저래 놓고 견습 프리스트에겐 종 치고 나서 오라고 훈계하고… 정말이지 솔직하지 못한 사람들이라니까."

루린의 빈정거리는 말투에 애버딘은 피식 미소를 지으며 공감한다는 듯 고개를 끄덕였다. 평소 근엄하기 짝이 없던 이미지가 한순간에 와르르 무너져 버렸달까.

딸랑~ 딸랑~

종을 흔들며 프리스트들이 지나가자 루린은 애버딘과 함께 식당으로 들어가 식판에 음식을 담고는 빈자리에 앉아 짧은 기도를 마치고는 식사를 시작했다. 평소와는 다른 모습이 낯설었던 건지 애버딘은 작은 목소리로 그녀에게 속삭였다.

"누나, 우리랑 있을 땐 기도 잘 안 하면서……."

"시끄러! 요는 마음이 중요한 거야. 마음으로 기도하는데 소리가 무슨 필요가 있어? 늘 마음으로 기도했으니까 상관없는 거야."

"그럼 누나, 지금은 왜 소리를 내서 기도하는 건데요?"

애버딘의 말에 루린은 목소리를 더욱 낮게 깔며 살짝 다른 사람과는 다른 회색의 로브를 입고 있는 덩치 큰 남자들을 곁눈질했다.

"…저기 서 있는 회색 로브들 보이지?"

"덩치 좋은 저 사람들이요?"

"그래. 누가 기도를 하는지 안 하는지 잘 봐뒀다가 식판 뺏으러 온다구. 세상에서 제일 치사한 짓이 뭔지 알아?"

"뭔데요?"

"바로 수프 먹으려고 숟가락 들었는데 그 숟가락마저 뺏어가는 짓이지. 바로 저 덩치들이 하는 짓이 그런 거야."

"헤에~ 꽤 쌓였나 보네요."

"당연하지. 내가 저 덩치들 때문에 굶은 거만 생각하면 밤에도 허기가 진다."

"하하하… 정말 먹는 거 앞에선 어쩔 수 없어지나 봐요."

"흥! 저 사람들이 치사한 거지."

루린은 그 말을 끝으로 식사를 마칠 때까지 입을 열지 않았다. 자신의 이야기가 다른 프리스트들의 귀에 들어가 봤자 좋을 게 없다는 생각에서였다.

식사가 끝난 뒤 루린은 잠시 어딘가에 다녀오더니 애버딘에게 성으로 돌아가자며 말을 걸었다. 신전에서의 볼일은 모두 끝냈다는 뜻이다.

"어? 자고 올지도 모른다더니 빨리 왔네?"

"생각보다 고위 프리스트들이 적어서 인사드릴 사람이 별로 없었거든."

"그런 이야긴 나중에 하고, 좋은 소식이 있어요! 누나 덕분에 좋은 걸 알아냈는데……."

"맛 좋은 술집이라도 찾아낸 거냐?"

렌이 흥미로운 얼굴로 묻자 위트는 고개를 저었다.

"쯧쯧, 아무리 루린이라 해도 프리스트인데 술집에 쉽게 들락거리겠습니까?"

"그럼? 아무리 생각해도 신전에 재밌는 게 있을 것 같진 않거든."

"찾아보면 루린 같은 녀석들도 꽤 나올 텐데 재밌는 게 없다니… 아직 미숙하시군요."

"쯧쯧, 난 그런 취미 없다네. 차라리 술이 낫지."

성으로 돌아와 보니 모여서 무슨 대화라도 나누고 있었던 건지 일행 모두가 한 방에 모여 있었기에 루린과 애버딘은 리즈에 대한 이야기를 꺼내려고 줄곧 시도했지만 이런 식으로 번번이 이야기가 다른 쪽으로 새어버리니 이야기할 맛이 나지 않았다.

"이제 슬슬 이야기에 집중해 줘도 좋잖아요. 언제까지 같은 말을 반복하게 만드실 거죠?"

"아아, 누가 말 못하게 막은 사람 있어? 계속해, 계속."

"누가 막았대?"

"그런데 왜 그래?"

"어쩐지 집중하고 있다는 느낌이 들지 않잖아."

루린이 화가 난 듯 미간을 찌푸리자 그들은 언제 그랬냐는 듯 조용히 시선을 루린에게로 고정시켰다.

"그러니까 요점만 간단히 하자면, 그 전설 속의 공주님 말이야! 그 리즈 공주님이 살아 있을지도 모른다는 거야. 그것도 소녀의 모습 그대로."

"정말요? 어떻게 그런 일이 있을 수 있죠?"

"봉인이라는 거지."

"으음… 공주님의 메르헨을 들어본 적 있지만……."

시에라의 말에 애버딘의 눈이 가늘어졌다.

"어? 그런데 왜 난 못 들어본 거지?"

"그야 카디프 오빠랑 둘만 갔었으니까… 아아! 그땐 오빠 심부름 간다고 없었잖아요."

시에라의 다급한 설명에 애버딘은 그제야 고개를 끄덕거렸다.

"뭐, 아무튼 우리가 가려고 하는 그 던전에서 공주를 만날 수도 있다~ 뭐, 그런 이야기니까. 아참! 렌 아저씨께 물어볼 게 있어요."

"뭔가?"

"혹시 거기 호수 있습니까?"

렌은 기억을 떠올리기 위해서인지 인상을 찌푸리며 생각에 잠겼다.

"아아… 호수라면 있다고 듣긴 했네."

"있으면 있는 거지, 듣는 건 또 뭐예요?"

"호숫가 있다는 쪽은 아무도 접근을 할 수가 없네. 뭐, 그 던전이 드래곤의 것이다 보니 몬스터가 있긴 하지만 우리랑 만날 일은 별로 없었다네. 그런데 그 근방에 결계라도 친 건지 근처에 발을 디디기만 해도 몬스터들이 득실거리는 게 일정 거리만큼 떨어지지 않으면 죽어 나갈 때까지 덤벼들지. 실제로 나도 물소리는 들었지만 호수를 본 적은 없네."

"그거 어쩐지 흥미로운 이야기로군요."

조용히 있던 카디프가 나서자 애버딘은 반색을 했다.

"그렇지? 그렇지? 형은 역시 모험가 기질이 있다니까. 뭔가 지키고 싶은 게 있었으니까 결계도 치는 거 아니겠어?"

시에라는 잘 모르겠다는 듯 고개를 갸웃거렸다.

"호숫가 쪽으로 접근이 불가능하다면 물은 어떻게 쓰세요?"

"그건 다른 쪽으로 지하수가 들어오니까 그리 큰 문제는 없어."

"지하수?"

"그래. 드워프들이 그곳에서 산 지도 꽤 오래되었다구. 전설이 시작되기 훨씬 이전부터니까 지하수를 하나나 둘 정도 발견했다고 그게 그렇게 놀라운 일은 아니잖아?"

둘이서 체스를 둘 때 렌에게서 그의 마을에 대한 이야기를 들은 건지 위트가 자연스럽게 설명하자 일행들은 고개를 끄덕거렸다.

"뭐, 마을에 들르면 그런 것에 대해 꽤 자세히 아는 녀석이 있을지도 모르지. 일단 마을에 갔다 와보자구."

"문제는 그 마을까지 무사히 갈 수 있어야 한다는 전제 하에서라는 거죠. 아무튼 저희는 렌 아저씨만 믿겠습니다."

"으음! 나만 믿으라구."

"자! 자! 그럼 내일 새벽부터 부지런을 떨어야 될 테니까 다들 오늘은 푹 쉬는 게 좋지 않겠어?"

"한마디만 해, 쫓아내겠다고."

루린이 피식 미소를 지으며 말하자 위트는 머리를 긁적거렸다.

"저희도 쉬어야죠, 언니."

곤란해하는 위트를 도와주려는 듯 시에라가 편히 쉬라는 말과 함께 루린을 데리고 사라지자 루린의 반응에 대해 긴장하고 있었던 모두는 안도의 한숨을 내쉬며 물건들을 정리하기 시작했다.

"아아… 내일이면 드디어……."

렌의 진가는…

이른 새벽부터 부지런히 움직인 덕분인지 성주 대리인은 그들이 워프 게이트를 이용할 수 있도록 배려해 주었다.

"신세 많이 지고 갑니다."

"별말씀을요."

"아아… 정말 긴장되는데……."

애버딘은 한숨을 내쉬며 게이트에 발을 디뎠다. 일행들 모두 고대 문자가 쓰여진 원 안으로 들어가는 것을 확인한 성주 대리인은 아무 일도 없었다는 듯 자신의 볼일을 보러 나가 버렸고, 그곳에는 아무도 존재하지 않았다.

"우아아아아! 이 커다란 동굴은 뭐야?!"

애버딘이 놀랐다는 듯 동굴 입구에서 허우적거리자 메이가 재빨리 그의 뒤로 돌아가 넘어지려는 그를 받아냈다.

"여기가 바로 문제의 공주님이 계신 그곳이지."

루린이 생긋 미소를 지으며 렌에게 앞장을 서라는 듯 한발 뒤로 물러섰다.

"일단 인간들이 있으니 횃불이라도 만들까?"

"여기에 있는 저는 마법사가 아니라 호구로 보이십니까?"

위트가 기분 상했다는 듯 말을 잇자 렌은 미안한 표정으로 머리를 긁적거렸다.

"호구라니 무슨 그런… 내가 잠시 실수했네. 사실 입구로부터 그리 떨어지지 않은 곳에 함정이 설치되어 있다네. 그걸 밟으면 돌이 굴러 떨어지는데… 다들 멀리뛰기에 자신있나?"

"일단 가긴 가야 하잖습니까. 라이트!"

위트의 말에 그는 한숨을 내쉬었다. 어두운 동굴 속에 갑자기 빛이 비쳐서 그런지 박쥐 한 무더기가 우르르 날아가자, 시에라는 카디프의 뒤에 꽉 달라붙어 버렸다.

숲에는 이런 징그러운 박쥐 같은 것은 살지도 않거니와 갑자기 시커먼 것이 날아드는 바람에 놀란 것이다.

"으음… 일단 제가 제일 먼저 앞장을 서죠. 뭐, 함정만 피해내면 렌 아저씨께서 다시 앞장을 서셔도 상관없으니까요."

"비리비리한 마법사가 앞장을 선단 말인가? 잘하는 녀석부터 시키게."

동굴 안으로 들어온 지 얼마 되지 않아서 함정 덕분에 발걸음이 멈춰지자, 난감한 표정으로 서 있는 렌에게 위트가 자신만만한 표정으로 먼저 해 보이겠다고 나섰지만, 렌은 그런 그를 무시하고는 카디프를 밀어내며 말했다.

"길이가 얼마나 됩니까?"

"1m 30~40㎝ 정도일세."

그제야 일행들의 표정엔 안도의 빛이 스치고 지나갔다. 그 정도의 길이면 가뿐히 넘어갈 수 있을 거란 생각이 들었던 것이다.

"그럼 제가 먼저 가도록 하죠."

카디프가 이 정도는 일도 아니라는 듯 가뿐하게 넘자 애버딘은 질 수 없다는 듯 뛰어넘곤 폼까지 잡아가며 착지 자세를 취했다.

"어때, 시에라. 오빠 멋지지?"

"후후, 오빠도 참……."

시에라는 애버딘의 장난에 긴장이 풀렸는지 피식 미소를 지으며 그 길이를 쉽게 넘어버렸다. 위트 역시 몸놀림이 유연한 편이라 별문제가 되지 않았지만 메이와 루린, 렌이 아직 남아 있는 형편이다. 애버딘은 이번에도 긴장을 풀어주려는 듯 옆에 있는 위트를 칭찬하기 시작했다.

"형, 마법사 맞아? 무슨 마법사가 이렇게 유연해. 그 근육들 하며……."

"형이 한멋 하지 않냐?"

"형… 내가 한 말 다 잊어줘. 설마 왕자병이 있는 마법사가 있을 줄이야……."

"이 녀석이~"

"시끄러워! 남은 죽겠는데 거기서 장난치고 싶니?"

루린이 기분 나쁘다는 표정으로 애버딘들을 조용히 시키고는 애교스럽게 렌을 바라보았다.

"이거 제가 마지막으로 가면 안 될까요?"

루린은 어쩐지 2m는 되어 보이는 느낌에 렌에게 고개를 돌렸으나 그는 단호하게 고개를 저었다.

"어디까지나 난 마지막일세."

"아아… 그런……."

"루린! 뭐 하는 거야?"

"혹시 내가 밟더라도 구박하지 말아줘."

루린이 풀 죽은 목소리로 중얼거리자 위트는 자신의 이마에 힘줄이 돋는 걸 느꼈다.

"야! 그러니까 진작에 살 좀 뺐랬잖아!"

빠직!

"루린 돼지! 바보! 밟으면 정말 돼지라는 거 증명하는 셈이야!"

빠지지지직!

"위트으~!!"

뭔가 이빨 갈리는 소리와 함께 루린이 훌쩍 뛰어넘어 버리자 위트는 피식 미소를 지었다.

"거봐, 할 수 있는데 괜히 지레 겁먹고 그래?"

루린은 위트의 허벅지를 발로 퍽 차버리며 날카롭게 눈을 치켜떴다.

"한 번만 더 놀려봐! 어디 또 놀려봐!"

"으으으읍!!"

아예 위트의 입을 두 손으로 막아버리고는 계속 해보라는 듯 빈정거리자 위트는 발버둥을 치다 이내 조용히 백기를 흔들고 말았다.

"아아… 사람이 모처럼 도와줬더니… 아앗~! 미안미안! 이제 안 해. 안 한다니까."

"그런 도움은 하나도 필요없어!"

루린이 버럭 소리를 질러 버리자 애버딘이 얼른 중재에 나섰다.

"누나가 표준 체형이죠. 형은 왜 그렇게 누나를 못 잡아먹어서 안달이에요? 솔직히 시에라 같은 절벽보단 글래머가… 앗!"

얼른 자신의 입을 손으로 막아버렸지만 카디프와 시에라의 손은 애버딘의 머리를 그냥 두지 않았다.

퍽!

"변태 오빠, 바보!"

"꼭 매를 벌어요! 벌어!"

위트는 그들을 향해 고개를 저으며 렌에게 외쳤다.

"정 힘들 것 같으면 메이라도 타요!"

그 말에 기겁을 한 메이는 뒤도 돌아보지 않고 냅다 시에라가 있는 곳으로 넘어가 버리고 말았다.

"아아! 네 발 달린 녀석들은 이래서 싫어. 치사해서 내가 그냥 넘고 만다, 넘고 말아! 우라아아앗!"

요란한 기합 소리와 함께 뒤에서부터 달려오기 시작한 렌이 다행히도 아슬아슬하게 착지를 하는 바람에 일행 모두가 환호성을 질렀지만… 아뿔싸! 중심을 못 잡고 바닥에 철푸덕 앉아버린 것이다.

"우아아아아아! 엉덩이가! 엉덩이가!!"

루린이 경악에 찬 표정으로 비명을 질러대자 어디선가 그녀의 말을 이어주려는 듯 쿠궁~ 하는 굉음과 함께 진동이 느껴지기 시작했다.

"우아아아아!! 돌 굴러온다아~!!"

"이런, 젠장! 야! 튀어!!"

일행들은 렌의 말이 떨어지기도 전에 미친 듯이 달리기 시작했지만 돌은 점점 속도를 내며 그들의 뒤를 바싹 쫓기 시작했다.

"으아아아! 망할 놈의 엉덩이 때문에 창창한 렌의 미래가 이렇게 허물어지는구나!"

렌은 필사적으로 뛰었지만 눈앞이 점점 깜깜해져 왔다.

"밑에 길이 있어요!"

메이가 제일 먼저 뛰어들며 일행들을 향해 외치자 일행들은 그 속으로 우르르 몸을 날렸다.

"하아, 간신히 살았다. 고마워, 메이."

"아아, 뭘요."

루린이 메이의 목을 끌어안으며 말하자 메이는 기분 좋은 표정으로 겸손을 떨었다.

"꺄아아아~!"

"지금 이거 누구 비명 소리야?"

애버딘이 잔뜩 긴장한 표정으로 묻자 시에라는 차분히 바닥을 가리켰다. 그곳에는 시커먼 곰팡이가 있었다. 그곳뿐만 아니라 사방의 벽들이 그 곰팡이로 뒤덮인 채 바람이 지나가면 기묘한 소리를 만들어냈다.

"아아… 어쩐지 기분 나쁜 곳이군."

루린이 온몸에서 빛을 뿜어내고 있는 송장 벌레를 바라보며 고개를 저었다.

"루린, 너 아직 베니핏님의 프리스트로는 애송이로군. 이 정도로 기분이 나빠지다니."

"시비 걸지 마."

루린은 위트를 피해 살짝 몸을 틀었다.

"송장 벌레가 있다는 건 시체도 있다는 소리… 죠?"

예전에 코아가 옛날이야기를 들려줄 때 혐오감을 주던 벌레를 예상치 못하게 실물로 접한 시에라는 약간 걱정스러운 표정으로 루린을 올려다보았다.

"우리가 찾았는데 다른 인간이라고 못 찾을 리는 없잖아?"

"흠… 우리의 경우는 운이 굉장히 좋은 거죠. 안내인에, 거리 단축에, 고생도 별로 안 하고 정말 대단한 거죠."

애버딘의 말에 다들 수긍하는 표정을 지었다.

"이곳을 찾자고 한평생을 바치는 사람도 있었을 텐데……."

"그런데… 계속 여기에 있을 거예요? 레이디들도 있는데."

기분 나쁘다는 듯 메이마저 얼굴을 돌리자 그제야 조심스럽게 일행들은 돌이 굴러갔던 통로를 살피기 시작했다.

"없어! 없어!"

루린이 손사래를 치며 앞으로 올라가자, 일행들도 한숨을 돌리며 그녀의 뒤를 따랐다.

"으음… 뭔가 또 이상한 건 없겠죠?"

"뭐, 이상한 거라고 할 것까진… 드워프 마을로 가는 길은 비교적 평탄하니까."

"비… 교… 적이라구요?"

루린은 불길하다는 듯 신음 소리를 내며 렌을 바라보았다.

"걱정 마, 걱정 마. 안내인의 진가는 일행을 얼마나 안전하게 데리고 가는 거냐에 달려 있으니까. 내가 100% 내 진가를 발휘해 줄테니 말일세."

렌의 자신있는 말에 일행들은 다들 속으로 한숨을 내쉬었다. 일행들을 식은땀이 줄줄 흐르도록 뛰게 만든 것이 불과 얼마나 되었다고 저렇게 큰소리를 치는 건지 한숨이 저절로 나올 수밖에 없었던 것이다.

"자자! 이런 곳 말고 멋진 곳도 있으니까 날 따라오게."

큰소리를 치며 자신을 따라오라는 말에 그들은 한 번 더 그를 믿기로 하고 고개를 끄덕였다. 일직선으로 계속되는 길은 길기는 했지만 그 뒤로 별 탈은 없었다. 그러던 중 렌이 회심의 미소를 지으며 일행들을 둘러보았다.

"우리 금화나 좀 챙겨 가세."

"네?"

"왜, 금화 싫어하나?"

"금화 싫어하는 사람도 있어요? 그치만 갑자기 길 가다가 삽 들고 삽질할 수는 없지 않습니까? 곡괭이질도 그렇고……."

"누가 삽질하자던가? 능숙하지 못한 사람과 일을 하면 나도 피곤하기는 마찬가지일세. 난 분명히 금화를 주워 가자고 했는데… 제대로 들은 사람이 아무도 없나 보군."

렌은 피식 미소를 지으며 바닥과 벽면 사이에 끼어 있는 이끼를 손으로 잡아 뜯어버렸다.

"지금 뭐 하는 거예요?"

"아아… 잘 보라구."

렌은 주머니에서 주섬주섬 부싯돌 두 개를 꺼내 들고 탁탁! 소리가 나도록 치고는 불을 붙였다.

"이런, 습기가 많아서 잘 타지가 않는군. 시에라, 네가 좀 해주지 않겠나?"

"제가 도와드리죠."

카디프는 사라만다를 소환하고는 주변의 이끼들을 태우기 시작했다.

"흐음… 역시 정령술이란 좋은 것 같군."

렌의 말에 카디프는 의아한 표정을 짓고는 사라만다를 돌려보내고 실프를 불러 연기들을 일행이 닿지 않는 곳으로 보내 버렸다.

"아아, 고맙네."

렌은 카디프에게 만족의 미소를 지으며 손을 벌리고 서 있었다.

차라라랑—

바닥으로 쉴 새 없이 동전이 떨어지기 시작하자 카디프는 잽싸게 시에라를 동전이 떨어지지 않는 쪽으로 데리고 가 놀란 눈으로 렌을 바라보았다.

"이게 무슨 일입니까?"

"하하, 나도 모르는 일일세. 뭐, 예전에 실수로 이곳에 불을 낸 적이 있었지. 당황한 나는 황급히 불을 껐지만 이끼가 좀 타버리긴 했어. 그리고… 지금처럼 금화가 떨어지더군."

렌 역시 금화가 떨어지는 것을 알고 있어서였는지 금화를 맞지 않는 지점으로 떨어져 있었지만 메이와 루린, 그리고 애버딘은 위트가 재빨리 실드를 치지 않았다면 금화에 맞아 죽었을지도 모를 일이었다.

"그런 거라면 진작 말씀해 주셨어야죠!"

루린이 거칠게 항의하자 메이 역시 화가 났다는 듯 거칠게 콧김을 뿜어내며 목소리를 높였다.

"감정을 이런 식으로 풀려고 해선 곤란하죠! 유니콘이 설마 이 정도 금화에 맞아 죽을 거라고 생각하세요?"

"미안! 미안! 생각을 못했어."

일행들은 불신에 가득 찬 눈으로 렌을 바라보았다. 어쩐지 아까 렌이 말하던 안내인은 일행을 안전하게 어쩌고저쩌고하는 말이 생각났는지 애버딘은 루린에게 슬쩍 고개를 저어 보였다.

"누나, 저 예전에 운이 좋았다고 했던 말들 깨끗하게 잊어주세요."

당황하는 렌을 보며 위트는 슬그머니 미소가 지어짐을 어쩌지 못했다.

'리도스님과 훼이나님의 안목인데 어련하려고.'

"아아! 너무 그러지 말게. 길은 잘 찾아오지 않았는가."

렌의 말에 메이는 코웃음을 쳤다.

"흥! 잘 찾아온 건지 못 찾아온 건지는 마을에 도착해 봐야 아는 일이구요."

"정말 너무하는군. 이렇게 구박하면서도 땅에 떨어진 금화는 다들 주워 넣고 있는 건 뭔가?"

애버딘은 피식 미소를 지으며 동전 몇 개를 집어 들었다.

"이건 말이죠, 생명 수당이랄까… 그런 거죠. 아무것도 못 챙기면 억울하잖아요?"

그의 말에 씨익 미소를 지으며 루린 역시 가죽 주머니에 금화들을 챙겨 넣기 시작했다.

"루린, 무슨 욕심이 그렇게 많아?"

위트가 가볍게 핀잔을 주자 루린 역시 할 말이 있다는 듯 고개를 들었다.

"나야… 홀몸이 아니니까."

"에?"

"난 베니핏님 몫까지 모아야 하잖아. 괜찮은 곳에 신전을 만들어서 전파하는 것도 나쁘진 않은 일이지."

"말이나 못하면……"

"그렇게 말해도 돈은 좋은 거야."

"아무렴. 좋은 거고 말고."

애버딘 역시 고개를 끄덕끄덕거리며 동전 몇 개를 더 챙겨 넣었다.

"꽤 많이 온 것 같은데?"

휘이나는 기특하다는 듯한 미소를 지으며 리도스를 바라보았다.

"우리가 고른 안목인데 어련하려고."

"그 던전에 살고 있는 드워프는 아직도 눈치를 못 챈 거지?"

"요즘은 던전 쪽으로는 통 발걸음 안 하니까… 뭐니 뭐니 해도 이 던전은 내가 떼떼에게 선물로 준 건데, 내가 드나든다는 것도 우습잖아."

리도스의 말에 휘이나는 떼떼를 바라보았다.

"떼떼는 드워프 마을에 가본 적 있어?"

"예전에 리도스 아저씨랑 다녀온 게 마지막이에요. 요즘 같아선 엄마랑 이야기를 하다 보면 하루 해가 금방 가버리거든요. 요즘은 재밌는 책을 골라서 읽어드리고 있는데… 인간들의 책이란 참 다양하더군요."

"언제까지 해츨링틱한 말을 쓸 생각이냐? 네 나이가 몇인데."

리도스의 말에 떼떼는 살짝 얼굴을 붉혔다.

"하하… 아무래도 엄마나 아저씨 앞에선 아직도 애라는 기분이 드니까요."

리도스는 피식 미소를 지으며 떼떼의 머리를 거칠게 쓰다듬었다.

"처세술이 많이 좋아졌구나. 뭐, 아무래도 좋겠지. 우린 이제 뭘 준비하면 되는 거지?"

"글쎄요, 잠자는 공주님의 메르헨… 엔딩이 어떻게 되던가요?"

떼떼가 머리를 긁적이자 훼이나의 눈이 커다랗게 떠졌다.

"에에에?! 그거 정말 하려고?"

"떼떼는 낭만적인 구석이 있거든. 누가 뭐라고 해도 카시우스님의 아들이니까."

"헤에~ 그러고 보니 약간 분위기가 닮은 것도 같네. 그럼 우리가 할 일은 없는 거네."

"왜 없어? 이제까지 좋은 부모가 되어준 것처럼 계속 좋은 부모로 남아야 하는 일이 적어도 몇십 년은 남았는데."

"하하, 그러고 보니 그게 제일 어려운 일일지도……."

"그래도 이거 꽤 재밌지 않아? 나름대로 보람도 있고 말이야."

"아아… 그럼 우린 아렌으로 돌아가야겠군. 행운을 빌어주지."

"네, 나중에 또 뵙죠."

"리즈가 정 걸리면 나중에 확 아렌에서 눌러 살아버려. 까짓것 뭐가 어렵다고."

"후후, 그것도 좋은 방법이군요."

떼떼가 미소를 지으며 리도스와 훼이나에게 작별 인사를 하고는 살짝 눈을 감았다 뜨자 어느새 주위의 배경은 던전 안의 호수로 바뀌어 버렸다.

"엄마, 저 왔어요."

떼떼의 목소리에 반응하듯 아무것도 없던 호수 속에서 동그란 물의 구가 떠올랐다. 그리고 그 안에는 언제나처럼 편안해 보이는 표정의 소녀가 누워 있었다.

"아빠가 오신다나 봐요."

떼떼의 얼굴은 어느덧 밝은 미소가 가득했다.

"이제 조금만 있으면 엄마와 이야기를 할 수 있게 되겠죠?"

"으음… 아무리 그래도 너무 평화롭지 않아요? 처음도 그랬고, 그 다음도 그랬고 어쩐지 사고가 터지기 전에는 대개 평화로웠던 것 같은데……."

"저놈의 망아지! 정말 말이 많군. 안내인이 좋으니까 평화로운 길로 잘 찾아오고 있는 거 아닌가. 아직도 한참은 더 가야 하니까 그런 쓸데없는 소리 할 정신있거든 기력이나 더 아끼게."

렌이 안내해 준 길을 따라—그래 봐야 여전히 외길 코스라 길을 잃어버릴 염려 같은 건 애시당초 존재하지 않았다—일행과 함께 움직이던 메이는 조용한 길이 계속 이어지자 불안했는지 아까부터 계속 렌을 귀찮게 굴어댔다.

"안내라고 해봤자 입구에서 갈리는 거랑 돌 피하느라 갔던 길이랑 또 뭐였지? 아무튼, 아무튼… 세 번밖에 더 나왔어요? 지금 확실히 제대로 가고 있는 거 맞긴 맞죠?"

"내가 망아지한테 사기 쳐서 얻는 게 뭐냐?"

"아까부터 망아지, 망아지 하는데, 이렇게 잘생긴 망아지 보셨어요?"

"하! 이제 봤더니 덜떨어지기까지 한 망아지였군 그래."

렌이 얼굴에 경련을 일으키면서까지 질색을 하자 메이는 샐쭉한 표정으로 시에라의 등 뒤로 가버렸다.

"결국 본전도 못 찾을 거면서 꼭 신경을 긁어놓는군, 저놈의 망아지는."

"망아지가 아니라니까요!"

"시끄러워. 나는 망아지라고 부르고 싶으면 개를 보고도 망아지라고 부르는 뚝심있는 드워프라구."

"그건 뚝심이 아니라 좀 모자라는 거죠."

메이가 시에라의 등 뒤에서조차 깐죽거려 대자, 렌은 무시를 하기로 했는지 계속되는 외길에 지쳐 있는 일행들에게 기운을 내라며 걷는 속도를 올렸다.

"으음… 여기엔 함정 같은 거 없어요?"

루린이 지루했는지 렌에게 말을 걸자 그는 고개를 갸웃거리며 별거 아니라는 듯한 어조로 말을 받았다.

"그러고 보니 여기에 뭐가 더 있긴 했었던 것 같은데… 그게 뭐였는지 기억이 안 나는군."

"에에에엣?! 그런데 어떻게 그렇게 태평스러운 거예요?!"

"그게… 별거 아니었던 거 같아서 말이네. 하하, 목숨이 위험하거나 크게 다칠 염려가 있는 거라면 내가 다 기억하고 있을 테니까 걱정하지 마."

"…그런 억지가 어딨어요?!"

이제까지 줄곧 직선으로 이어졌던 길은 방향을 바꾸어 위쪽으로 계속되고 있었다.

"그러니까 안전하다니까아~ 와아아아아악!"

말을 끝내기도 전에 갑자기 렌이 땅 밑으로 쑥 꺼져 버렸다는 생각에 루린은 흠칫 발 밑을 내려다보았다.

"우아아아아!! 렌 아저씨! 괜찮아요?!"

한 발자국만 앞으로 내디뎠어도 바로 렌과 같은 신세로 전락해 버릴 뻔했던 루린은 후닥닥 뒤로 물러서서는 렌을 향해 소리를 질렀다.

"으아아아아~!! 나 좀 꺼내줘~!!"

렌은 아직도 굴러 떨어지고 있었는지 목소리가 떨려왔다.

"다친 데는 없어요?!"

"아직 굴러 떨어지고 있는 중이야~!"

어쩐지 긴장감이 사라져 버리는 듯한 대답.

"이거 어쩌지? 누구 밧줄 가지고 있는 사람?"

위트가 난처한 얼굴로 일행들을 바라보며 묻자 애버딘은 가방에서 밧줄을 찾아 헤매기 시작했다. 흘깃 그 배낭을 본 위트는 애버딘의 등을 툭툭 건드리며 의아한 얼굴로 물었다.

"그러고 보니 그거 마법 아이템이었던가?"

"네. 밧줄이 어디에 있었더라… 밧줄이… 아! 찾았다!"

애버딘이 밧줄을 꺼내자 위트는 살짝 미간을 찌푸리며 애버딘을 바라보았다.

"그럼 우리 물건도 넣어주면 좋았잖아."

"죄송하지만 뭔가 착각하신 것 같은데요… 이 배낭의 주인은 카디프라구요."

위트는 살짝 눈을 흘기며 카디프를 바라보았다.

"엘프가 이렇게 치사한 줄은 미처 몰랐어."

"저는 그런 부탁받은 기억이 없습니다만, 게다가 지금은 렌님을 구하는 게 먼저 아니었나요?"

"아아, 어차피 아직도 굴러 떨어지고 계시는 중일 텐데 뭐. 바쁘신 분은 잠깐 놔두고, 우리 짐 문제나 이야기하는 게 좋지 않겠나? 지금이라도 부탁할게."

"거절합니다."

"어째서?"

"치사하거든요, 엘프는."

얼굴은 평상시와 마찬가지로 표정의 변화도 없으면서 목소리만 '치사하다'는 소리를 마음속에 담아두고 있다는 듯한 카디프를 바라보며 위트는 한숨을 내쉬었다.

"하아~ 그런그런……"

아깝다는 듯한 얼굴로 뭔가 변명을 하려는 위트의 등을 루린이 발로 뻥 차버렸다

"아야야~! 뭐야?!"

"지금 사람이 빠졌는데 그런 소리가 나와? 네 짐이 무거우면 얼마나 무거운데? 그거 사람 목숨보다 무게가 더 나가는 거야?"

위트는 살짝 미간을 찌푸리며 구덩이를 향해 고함을 질렀다.

"아저씨! 다 구르셨어요?!"

"좀 남았어~!"

"…들었냐?"

"하아~ 정말 긴장감없어지는군."

루린이 어깨를 으쓱거리며 위트에게 계속 볼일 보라는 듯 지나가 버리자 메이는 고개를 흔들어댔다.

"어쩐지 이번만큼은 동정이 가는걸."

"아아! 나 좀 꺼내줘!"

그리 많이 다치지는 않은 건지 렌의 목소리는 쌩쌩했지만 문제는 밧줄의 길이였다.

"그때 볼라도 사오지 않았어?"

루린의 말에 애버딘은 고개를 끄덕였다.

"사오긴 했지만… 볼라가 무슨 도움이나 되겠어요?"

"밧줄 달린 건 다 이용해 봐야지… 아니다! 위트!"

"응?"

"너, 워프 가루 있었잖아. 이거 내려 보내기엔 불안하니까 네가 직접 내려가서 렌 아저씨 모시고 나오면 안 돼?"

"나보고 스스로 함정에 빠지라고?"

"아니~ 사람 한 명 구해달라는 거지."

루린의 애교스런 목소리도 소용이 없는지 위트는 살짝 인상을 찡그리며 고개를 저었다.

"싫.어."

"어째서?"

"나보다 카디프 몸놀림이 훨씬 좋고, 가볍기라면 애버딘이 훨씬 가벼울걸. 어째서 내가 내려가야 하는 거지?"

"그냥 내려가는 게 힘들다면 차라리 워프 가루를 뿌려서 내려 가면……."

"아까워."

위트의 심정이 이해가지 않는 바는 아니지만 은근히 화가 치밀 어 오르는 루린이었다.

"정말 싫다, 이거지?"

"응. 싫어."

루린은 양손을 탁탁 털며 의외로 포기하는 듯한 표정을 지었다.

"그래? 싫다면 할 수 없지."

"어쩐 일이냐? 이렇게 순순히 포기를 다 하고."

"나도 워프 가루가 비싼 거라는 건 잘 알고 있거든. 아! 잠깐만 위트, 여기 좀 와봐."

루린이 이상한 걸 발견했다는 듯 위트를 데리고 함정 쪽으로 다가가자 위트는 의아한 얼굴로 물었다.

"거기 뭐 있어?"

"날 용서해… 살고 싶으면 워프 가루를 쓰는 거야!!"

루린은 위트의 다리를 걸어 넘어뜨렸고 함정으로 엎어지는 자세 그대로 뛰어들게 되어버린 위트는 비명을 지르며 처절한 소리를 냈다.

"으아아아아!!"

쿵! 데굴데굴— 쿵! 쿵!

"어이! 살아 있냐?!"

"아아아아~! 루린, 너 내가 무사히 나가면 가만히 두나 봐~!!"

"저런 소리 하는 거 보니 아직 굴러가는 중이가 보네. 렌 아저씨! 거기 위트 내려가니까 조금 물러나 있으세요!!"

무서운 짓을 눈 하나 깜빡이지 않고 저질러 버린 루린을 보며 애버딘은 그녀의 등을 토닥거렸다.

"누나……"

"응?"

"그거 살인 미수라는 거 알죠?"

"너만 입 다물면 이 중에 아무도 말할 사람 없다는 거 알지?"

사람 좋아 보이는 미소를 지으며 바로 받아치는 루린에게 애버딘은 고개를 설레설레 저으며 뒤로 한 걸음 물러나 버렸다.

"형! 어지간하면 워프 가루 쓰고 나와!"

위트가 내려간 지 한참이 지나도 아무런 소리가 없자 문득 불안해진 루린은 함정을 향해 고함을 질렀다.

"렌 아저씨! 위트! 무사해요?!"

돌아오는 것은 고요한 침묵뿐…….

"어떻게 된 거지? 위트가 잘못 굴러가서 렌 아저씨랑 부딪치기라도 한 건가?"

초조한 얼굴로 함정 주변을 서성거리자 카디프는 안 되겠다 싶었던지 자신이 내려갔다 오겠다며 함정 아래로 내려갔다.

"다들 무사해요! 걱정 마세요!"

"그런데 왜 대답이 없는 거야?!"

루린의 말에 카디프는 하품을 하며 말을 이었다.

"하아암~! 여기 저주가 걸려 있어서 그래요!"

"저주?!"

루린의 날카로운 질문에 한참이 지나도 카디프로부터 대답이 들려오지 않자 일행들은 제각각 고민에 빠져 버렸다. 시에라가 실프를 불러 이들을 공중으로 띄워서 데려오려는 시도를 해봤지만 어쩐 일인지 정령은 함정은커녕 그 근처조차 접근할 수 없었다.

"내가 내려가 봐?"

"그만둬. 무슨 바보 모험가들 시리즈로 이야기 만들 일 있니?"

"아아… 그렇지만……"

"차라리 주변에 드워프들이 지나가지 않나 기다리는 편이 빠르겠어."

루린이 투덜거리듯 말하자 메이는 귀를 쫑긋거렸다.

"쉿! 조용히 해봐요. 무슨 소리가 들리니까."

일행 모두는 메이의 말에 자신의 숨소리조차 죽이고는 최대한 주변의 소리를 듣기 위해 귀를 기울였다.

"아아… 정말이지 요즘은 왜 이렇게 시끄러운 거야? 꼭 남들 보초 설 땐 멀쩡하던 주변이 내 차례가 되면 매번 시끄러워진다니까. 이번에는 또 무슨 일인 건지……"

"들렸죠?"

메이의 말에 일행 모두는 고개를 끄덕거렸다. 굵직한 남자의 투덜거리는 목소리가 가까운 곳에서 들려오자 일단 안도의 마음이 들었던 것이다.

"내가 갔다 올게. 잠시만 기다려 봐."

그래도 딴에는 일행 중 자기가 마지막으로 남은 남자라는 자각이 있었던지 애버딘은 누가 말릴 새도 없이 빠르게 소리가 들리는 방향으로 달려갔다. 그리고 그가 그녀들이 있는 곳까지 돌아왔을 땐 렌의 또래로 추정되는 드워프와 함께였다.

"어디라고?"

"여기예요. 여기."

그는 미간을 한껏 찌푸리며 구덩이를 바라보더니 자신의 배낭에서 일반 밧줄보다 10배는 긴 듯한 줄을 꺼내더니 일행을 향해 물었다.

"여기 있는 아가씨들 중 정령술이나 마법을 사용할 줄 아는 사람 있나?"

"네, 제가 정령술을 조금 할 수 있습니다만?"

시에라가 나서자 드워프는 다행이라는 듯 고개를 끄덕이며 함정을 가리켰다.

"그럼 아가씨가 나 좀 도와줘야겠네. 일단 저 사람들을 깨워야 밧줄을 매든, 뭘 하든 할 테니까 말일세. 어떤 정령을 사용해야 잠이 좀 깨려나… 그렇지! 운디네를 소환해서 시원하게 물을 좀 쫙쫙 뿌려주게."

"아까 정령들을 부려볼려고 했지만 함정은커녕 그 근방도 정령의 접근을 불가능하게 막아놓았던걸요."

"저들을 깨우려고 운디네를 소환하는데 꼭 함정 쪽에서 할 필요는 없지 않은가. 물이야 땅에서 흐르면 구덩이 쪽으로 내려갈 테니까. 내가 물이 내려갈 만한 길을 만들어주지."

드워프의 말에 알아듣겠다는 듯 고개를 끄덕이던 시에라와 일행 모두는 드워프가 물길을 만드는 걸 돕기 시작했고, 사건이 벌어진 지 거의 반나절 만에 렌과 위트, 카디프 모두는 함정에서 벗어날 수 있었다.

"쯧쯧, 어떤 멍청한 드워프가 드워프들 자신이 만든 함정에 빠져드나 했더니 또 렌이었군 그래. 한동안 안 보인다 했더니 또 어딜 갔다 온 건지."

일행들을 도와준 드워프는 잠들어 있는 렌을 바라보며 혀를 찼다.

"또 렌이라구요? 아저씨, 이전에도 빠진 적이 있었나요?"

그는 질문을 하는 애버딘을 안됐다는 듯 바라보고는 한숨을 내쉬었다.

"하아~ 아가씨들, 안됐군. 도대체 렌 어딜 보고 일행으로 삼을 생각을 했는지… 이쪽으로 오면서 고생깨나 했다는 얼굴들인데 어디 다친 데는 없는가?"

"아아, 괜찮아요. 전 남자니까."

"뭐?!"

그는 믿을 수 없다는 듯 두 눈을 크게 뜨고는 마치 보석을 감정하는 듯한 눈으로 애버딘을 이리저리 뜯어보았다.

"아아… 이런, 내가 실례를 했군 그래."

애버딘의 목에서 시선이 멎은 그는 아깝다는 듯한 얼굴을 해 보이긴 했지만 순순히 사과를 하고는 다시 한 번 일행들을 천천히 훑어보았다.

"흐음… 아가씬 프리스트인가?"

그가 루린의 검은 로브를 눈여겨보고 있었던 듯 그녀에게 시선을 맞추며 묻자 루린은 고개를 끄덕였다.

"드워프들이 눈썰미 하나는 끝내준다더니 렌 아저씨도 그렇고, 아저씨도 정말 대단하시군요. 맞아요, 전 베니핏님의 프리스트입니다."

세이지에서 이미 자신이 베니핏의 프리스트라는 것이 애버딘에게 다 들통났기 때문인지 바로 긍정하는 루린에게 그는 잘됐다는 듯 고개를 끄덕였다.

"혹시 자네, 저주 걸 줄 아나?"

"네, 그거야 걸 줄 알지만… 잠자고 있는 사람에게 저주를요? 게다가 제 일행인데……."

"아아, 베니핏님의 저주 중 가장 약한 게 뭐였지?"

"그거야 불면증이죠. 아아! 그럼… 적어도 그럼 저 사람들 일주일은 잠을 못 자게 될 텐데… 괜찮을까요?"

"엘프야 일주일 정도 못 잔다고 죽진 않을 거고, 저 청년은 말하나마나 전사 계열일 테니 체력에 어느 정도 자신이 있지 않겠나?"

"누가 전사라는 거죠?"

"저 근육질 청년 말이네."

"…저 녀석은 마법사입니다만……."

"뭐? 내가 잘못 들은 것 같은데, 미안하지만 다시 한 번 말해 주겠나?"

"잘못 들으신 거 아니니까 걱정 마세요. 저 근육질 덩어리 청년은 저래 봬도 일단 마법사이니까요."

루린의 말에 그는 다시 한 번 애버딘을 바라보며 한숨을 내쉬었다.

"하아~ 내가 잠시 밖에 나가지 않은 사이에… 인간계가 많이 타락했군 그래……."

"타… 락이라니요?"

애버딘이 땀을 삐질삐질 흘리며 루린을 바라보자 그녀는 그를 못 본 척하며 렌에게 다가가 미안한 표정으로 저주를 걸기 시작했다.

"어둠의 한 면만 보는 어리석음을 저지른 이여, 당신에게 어둠의 모든 힘이 일주일 이상 떠나 버리기를……."

위트와 카디프에게도 차례로 저주를 걸자 효과가 있었는지 차례로 거짓말처럼 잠을 깨기 시작했다.

"렌! 도대체 언제 또 밖엘 나간 건가? 자신이 만든 함정에 그렇게 많이 빠지는 드워프는 아마 자네밖에 없을 걸세. 이게 몇 번째인가?"

"내가 언제 그렇게 빠졌다는 건가?"

"이런, 이젠 까마귀 고기까지 삶아 먹었나? 몇십 년 전인가… 자네 혼자 거기 빠져 있는 걸 내가 구해주다 되려 빠져 버리지 않았는가. 내가 밖에 나가자마자 자네가 또 빠졌고 말일세. 다른 녀석들을 불러서 도와주러 갔을 땐, 자네는 어떻게 된 건지 보이지도 않더군."

"무슨 말을 하는 건가?"

렌은 시치미를 뗐지만 애버딘 일행은 눈치가 빠른 녀석들이었다. 언젠가 친구가 빠졌던 함정이라는 것은… 역할이 바뀐 지금의 그들이라는 것을 알아버린 것이다.

"아아… 아무래도 좋으니 이제 마을로 가세. 자네들은 어떻게 할 건가? 렌 녀석을 따라 여기까지 온 것 같은데 마을 구경이나

하고 가는 건 어떤가?"

"안 그래도 묻고 싶은 게 있다고 해서 내가 데리고 가려던 참이었네."

"그런데 자네 우리 마을은 키 150Cm 이상은 못 들어오도록 제한 마법이 걸려 있다는 사실을 잊었나?"

"…할 수 없지. 자네들, 오리걸음할 줄 아나?"

렌의 말에 시에라는 의아한 얼굴로 물었다.

"오리걸음이라니요?"

"오리걸음도 모른단 말이냐? 이렇게 쭈그려 앉은 자세에서 걷는 거 말일세."

렌은 바닥에 쭈그리고 앉아서는 손을 앞뒤로 흔들며 뒤뚱뒤뚱 걷기 시작했다.

"푸훗! 그게 뭡니까?"

위트가 아예 대놓고 비웃자 렌은 그를 동정의 눈길로 쳐다보았다.

"안됐지만 자네들은 우리 마을을 드나들 때는 오리걸음으로 지나가야 한다네. 만일 그 키 그대로 걸었다가는 바닥이 구덩이로 변해 버릴 테니까."

렌의 말에 일행들은 순간 서로의 얼굴을 바라보며 긴 한숨을 내쉬었다.

"그런데 카디프는 어떻게 하죠? 좀 커야 말이죠……."

"옆으로 구르게."

"네?"

"옆으로 구르란 말일세. 메이는 기어가야 할 판이니 불만있으면 자네도 메이처럼 기어간다고 해도 아무 말 하지 않겠네."

어쩐지 스타일이 망가지는 듯한 일행들이었다. 한참을 앞으로 걸어가던 그들은 렌이 멈추는 지점에서 한숨을 내쉬며 오리걸음을 시작했다. 루린은 뒤뚱거리며 앞으로 나가다 옆으로 쓰러지고, 또다시 걷다 아예 납작 엎드리고는 포복을 시작했고… 의외로 시에라가 균형을 잘 잡으며 수월하게 들어갔다.

일행들 모두가 꼴불견의 상황을 연출해 가며 마을로 골인했지만 어쩐 일인지 정작 그 마을의 주민인 드워프들은 입구에서 꼼짝도 하지 않고 서 있었다.

"자네, 어떻게 된 일인지 몰라도 살이 더 쪄버린 것 같은데… 괜찮겠나?"

"렌, 사돈 남 말할 때가 아니네. 요즘 마을에선 필요한 장비 이외의 물건은 들고 나가지 못하게 해서 편법도 통하지가 않는데… 아아… 정말이지, 이놈의 마법은 왜 없어지지도 않는 건지……."

렌은 그를 바라보며 한숨을 내쉬었다.

"그럼 일단 내가 먼저 가보겠네."

조심스럽게 렌이 한쪽 발을 내려놓는 순간.

"제기랄~! 이놈의 건 맨날 걸리냐~!!"

요란하게 몸을 뒤뚱거리며 제자리 뛰기를 해대는 것이 아닌가. 일행들은 의아한 얼굴로 렌을 바라보았지만 그의 얼굴은 괴로워 보이기 짝이 없었다.

"아저씨, 지금 뭐 하세요?"

"안 되겠군. 애버딘, 받아라!"

렌이 헥헥거리며 배틀 엑스를 애버딘에게로 던져 주자 애버딘은 기술 좋게 그 배틀 엑스를 피해내며 고함을 질러댔다.

"그거 받았다가 저 죽으라구요?!"

그러나 애버딘의 목소리가 렌에게 채 전달되기도 전에 어디에
선가 귓전을 울리는 시끄러운 소리가 울려 퍼졌다.

[130Kg을 향한 당신의 눈물겨운 노력 정말 멋지군요! 1Kg 감량
축하합니다!]

뒤이어 처절한 렌의 목소리도 따라 울려 퍼졌다.

"그래~! 나 200Kg 넘는다! 어쩔래?! 어쩔래?! 쪼잔하게 1kg 빼
주고 생색내시겠다?!"

"…뭔가… 처절해……."

루린의 말에 정신을 차린 렌이 얼굴을 붉히며 마을 안으로 잽
싸게 뛰어 들어가자 혼자 남은 드워프는 처절한 목소리로 렌을
부르짖었다.

"여보게! 친구! 그 배틀 엑스 나 좀 빌려주면 안 되겠나?"

렌은 아주 냉정한 얼굴로 그를 바라보았다.

"실례지만 당신은… 누구신가?"

"치사한 놈! 그래! 나 뛰고 만다아~!"

고래고래 악을 쓰는 그를 뒤로한 채 렌은 속이 시원하다는 표
정으로 마을 안으로 들어가 버렸다.

"돌아왔군."

렌은 피식 미소를 지으며 낯익은 풍경을 바라보았다. 마을 어디
엔가 분명히 전설이니 뭐니 하는 것들을 좋아하는 녀석이 있을
것이다. 분.명.히.

〈하권으로 이어집니다〉

외전(外傳)
그곳에는 그들이 있었다

그곳에는 그들이 있었다

"엘프들의 숲엔 가면 안 돼. 웬만한 숲지기들도 그곳에선 길을 잃기 쉬우니까."

"그치만… 그곳엔 예쁜 꽃들이 많은걸요."

"무슨 소리야. 꽃이라면 지천에 널린 게 꽃인데 가까운 곳에서 대충 뽑아 와."

훼이나는 살짝 인상을 찌푸리며 초록색 머리의 소녀를 바라보았다. 소녀는 약간 움찔한 표정을 짓긴 했지만 여전히 불만스러운 얼굴로 나름대로의 투정을 부렸다.

"엄만 애버딘 오빠에겐 아무 말도 하지 않으시면서 괜히 저한테만 뭐라고 그러세요."

"네 오빤 그런 말 안 해도 그 숲으로는 놀러 가지 않잖아. 그 숲은 위험한 곳이야. 괜한 고집 부리지 말고 엄마 말 들어."

"그치만… 오늘은 이모랑 떼떼 삼촌도 오신다고 하셨잖아요. 역시 아무 꽃이나 꺾어올 순 없어요."

소녀는 결심했다는 듯한 표정으로 집 밖으로 뛰쳐나갔다.

"시에라!"

그녀 특유의 앙칼진 목소리가 튀어나오자 신문을 보고 있던 남자에게서 폭소가 터져 나왔다.

"푸하하핫! 이제 그만 해. 시에라도 멀리 가지 않았어?"

"아, 연기에 심취하다 보니 나도 모르게 그만……."

멋쩍은 표정으로 머리를 긁적거려 대던 훼이나는 남자의 맞은편 의자에 걸터앉으며 피식 미소를 지어 보였다. 화려하기 짝이 없는 다섯 가지 색깔의 머리카락은 어딜 가나 한눈에 그라는 걸 눈치 챌 수 있게 해주건만 그는 여전히 그 머리를 고집하고 있었다.

"리도스… 뭐, 우리가 좋아서 하긴 하는 거지만 신들의 말을 따라준다는 거, 왠지 손해보는 느낌 들지 않아?"

"뭐, 어때? 애버딘이 엄마, 아빠 하는 소리 할 때만 잘 극복하면 이 생활도 나쁘진 않아."

"으음… 하긴, 다정한 부부라는 컨셉은 나도 좋으니까."

빙긋 미소를 짓는 그녀에게 리도스는 멋쩍은 표정으로 머리를 긁적였다.

"아아, 이제 슬슬 재회 모드인가?"

"이제 곧이지."

"엘프들의 숲이라고 해도 난 이제까지 한 번도 엘프들을 만나본 적이 없는걸."

시에라는 툴툴거리듯 뿌루퉁한 표정으로 집을 향해 혀를 내밀었다. 달리는 거라면 예전부터 자신있었다. 어느새 집에서 멀찌감치 떨어진 그녀는 따스하게 비치는 햇살을 받으며 양팔을 펼쳐 들고는 한 바퀴, 두 바퀴 뱅글뱅글 돌며 기분 좋은 미소를 지었다.

'나무가 많은 곳으로 들어가면 갈수록 편안하고 밝아지는 기분을 엄마는 모르는 걸까…….'

시에라는 다시 한 번 살짝 인상을 찌푸리고는 다른 숲보다 몇 배는 울창한 엘프들의 숲을 바라보며 고민에 빠져 버렸다.

"으음… 역시 오늘은 숲 안쪽으로 좀 더 들어가 볼까?"

숲 입구에서 맴돌던 그녀는 용기를 낸 건지, 아니면 괜한 반항심이 든 건지 주먹까지 불끈 쥐고 한 걸음 한 걸음 앞으로 발걸음을 내디뎠다.

과연 훼이나의 말대로 엘프들의 숲에는 사람들의 발길이 닿지 않는 곳이었는지 인기척이라고는 그녀의 발소리 말고는 전혀 느껴지지 않았다.

"으음… 돌아갈까?"

왠지 모르게 겁이 난 시에라는 발길을 돌리려 했으나, 순간 그녀의 눈에 뭔가 반짝이는 것이 보였다.

"저게 뭐지?"

시에라는 두 눈을 비벼대며 다시 반짝이는 뭔가를 바라보았지만 잘 보이지 않아 호기심이 두려움을 슬그머니 짓눌러 버렸다. 그녀는 자신도 모르는 사이에 그 반짝거리는 것에게 발소리를 죽여 다가갔다.

"어?"

반짝이는 것도 그녀가 자신에게 다가오는 것을 눈치 챈 것일까? 조금씩 그녀와의 거리를 두며 이동해 가는 것이 아닌가.

"으음……"

시에라는 잠시 반짝이는 것을 따라갈지 말지를 고민하는 듯한 표정을 지었지만, 그것이 빠르게 움직이는 것을 발견하자 얼떨결에 그것을 따라 달리기 시작했다.

"하아, 하아, 좀 쉬었다 가면 안 될까?"

얼마나 달렸는지 숲은 울창함을 자랑하듯 더 더욱 빽빽하게 나무들이 들어서 있어 캄캄해 보이기까지 했다.

불안해진 시에라가 가쁜 숨을 몰아쉬며 말도 안 되는 투정까지 부려대고는 제자리에 털썩 주저앉아 버리자, 반짝거리는 것은 잠시 망설이는 듯 주춤거렸지만 곧 시에라의 사정 따윈 자신과는 상관없다는 듯 천천히 움직이기 시작했다.

"우웃! 치사해. 조금만 쉬었다 가자구! 꼼짝도 못할 것 같아!"

마치 그 반짝이는 것이 친구라도 되는 것마냥 토라진 목소리로 언성을 높이는 시에라의 얼굴은 자신이 흘린 땀으로 뒤범벅이 되었고, 다리와 팔 모두 욱신거리는 것이 아무리 숲을 좋아하는 그녀라지만 손조차 까딱거리기 싫었다. 그러나 반짝거리는 것은 여전히 자신과는 상관없다는 듯 그녀에게서 멀어졌고, 그녀는 이제 모르겠다는 표정으로 풀 위로 털썩 드러누워 버렸다.

"우우~ 네 마음대로 해. 난 여기서 쉬었다가 집으로 돌아가 버릴 테니까."

시원하게 불어오는 바람과 코끝을 간지럽히는 풀 냄새… 그녀가 제일 좋아하는 숲의 향기였다. 살짝 눈을 감자 그대로 잠이 쏟아져 왔다.

'삼촌도, 이모도 오후에 오신다고 했으니까 조금만 쉬었다 가도 괜찮겠지……'

시에라는 아무 걱정도 없다는 듯 편안한 꿈속으로 빠져들었다.

"흐음, 아직 어린아이인데 엘프들이 보면 곤란하지 않을까?"

"누가 겁도 없이 여기까지 들어오라고 했습니까?"

"안 봐도 뻔하지 뭐. 네가 약 올리듯 여기까지 끌고 들어온 거겠지. 그런 게 아니라면 이렇게 어린아이가 여기까지 들어올 리가 있겠어?"

"그럼 내 탓이란 말입니까? 쳇! 저도 인간은 처음 보는 거라서 놀랐다구요."

"어쨌거나 카디프, 넌 조용하게 있는 날이 없어. 엘프 중에서 어떻게 너 같은 녀석이 나온 건지……."

음울한 목소리가 골치 아프다는 듯한 목소리로 10대 후반의 소년을—으로 추정되는 목소리—나무라자 시에라는 피식 웃음이 터져 나왔다. 잠결에 들려온 그들의 대화가 왠지 자신의 엄마가 오빠를 나무라는 것과 흡사하다는 생각이 들어서였다.

"어라?"

목소리의 주인공이 누굴까 잔뜩 기대하며 눈을 뜬 시에라는 고개를 갸웃거려 댔다. 여전히 주변은 자신밖에 보이지 않았기에.

"꿈을 꾼 건가?"

그녀는 고양이처럼 온몸을 쫙 펼치며 가뿐한 기분으로 자리에서 일어섰다. 다리도 더 이상 아프지 않았으며, 마치 마법을 부린 것처럼 상쾌한 것이 다시 그 반짝이는 것이 자신을 유혹한다 해도 한껏 달릴 수 있겠다는 기분마저 들어왔다.

"으음… 우선은 세수부터라도 할까?"

시에라는 두리번거리며 사방을 살핀 끝에 마침내 물이 흐르는 소리를 들을 수 있었다.

"근처인 것 같은데……."

그녀는 물이 흐르는 소리가 들리는 방향으로 몇 발자국 걷자 저절로 탄성이 터져 나왔다. 햇살이 그대로 내리쬐는 눈부신 공터에 몇백 년, 아니, 몇천 년은 될 법한 굵직한 나무와 그 아래로 흐르는 시냇물이 그녀의 감수성을 자극시켰던 것이다.

"대단해~ 대단해! 이런 곳이 있었다니……!"

시에라는 멍하니 주변을 한 바퀴 둘러보고는 시냇물가로 다가가 손을 담궈보았다. 뼈 속까지 스며드는 차가움에 그녀는 기분 좋은 미소를 지으며 물을 담은 두 손을 얼굴 가까이로 가져다 댔다.

"어?"

그녀의 두 손 안에 웬 낯선 얼굴이 담겨 있었던 것이다. 시에라는 화들짝 놀란 얼굴로 하늘을 올려다보았지만 구름 한 점 없는 맑은 하늘만이 그녀의 시야에 가득 찰 뿐이었다.

"잘못 봤나?"

고개를 갸웃거리며 다시 세수를 하려던 그녀의 두 손 아래로 이번엔 나뭇잎이 떨어져 내렸다. 그녀는 바람이 불었거니 생각하며 세수를 시작했다.

"우웃! 차가워."

그녀는 자신의 주머니에서 손수건을 꺼내 들고 얼굴을 닦으며 자리에서 일어났다. 순간 물 아래로 비친 자신의 얼굴 위로 또 다른 누군가의 얼굴이 겹쳐졌다.

"흐음… 거기 누구 있어요?"

시에라는 한 그루밖에 없는 나무 쪽으로 다가가 고개를 이리저리 갸웃거리며 유심히 살펴봤지만 푸르른 잎사귀 말고는 눈에 들어오는 것이 없었다.

"아무도 없어요? 대답해 보세요!"

시에라는 나무를 잡고 흔들었지만 잎사귀만 후두두 떨어지고 있을 뿐이었다. 답답해진 그녀는 나무에 올라가기 위해 치마까지 걷어붙여 가며 발을 가져다 댔다.

"지금 어디에 발을 대고 있는거냐!"

"어디에 계세요?"

"어서 그 발부터 치워!"

"꺄악—! 나무가 움직여!!"

시에라는 화들짝 놀란 나머지 나무로부터 멀찌감치 떨어져선 손가락만 부들부들 떨며 애꿎은 허공을 찔러대는 것이다.

"그거 참, 뭐 못 볼 걸 봤나?"

땅의 진동과 함께 돌아선 나무 기둥엔 시에라로선 상상도 하지 못할 것들이 턱하니 붙어 있는 게 아닌가.

"나무에… 나무에 눈, 코, 입이… 꺄아!"

"어이! 너는 트랜트라는 말도 못 들어봤냐? 하긴, 인간들에게 기억되고 있는 것들이 얼마나 되겠느냐마는……."

스스로 트랜트라고 칭한 나무가 한껏 인상을 찌푸리며 그녀를 바라보았다.

그녀 역시 놀란 얼굴로 입만 쩍 벌리고 있다는 사실을 발견한 순간 그 자신 또한 놀라움에 입이 쩍 벌어졌다. 햇빛을 받아 반짝이는 초록색의 머리카락과 어린애답지 않은 깊이 있는 갈색의 눈동자. 갸름한 얼굴과 날씬한 체형. 아무리 잊어보려 해도 잊을 수 없었던 지난날의 누군가를 떠오르게 했던 것이다.

"이, 이봐, 애송이! 잠깐 나와봐."

코아의 당황한 듯한 목소리에 그의 수많은 잎사귀 사이에서 은
빛으로 반짝이는 길다란 무언가가 빼꼼이 내려왔다.

"아앗! 당신은……."

시에라는 그 길다란 것이 머리카락인 것을 깨닫고는 놀랍다는
듯한 표정을 지어 보였다.

"둘이… 아는사이냐?"

코아의 목소리가 가늘게 떨리자 은빛 머리카락을 가진 무언가
가 훌쩍 그에게서 뛰어내렸다. 깊은 남색의 눈동자와 조각상처럼
잘 짜여진 얼굴, 보석 같은 빛을 발하는 은빛의 찰랑거리는 머리
카락은 끈으로 단정히 묶여 있는, 그저 바라보는 것만으로도 숨이
턱 막힐 정도로 아름다운 소년이 뭔가 마음에 안 든다는 표정으
로 코아를 바라보며 심술을 부리는 듯한 목소리로 투덜거려 댔다.

"제가 하는 말 헛소리로 생각한 겁니까? 전 오늘 처음 인간을
만난 거라구요!"

"인간?"

시에라는 멍하게 소년을 바라보다 '인간'을 운운하는 소리에
정신을 차린 듯 다시 한 번 소년을 살펴보았다. 마치 토끼 귀 마
냥 길다랗고 뾰족한 두 귀.

"엣?! 당신… 엘프였나요?"

시에라는 또다시 허공을 향해 손가락질을 하며 두 눈을 크게
떴다.

"쯧쯧 그 손가락질 좀 어떻게 못하겠어? 인간이 이 숲에 들어온 것만 해
도 엄청난 사건인데 카디프의 심기를 자극하지 않는 게 좋아. 이 숲은 엘프
의 의지가 녹아있는 곳이라구."

코아가 자신의 표정을 수습하며 충고하듯 그녀에게 나긋한—최

대한 나긋하려고 애쓴—목소리로 시에라에게 말을 걸자 이제까지
연신 놀랍다는 듯한 얼굴로 서 있던 그녀는 배시시 미소를 지었
다.

"카디프라고 하는군요, 저 아저씨……."

"하핫! 저 아저씨? 이런이런, 인간의 고마란 기본이 안 되어있군."

코아는 오랜만에 기분 좋은 듯한 미소를 터뜨리며 속으로 예전
의 시에라를 떠올렸다.

'그래… 인간인가? 하긴 드리드어스와 엘프보단 낫겠지.'

"이봐요, 나무 할아버지. 기분 나쁘게 히죽거리지 말고 우리 자
기소개나 하지 않을래요?"

"풋! 푸하하핫! 아저씨? 할아버지? 지금 저애가 하는 말 들었어
요?"

카디프의 노골적인 웃음소리에 시에라는 기분이 상해 버렸는지
새침한 표정을 지어 보였다.

"우리 엄만 엘프는 매우 우아한 종족이라고 하셨는데. 아저씨…
정말 엘프 맞아요?"

"네 어머니께선 엘프가 나이가 많을 거란 말씀은 안 해주셨
니?"

"우웃! …그래 봤자 우리 아빠보단 어릴 텐데 뭘 그래요?"

시에라의 치명타에 카디프는 아예 고개를 푹 숙여 버렸다. 정곡
을 찌른 거라고 생각한 그녀는 확인 사살을 퍼붓겠다는 듯 비장
한 눈으로 그를 쏘아보았다.

"너무 그렇게 폼 잡지 말아요, 하나도 안 무서우니까. 우리 아빠
랑 오빠 내 말이라면 뭐든지 다 들어준다구요. 우리 아빠랑 오빠
가 얼마나 힘센지 모르죠?"

카디프의 어깨가 가늘게 떨리며 고개까지 들썩거리자 왠지 미안한 마음이 들었는지 시에라는 조심스런 목소리로 카디프를 달랬다.

"저기… 울 것까진 없잖아요. 오빠에게 이르지 않을게요. 사실 우리 오빠 하나두 안 무서워요. 얼마나 이쁘게 생겼는데요. 얼마 전에는 마을에 새로 이사 온 남자 아이로부터 러브레터도 받았어요. 물론 그 아이는 오빠가 남자 아이란 걸 알고 집 밖으로는 나오지도 않지만."

이번에는 코아까지 얼굴색이 변하기 시작했다(그래 봐야 트랜트이긴 하지만).

"아니, 저… 정말이라니까요. 저희 집엔 무서운 사람 아무도 없어요. 루시아님께 맹세할… 그래요! 우리 엄마는 좀 무서워요. 뭐, 그래도 우리 엄만 제가 말하지 않으면 모르실 테니까 걱정 마세요."

누가 보면 폭풍이라도 부는 줄 착각할 만큼 코아의 몸이 휘청거려 대자 시에라의 목소리는 더욱 다급해졌다.

"사실은 아빠도 화나면 무서운데… 괜찮아요! 말 안 한다니까요……"

"으하하핫! 가만히 있으면 사돈의 팔촌까지 다 소개하고도 남겠구나, 너."

카디프가 마침내 못 참겠다는 듯 폭소를 터뜨리자 코아 역시 참았던 웃음을 터뜨리고야 말았다.

"푸하핫! 너, 정말 재밌는 애로구나."

시에라는 어리둥절한 얼굴로 카디프와 코아를 번갈아 보다가는 그 큰 눈에 눈물을 글썽거리며 반대 편으로 달리기 시작했다. 물론 '다들 미워!' 라는 지극히 어린애적인 말까지 외치며 사라져 가는 그녀는 카디프와 코아를 포복절도하게 만들기에 충분했다.

"아하핫! 들었어요? 왜 장로님들은 인간이 이렇게 재밌다는 소리를 하지 않았죠?"

"으…으하하하! 다들미워~! 으하하하핫!"

코아가 미친 듯 웃어 젖히자 카디프는 걱정스러운 표정으로 그를 바라보았다.

"그러다 허리 부러지겠어요."

"하핫, 뭐, 이 정도로 부러질 만큼 허약했다면 벌써 이 엘프들의 숲에서 사라졌겠지."

"으흠… 그런데, 우리 중요한 거 잊고 있지 않습니까. 예를 들면……."

"이 숲엔 엘프들이 살고 있다?"

"정답! 정말 대단하시군요."

"하핫! 이 정도쯤이야… 이런! 한가하게 이런 소리나 하고 있을 때가 아니잖아!"

코아가 허겁지겁 시에라가 사라진 방향으로 쫓아가자 카디프는 잠시 고개를 흔들어 보이더니 숲의 왕은 엘프임을 보여주듯 순식간에 그의 시야에서 사라져 버렸다.

"흑흑… 엘프랑 이상한 나무에게 놀림이나 받다니……."

몇 걸음 앞에 서 있는 시에라는 카디프의 존재를 눈치 채지 못한 듯 눈물을 닦느라 연신 소맷자락 끝을 얼굴에 가져다 대기에 바빴다.

"흑흑… 엄마는 흑! 엘프는 모두 지적이라고 했는데……."

뭐가 그렇게 분한 건지, 아니면 뭐가 그렇게 서러운 건지 시에라의 얼굴에선 눈물이 끊이질 않았다.

"저기… 이거……"

카디프는 자신의 손수건을 건네며 조심스럽게 시에라를 살폈지만 그녀는 고개를 숙인 채 자신을 향해 내밀어진 손수건만 받느라 카디프의 얼굴을 보지 못했다. 왠지 모를 죄책감과 인간에 대한 호기심이 생겨 버린 그는 그녀를 뚫어져라 바라보았지만 그녀는 단순한 건지, 아니면 너무 우는 데 열중한 나머지 다른 것은 신경 쓰이지 않는 건지 윤기나는 초록빛 머리를 찰랑거리며 측은할 정도로 작은 어깨를 들썩거리고 있을 뿐이었다.

"흑흑… 그런데 지적이라는 게 무슨 말이지… 훌쩍!"

"지적이라는 건 지혜롭다라는 거랄까……"

"그건 아는 게 많다는 거야? 훌쩍!"

"으음… 물론 그런 면도 포함되는 말이야."

"그런데 넌 누구야?"

시에라는 울음을 멈추고 친절한 목소리가 들려오는 쪽으로 고개를 돌렸다.

"아앗!"

놀란 표정으로 두 눈을 크게 뜬 시에라와는 달리 카디프는 장난스러운 얼굴로 그녀를 바라보며 생긋 미소를 지었다.

"또 만났네."

"뭘 또 만났다는 거야? 뒤쫓아온 거지."

음울한 목소리의 코아가 요란한 소리를 내며 나타나자 시에라는 더욱 놀란 듯한 표정으로 그들을 바라보았다.

"아앗! 언제 여기까지 쫓아온 거예요?"

시에라의 말에 코아는 왠지 한심스럽다는 표정으로 그녀를 바라보며 나뭇가지를 마치 손처럼 흔들어댔다.

"내가 할 소린 아니지만, 트랜트는 움직일 때 패나 요란한데 그걸 몰랐다면 뭔가 문제있는 거 아니야?"

"나무 할아버지랑……."

"코아라고 불러."

"코아 할아버지랑 엘프 오빠……."

"카디프라고 불러."

코아로 인해 두 번이나 자신의 말이 끊기자 울컥한 시에라는 입술을 삐죽거리며 그를 노려보았다.

"자꾸 말 끊지 말아요. 무슨 말하려고 했는지 까먹는단 말이에요, 나무 할아버지."

"코아라니까."

"코아 할아버지."

"그래, 좋아. 용건은?"

자신의 이름이 제대로 불린 것이 만족스럽다는 듯한 표정으로 시에라를 내려다보던 코아에게 그녀는 울음을 터뜨렸다.

"우에에엥~ 흑~ 흑~"

"어…가, 갑자기 왜 우는 거냐?"

코아가 당황한 듯한 얼굴로 그녀를 바라보았다.

"흑흑… 할 말을 까먹었어요. 우에에엥~"

"뭐? 지금 그런 이유로 우는 거냐? 역시 어린애들이란……."

한심하다는 표정으로 시에라를 바라보는 코아와는 달리 카디프는 무릎을 꿇어 그녀의 눈 높이를 맞춘 뒤 손을 뻗어 그녀의 눈가를 닦아주며 상냥한 미소로 그녀를 안심시켰다.

"울지 마. 내가 숲 입구까지 데려다 줄게."

"흑흑… 정말……?"

아직도 훌쩍거리는 그녀가 그의 눈에는 길을 잃은 애처로운 꼬마가 아니라 마치 잘 아는 사람 같은 기분이 들었던 건지 책임감 같은 것도 들고, 인간에 대한 호기심이 생겨 버렸다.

"카디프, 그러다가 다른 엘프들에게 들키면 어쩌려고 그래? 이 숲은 인간들의 출입이 금지되어 있다는 걸 잊은 건 아니겠지?"

"그럼 숲을 헤매다 죽는 걸 지켜보라는 겁니까?"

"아아, 그런 말은 아니야. 적당한 기회를 보다 내가 밖으로 보내주겠다는 거지."

살짝 윙크를 해 보이며 장난스런 목소리로 말하는 코아에게 시에라는 또다시 울음을 터뜨렸다.

"싫어~! 나무 할아버진 싫어요~! 우에에엥~"

"이, 이봐, 그런 말이 어딨어? 원칙대로라면 넌 이 숲에서 어떻게 되던지 우리 알 바 아니란 말이다. 이 몸이 모처럼 친절이란 걸 베풀려고 하는데… 그것 참……."

기분 상했다는 듯한 말투이긴 하지만, 자신의 말에 책임을 지려는 듯 나뭇가지를 두 팔처럼 뻗어 그녀를 가볍게 안아 들었다.

"싫어~! 싫어~!!"

발버둥치며 질색을 하는 시에라에게 코아는 발끈한 목소리로 화를 냈다.

"너, 지금 내 인내심을 시험하는 거냐?! 도대체 왜 싫다고 난리를 치는 건데? 설마 나무가 사람 잡아먹겠냐! 어?! 이 꼬마야!"

"꼬마 아니에요! 시에라에요!"

큰 소리치는 걸로는 성에 차지 않는지 무시무시한(?) 눈으로 코아를 노려보는 그녀에게 카디프는 조용히 하라는 듯 집게손가락을 입에 가져다 댔다.

"쉿—! 아무래도 엘프들이 뭔가를 느꼈나 봐요."

"아아, 이런이런……."

코아는 골치 아프겠다는 표정으로 시에라를 나뭇가지와 잎사귀가 무성한 쪽으로 올려놓고는 안 보이도록 잘 숨겨놓았다. 시에라 역시 눈치없는 아이는 아니었던지 최대한 몸을 작게 웅크리고는 가만히 귀를 기울였다. 코아 역시 아무 일 없었다는 듯한 표정으로 한가롭게 카디프와 일상적인 이야기를 나누기 시작했고, 대화가 한참 끝나갈 무렵 여러 명의 엘프들이 그들 곁으로 다가왔다.

"코아님, 오랜만입니다. 카디프, 너 또 여기 있었나 보군."

"다들 어쩐 일로 우르르 몰려나온 건가?"

"아아, 숲에 인간이 들어온 걸 봤다고 토끼가 가르쳐 주더군요. 그래서 숲을 둘러보던 중입니다. 카디프, 너도 참여할래?"

"아아, 사양하겠어. 난 인간 사냥 같은 건 하고 싶지 않아. 너무 잔인하거든."

"그게 무슨 소리야? 인간 사냥이라니! 우린 그저 숲과 마을을 지키려는 것뿐이야. 인간들을 자신들의 마을로 곱게 돌려보내 주면 우리가 이 숲을 좋다라고 했다는 착각을 하고 나무니 동물이니 마구 사냥하고 다니겠지. 예외란 있을 수 없어. 특히 인간 같은 야만스런 종족들에겐 더 더욱! 참가하고 싶지 않다면 강요하진 않겠어."

엘프 무리의 우두머리처럼 보이는 금발 머리의 고집이 세 보이는 남자가 은근히 이죽거리며 카디프를 노려보았지만 시에라가 있는 쪽에선 그의 얼굴이 잘 보이지 않았다.

'엘프라고 해서 다들 착하고 다 좋은 쪽으로만 생각했는데… 엄마도 이런 엘프가 있는 줄은 모르셨던 걸까? 집에 가면 알려드려야지. 그러고 보니까 오늘 삼촌이 오신다고… 아아, 어떡해～ 집에 가면 난 이제 죽었다. 어떡해～'

패닉 상태에 빠져 자신이 숨었다는 사실도 잊어버린 건지 머리를 흔들어대자 나뭇가지와 잎들이 서로 부딪치며 바스락거리는 소리들을 만들어냈다.

"이게 무슨 소리죠?"

"아아, 내 머리에서 나는 소리라네. 오늘 카디프가 길 잃은 다람쥐를 발견해서 데리고 왔길래 당분간 내가 길러주려고."

태연하게 둘러대는 코아의 표정 덕분에 그냥 넘어갈 수 있었던 일이 시에라의 '엣춰～' 하는 재채기 소리에 무너져 버렸다.

"이거… 요즘 다람쥐는 재채기도 참 크네요. 마치 인간의 재채기 소리 같은데요?"

"무슨 소릴 하는건가? 지금 내가 거짓말이라도 한다는 건가?"

"그럴 리가요… 다만 인간이란 워낙 간사한 녀석들이니까 코아님께서 깜빡 주무시고 계실 때 올라가지 않았을까 뭐, 그런 의심은 해볼 수 있지 않겠습니까?"

카디프는 미간을 찌푸리며 그를 바라보았다. 예전에는 이렇게까지 삐딱한 엘프가 아니었는데, 얼마 전 모험에서 돌아온 뒤로는 180도 변해서 틈만 나면 저렇게 인간 사냥이나 다니는 녀석으로 전락해 버렸다. 말을 하지 않았다뿐이지 마을에선 그가 다크 엘프가 되지 않을까 조마조마한 마음으로 유심히 그를 관찰하는 자들도 생겨났다.

"지금 나를 밟고 올라가 보겠다는거냐?"

코아의 목소리에선 노기가 묻어 나왔다. 성격 좋은 트랜트인 척하고 다니지만 천여 년을 넘게 살아왔으며 현 트랜트들의 장로인 그의 위엄은 고작 몇백 년을 살아온 애송이 엘프에 비할 바가 되지 못한다. 잘못 건드렸다간 어떤 일을 당할지 알 수 없는 것이다.

"아닙니다. 그럴 리가 있겠습니까? 정령들에게 물어보려는 거죠."

"쳇! 그 따위 영혼도, 자유 의지도 가지지 못한 것의 말은 믿을 수 있고, 난 딸딸하고 우둔해서 믿을 수 없다? 이제 봤더니 애송이 주제에 날 아주 우습게 생각하는군?"

"오해하지 마세요. 그럼 어떻게 할까요? 전 코아님의 머리 위에 인간이 있다고 생각하는데, 코아님은 그렇지 않으시다니 방법이 없지 않습니까? 제가 마법을 쓰는 것도 탐탁지 않으실 테죠?"

"당연하지. 지금 누굴 의심하겠단 거냐? 분명히 말해 두겠지만 인간 같은 건 보지도 못했다. 정 내게 무례를 범하고 싶다면 내 앞에 너희 장로를 데려오너라."

은근히 목소리에 힘을 주어 뭔가 근엄한 분위기를 풍기는 코아에게 그는 알았다는 듯 고개를 끄덕여 보였다.

"좋습니다. 대신 이 친구들은 여기에서 제가 장로님을 모시고 올 때까지 있어도 되겠죠?"

'제기랄, 저 귀찮은 놈들 가버리면 어디론가 숨기든가 보내든가 하려고 했더니… 할 수 없지, 아무래도 저 애송이 쪽보단 장로 쪽이 설득하기 쉬우니 정 안되면 장로만 남기고 물러가라고 해야지 뭐…….'

"코아님, 왜 말씀이 없으십니까?"

"좋다. 장로라면 애송이인 네 녀석들보다 조심성도 있을 거고

가벼울 테니 내가 마다할 이유도 없지. 너무 오랫동안 기다리게
하면 그냥 가버릴 테니 알아서 오도록 해."

"알겠습니다. 그럼……."

말을 끝내자마자 엘프답게 빠른 속력으로 달려나가는 그를 보
며 남아 있는 엘프들은 한숨을 내쉬었다.

"코아님, 너무 기분 나쁘게 생각하진 말아주세요. 악의가 있어
서 그런 게 아닙니다. 요즘 엘프의 숲에 들어오는 무모한 인간들
도 많이 줄어서, 모처럼의 일이라 저렇게 의욕이 생겨 그러는 거
니까요."

"쳇! 그놈의 의욕 몇 번만 더 생겼단 도끼 가지고 아예 날 쪄어버리겠다
고 덤비겠구나?"

겉으로는 툴툴거려 댔지만 코아는 슬슬 조바심이 났다. 그리고
약속대로 장로가 자신에게 오자 그는 살짝 미간을 찌푸리며 다른
엘프들을 모두 보내려 했지만 엘프들은 돌아가지 않았다.

늙은 장로라 해도 엘프는 역시 엘프. 코아가 아무리 나뭇잎을
이용하여 숨긴다 해도 그녀를 찾아내는 것은 일도 아니었다. 그러
나 장로는 역시 장로. 그녀가 일곱 살 정도의 어린 소녀에 불과하
다는 것을 발견하고는 그녀가 저항하다 다치지 않게 마법을 걸어
잠재워 버렸다.

"장로님, 거기에 인간이 있습니까?"

"…인간이 있는 걸 확실히 봤느냐?"

장로의 말에 카디프의 얼굴엔 화색이 돌았지만 그는 순응할 수
없다는 듯 고개를 번쩍 치켜들었다.

"자세히 살펴보십시오. 장로님께서 마법을 사용하신 것 같은데
설마 인간을 도와주려 하시는 건 아니겠죠?"

"묻는 말에만 대답하거라. 넌 내게 왔을 때 코아님께서 인간을 숨기고 계신다고 했다. 만일 그런 게 아니라면 성급한 네 말 때문에 내가 코아님께 큰 무례를 범하게 된 거지. 이건 단순히 개인이 저지르는 실수가 아니다. 한 종족의 대표가 다른 한 종족의 대표를 죄인 취급해서 수색하는 거란 말이다. 말해 보거라. 정말 인간을 보았느냐?"

장로의 매서운 질책에 그는 순간 움찔거렸다.

"보지는 못했습니다만, 코아님께서는 자신의 몸에 흔한 새들도 앉히시질 않으십니다. 또 여기에 있는 모두가 인간의 재채기 소리를 들었습니다. 거짓말이라고 생각하면 물어보십시오."

청년의 흥분된 목소리에 주변 엘프들이 그를 진정시키고 나섰다.

"흥분하지 마. 코아님께서 카디프가 가져다 준 다람쥐를 맡고 계신다고 하셨잖아."

"하하, 다람쥐? 그래? 그 다람쥐가 얼마나 큰 놈인지 내가 한 번 봐야겠어."

눈 깜작할 사이에 코아의 허리를 밟고 올라가려는 그를 카디프가 잽싸게 저지하고 나섰다.

"무슨 짓이냐!"

"너야말로 예의가 없군. 거긴 장로님이 계셔. 이젠 장로님도 믿지 못하겠다는 거냐?"

카디프의 말에 도발당한 그는 울컥한 얼굴로 얌전히 내려왔지만 납득하지 못하겠다는 얼굴로 그 자리에서 뛰쳐나가 버렸고, 장로는 한숨을 내쉬며 한 손으로 다람쥐를 내려보냈다.

"여기에서 내가 발견한 거라고는 다람쥐밖에 없다. 사과한다고 해결될 문제는 아니겠지만 사과라면 내가 드릴 테니 너희는 이만 마을로 돌아가거라. 그리고 그 녀석을 만나거든 내게 찾아오라고 해."

"알겠습니다. 무례를 범해서 죄송했습니다."

"카디프, 너도 이만 마을로 내려가라."

"네? 전 좀 더 이곳에 있고 싶습니다만……"

"명령이다. 마을로 돌아가라."

장로의 엄격한 말투에 카디프는 한 발짝 뒤로 물러났다.

"알겠습니다. 그럼 나중에 다시 찾아뵙도록 하죠."

다들 공손하게 인사를 하고 마을로 사라지자 장로는 조심스럽게 시에라를 안아 들고 바닥으로 훌쩍 뛰어내렸다. 코아는 난감한 얼굴로 장로를 바라보았지만 고맙다는 말밖엔 아무 말도 생각나지 않았다.

"이번엔 정말 큰 신세를 졌군. 고맙네."

"많은 건 묻지 않겠습니다. 이 소녀는 어떻게 된 겁니까?"

"그건… 이 소녀가 숲 입구에서 카디프를 발견하고는 안까지 따라 들어온 것 같네……"

"그 말은 숲에 들어와 있긴 했다는 겁니까? 그게 아니면 카디프를 보고 숲으로 들어온 것이란 말입니까?"

"그게 중요한 건가?"

"규칙은 규칙이니까요. 어린것 같으니 집으로 돌려주면 좋겠지만, 그렇게 간단한 일이 아닌 것 같습니다."

장로의 말에 코아는 한숨을 내쉬며 시에라를 바라보았다.

"자네, 이번 한 번 나를 봐서 그애를 못 본 척해 주지 않겠는가?"

"이미 코아님의 체면은 세워드렸습니다. 엘프에게 거짓말을 시킬 셈입니까?"

"하아, 자네에게도 그만한 딸이 있지 않은가?"

장로는 무표정한 얼굴로 냉정하게 말을 잘랐다.

"없습니다만……"

"아아, 아들과 헷갈렸나 보군. 아무튼 자네에게도 저만한 아이가 있지 않나?"

장로는 미안해하는 코아를 향해 처음으로 미소를 지었다.

"코아님… 혹시 제 아들을 기억하지 못하시는 거 아닙니까?"

"설마… 왜 기억을 못하겠나. 이 숲에 꼬맹이들이 얼마나 된다고……"

코아는 너스레를 떨긴 했지만 딱히 지금 자신의 앞에 서 있는 엘프와 닮은 얼굴이 떠오르지 않아 난감한 마음뿐이었다.

"제 아들 녀석은 방금 왔다가 제가 쫓아 보낸 녀석 중 한 명입니다."

장난기가 발동했는지 장로는 계속 맞춰보라는 듯한 표정을 지었다.

"아아, 이거이거, 시인할 수밖에 없겠는걸. 그 녀석들 중 꼬맹이는 없었으니 말이야."

"카디프입니다만……"

"에에엑!?"

"…왜 그러십니까? 저랑 많이 닮지 않았습니까? 바로 맞춰주실 거라 생각했는데 솔직히 조금 서운하군요."

"하하, 자네 아내가 미인이라는 말을 듣긴 했지만… 다행이군 자넬 닮지 않아서……"

코아가 한바탕 웃어대자 장로는 살짝 미간을 찌푸렸다.

"그런 실례의 말을… 저도 젊어선 카디프보다 훨씬 잘생겼답니다. 아무튼 이 아인… 뭐, 카디프에게도 잘못이 있으니 이번 한 번 뿐입니다. 앞으로는 인간을 보게 되면 일체 관여하지 마십시오. 입구에서 되돌아가는 사람이라면 괜찮지만 이렇게 깊이까지 들어온다면……"

"무슨 말인지 알고 있네."

코아는 만족한 듯한 표정으로 시에라를 넘겨받았다.

"이건 그냥 묻는 말이다만, 만일 카디프가 인간과 결혼을 하겠다면 자넨 어쩔텐가?"

"그건 무슨 말씀이신지……?"

"그냥 궁금해서 물어보는 것이라네. 엘프들 사이에서 드물긴 하지만 뭐… 그런 일이 없는 건 아니니까."

"아직까진 그런 생각은 해보지 않았으니까… 뭐… 한번 생각해 보도록 해야겠군요."

장로는 그녀를 힐끔 내려다보며 생긋 미소를 지었다.

"그나저나 정말 예쁘게 생긴 아이로군요."

"으음… 몇 마디 해보진 않았지만 재미있는 아이 같기도 하더군. 이 아이가 인간만 아니었더라도 자주 만나볼 수 있었을 텐데……."

아쉬움이 담긴 말도 잠시, 코아의 눈이 커다랗게 변했다.

"이럴 줄 알았습니다. 다람쥐? 핫! 아까는 잘도 거짓말을 하시더군요."

"…아직 어린아이다. 자기가 이 숲에서 있었던 일을 떠벌리고 다닌다 해도 인간은 아이들의 말에 귀 기울이지 않아. 집으로 돌려보낸다고 해서 해가 될 건 없을 거다."

장로의 타이르는 듯한 말에 금발의 엘프는 자신의 모습을 드러내며 펄펄 날뛰기 시작했다.

"예외는 둘 수 없는 법입니다! 한두 가지 예외를 두다 보면 언젠가는 이 숲이 인간들로 득실거리게 될 거라구요! 그 아이를 제게 주십시오!"

코아는 자신이 나설 자리가 아님을 알면서도 치밀어 오르는 화를 식히지 못하고 고함을 지르고 말았다.

"애송이가 건방지군! 장로에 대한 예의를 그 따위로밖엔 배우지 못했나?!"

"코아님은 나서지 마십시오. 애송이라 해도 저는 엘프이며, 이 숲은 엘프들의 의지가 녹아 있는 곳입니다."

"네가 지금 감히 이 코아님을 협박하는 거냐?!"

"조용히 계시란 말입니다!"

"지금 누가 감히 내 딸을 해치려는 거냐!"

하얀 머리카락에 날카로운 눈매를 매섭게 치켜뜬 섹시한 여인이 분노로 새빨갛게 충혈된 눈으로 엘프를 노려보았다.

"인기척 같은 건 느끼지 못했는데……."

엘프들은 의아한 표정을 지었지만 코아는 그녀가 누구인 줄 알고 있다는 듯 그대로 굳어진 표정으로 시에라를 바라보았다.

"이 아이가 해츨링이었습니까? 위대한 드래곤이시여, 미처 몰랐습니다……."

"드래곤?!"

엘프들의 얼굴은 사색이 되어버렸지만 그녀는 인상을 찌푸리며 코아에게 다가가 빼앗듯이 시에라를 낚아채고는 어디 다친 곳은 없는지 꼼꼼히 살피기 시작했다.

"어디 다친 곳은 없는 것 같지만 이거 어쩐지 열받는걸? 이 아이가 앞으로 금발의 소년과 이 숲의 신세를 자주 지게 될지 모르겠는데. 거기! 네가 생긴 걸로 보나 뭐로 보나 여기 장로 같은데, 거기 있는 너도 잘 들어둬! 이 아이들에겐 손도 대지 마! 잘 알아들었어? 그리고 오늘 일도 말하지 마! 했다간 알지?"

여인의 카랑카랑한 목소리가 숲 전체에 쩌렁쩌렁하게 울려왔다. 아마도 드래곤의 힘을 사용했으리라.

"약속드리겠습니다."

엘프의 약속을 받아낸 훼이나는 왔을 때와 같이 워프 게이트를 뚫고는 소리도 없이 사라져 버렸다.

"마나의 흔적마저 지워 버리다니 정말 대단하군……."

코아는 십년감수했다는 표정으로 아직도 넋이 나간 듯한 엘프 청년을 바라보았다.

"자네의 그 경솔한 행동이 조금만 더 빨랐더라면 이 엘프의 숲은 흔적도 남김없이 사라졌을 걸세. 아아, 정말 생각만 해도 눈앞이 아찔하군."

"휴우~ 저도 놀랐습니다. 이 근방에 드래곤이 살고 있었을 거란 건 상상도 못했는데… 코아님은 그 드래곤을 알고 계셨습니까?"

"하얀 마녀가 화를 내면 아데스 생태가 바뀐다는 말 들어봤나?"

"…혹시 화이트 드래곤답지 않게 영리하다는 그… 훼이나?!"

"그렇다네. 자네가 하려고 했던 일이 어떤 결과를 가져올 뻔했는지 이제 짐작이 가나? 이 골칫덩이를 데려가 잘 훈계시키게. 난 이만 가야겠어. 오늘 하루 너무 많은 충격을 받아서……."

"이곳에 사는 모든 엘프를 대신하여 코아님께 진심으로 감사드립니다."

"난 그딴 격식 질색이네. 신경 쓸 거 없어. 나 살자고 한 일이기도 했으니까. 숲이 없어지면 이런 몸으로 이동하는 것도 패 곤혹스럽거든."

코아는 그 말 한마디만 남기고는 엘프들이 없는 곳으로 가서 휴식을 취했다.

"아아, 정말이지 평범한 나무로 살던가 해야지… 시에라가 해츨링? 큰일일세, 큰일이야. 아니지, 그렇다는 것은 화이트 드래곤이라는 건데… 초록색 머리? 금발? 게다가 해츨링을 괴롭혔는데 그냥 돌아간다는 건……."

"정말 나이는 헛으로 먹는 게 아닌 것 같군. 그런 것도 척척 알아볼 정도면."

불길한 예감이 코아를 스치고 지나갔다. 엘프들은 여신 투희야의 증거… 그리고 그가 기억할 수밖에 없었던 카디프의 죽음을 알려준, 코아에게는 너무나도 가슴 아픈 기억을 가져다 준 여신 투희야가 찾아온 것이다.

"오랜만입니다, 코아님. 당신이 도와주실 일이 있습니다. 카디프와 시에라를 기억하십니까? 그들을 위한 일입니다."

언제나 가슴 한구석에 죄책감과 아픔으로 자리 잡은 그들의 이야기를 그가 잊을 리 없었다. 불길한 예감은 언제나 맞아떨어진다.

"난 그들과 더 이상 관여되고 싶지 않습니다."

"걱정 말아요. 이번 이야기는 그들의 해피 엔딩이니까."

밝게 웃는 투희야…

"좋습니다. 어디 한번 이야기나 들어볼까요?"

이야기는 지금부터가 시작이다…….

〈그곳에는 그들이 있었다 끝〉

아데스 설정집

이곳은 행성 아데스입니다. 즐거운 여행되고 있으신지.

행성의 안내인 성희입니다. 만일 아데스를 즐기시다 궁금한 것이 있으시다면 언제든지 제가 대기 중인 설정집 페이지로 와주세요. 천천히 안내해 드리겠습니다.

그럼 가실까요?

· 카샤

불의 하급 정령. 불로 된 새의 모습을 하고 있으며, 불에 관한 마법을 쓸 수 있습니다. 지능은 있지만 영혼은 없습니다.

· 로즈 홍차

무이산 홍차를 원료로 여기에 장미꽃을 첨가하여 장미꽃 향기가 배이도록 한 차입니다. 붉은 홍차색과 장미꽃의 향기가 독특한 향과 맛을 내죠.

보통 장미 향이 풍기는 차들은 다른 차와 혼합해서 마시지만 그대로 마셔도 분위기 잡는데 무슨 지장이 있겠어요? 장미 향은 기분도 좋게 해주지만 차의 색이 너무 예쁘기 때문에 소녀들이, 그리고 여성들이 즐겨 찾는 차입니다.

이 차는 제가 만들어낸 차가 아닌 실제로 존재하는 차랍니다. 무이산은 무이암이라는 중국에 있는 산—이거나 지명—이 아닐까 싶습니다. 차는 원산지에 따라 그 맛과 향, 등급이 나눠지기 때문에 지명이 앞으로 표기됩니다. 예를 들면 홍차의 한 종류인 실론티도 실론이 그것의 재배

지랍니다.

· 검의 명칭

손잡이는 힐트Hilt라고 하며 날은 블레이드Blade, 손잡이 머리 부분으로 보통은 장식이 되어 있는 그곳은 폼멜Pommel이라고 합니다.

손잡이의 잡는 부분은 그립Grip, 검날을 고정시키고 받쳐 주고 있는 키용을 가드Guard라고 합니다.

· 칼날의 명칭

가드 안에 박혀 있는 길쭉한 부분은 솔직히 검을 해부해야만 볼 수 있겠지만 슴베인 그것은 탱Tang이라고 하며, 가드에 있는 어깨 부분은 숄더Shoulder라고 합니다.

드디어 날로 내려와 날 최강부는 포르테Forte, 길쭉하게 패어진 홈을 풀러Fuller, 날 중간 부분은 미들 섹션Middle Section이라고 합니다.

검의 종류에 따라 휜 부분이 있는데 포이블Foible이라고 하고, 날의 절단 부분은 커팅 엣지Cutting Edge, 마지막으로 날 끝은 포인트Point라고 하죠.

정말 복잡하기 짝이 없지만, 단순한 저로서는 그저 검, 검날 뭐, 그런 표현들이면 황송하게 사용하고 있습니다. 전문 용어는 솔직히 너무 난해한 감이 있거든요. 어쩔 수 없이 친해지고 있지만 말입니다.

· 화살의 명칭

보통 납이라던가 동물의 뼈, 또는 돌이나 쇠를 깎아낸 날카로운 화살 끝은 포인트Point라고 하며, 화살촉 자체는 파일Pile이라고 합니다.

화살대는 샤프트Shaft, 깃대는 플레칭Fletching, 화살 끝은 너크Nock라고 하는데 너크는 플레칭 뒤쪽의 끝입니다.

화살 역시 명칭이 복잡하긴 하지만, 구태여 이 명칭을 하나하나 사용하진 않습니다.

전문 용어가 들어갈수록 버벅거릴지도 모르니 검과 검날, 활과 화살이면 충분하죠.

용어들은 캐릭터가 외우는 것으로 충분합니다.

그냥 이런 게 있구나 하면서 시선을 아래쪽으로 돌리는 거죠.

하하하(퍽! ―돌 날아오는 소리―).

· 스몰 소드

전체 길이 60~70cm, 날 부분은 50~60cm, 무게 0.5~0.7kg으로, 실용적인 것부터 의식용에 이르기까지 다양합니다. 레이피어를 작게 만든 것이 스몰 소드입니다.

힐트Hilt가 여러 가지 형태로 다양해져 타운 소드Town Sword, 워킹 소드Walking Sword로 불렸습니다.

· 사이드

길이는 2~2.5m, 무게는 2.2~2.5kg의 소작민들이 풀을 베기 위해 사용했던 큰 낫이라고 보면 됩니다. 동시에 소작민들이 가장 익숙한 무기이기도 하죠.

공격법이라고 해도 허리 부근까지 들고 간단하게 옆으로 휘둘러 상대를 스치듯 베어 넘어뜨리는 겁니다만, 급하면 단순하게 때려눕혀도 되고 내려쳐도 됩니다. 그 무게만으로도 충분히 위력을 발휘하거든요. 사실 사이드는 검은 망토를 뒤집어쓴 해골―사신으로 잘 알려져 있죠―의 트레이드 마크라고 할 수도 있는 대낫이 원형입니다. 무기보다는 역시 농기구로써의 역사가 길죠.

· 배틀 엑스

공구인 도끼(Ax)에서 발달한 무기이며 곤봉의 발달과 가장 근접한 무기라고 할 수도 있을 거예요. 자! 그럼 여기서 잠깐 돌발 퀴즈!

도끼는 어떻게 생겼을까요?

손잡이와 머리 부분의 조합이죠.

구조만으로 따진다면야 철퇴와도 같지만 철퇴는 타격이 목적이고, 이 배틀 엑스는 베기가 목적입니다. 사실 배틀 엑스라는 이름의 종류는 상당히 많아서 일일이 열거하기도 힘들지만, 기본적인 구조는 바뀌지 않아서 금세기까지도 그 특징이 고스란히 전해집니다.

배틀 엑스야 전투시 사용하도록 만들어진 도끼 모두가 배틀 엑스니 오죽하겠습니까?

· 유니콘

하얀 말머리에 나선형의 뾰족한 뿔이 달려 있습니다. 너무나도 유명한 유니콘의 뿔은 여러 가지 성스러운 힘을 지니고 있죠. 사악함을 막고, 어떤 질병이라도 고칠 수 있으며, 마법의 약을 만드는 재료이기도 합니다.

지능이 높고, 경계심이 매우 강하며, 프라이드가 높습니다. 인간이 먼저 해치려고 다가가지 않는 이상 먼저 공격하진 않는데, 이 유니콘을 잡기 위한 가장 효과적인 방법은 순결한 소녀를 써서 유인하는 것입니다.

거의 매일을 긴장 속에서 지내던 유니콘은 소녀를 발견하면 경계심을 풀고 소녀의 무릎을 베고 잠이 든다고 하죠. 그리고 소녀의 말을 들어주기 때문에 유니콘을 비싼 값으로 유니콘 사냥꾼에게 넘겨줄 수 있는 거죠.

거의 신성한 힘의 상징으로써 사자와 함께 왕후나 귀족의 문장 등에 사용되고 있죠(ex. 스코틀랜드 왕가의 문장).

뿔을 잘라낸다 해도 뿔에 담긴 마법적 힘은 그대로 남아 있습니다. 덕분에 유니콘을 노리는 사냥꾼들로 하루도 마음 편히 지낼 날이 없죠.

· 자백제

이 약을 마신 사람은 자의든 타의든 묻는 말에 대해 자신이 아는 모든 사실을 털어놓게 됩니다. 거짓말을 할 수 없으며, 침묵할 수도 없는 아주 유용한 약이죠.

효력은 한 시간에 한하고, 의식이 없는 상태에서조차 사용이 가능합니다.

물론 죽거나 식물인간인 상태는 제외죠.

· 워프 가루

원하는 곳으로 워프시켜 주는 가루입니다. 마나도 필요없고, 그냥 한 주먹 쥐고 뿌리기만 하면 되는 아주아주 편리한 마법 아이템이죠.

그러나 문제는 가격이에요. 어지간한 상인들의 전 재산을 모아도 한 줌 살까 말까 한 값비싼 물건입니다.

그만큼 희귀 아이템이고, 소비자도 정해져 있죠.

· 유사 인간 종족에 대해

소인족들은 대부분 지혜롭고 손재주가 뛰어나죠. 보통은 주름투성이의 신생아의 모습에 허리가 굽고 키가 작아진 노인의 흰 수염과 백발 같은 외모의 특징을 가지고 있습니다.

머리가 크고 손발이 짧은 것도 소인족의 특징이죠.

그들의 종류에 대해선 그다지 알려지지 않은 피그마이오이, 고로보쿠루 등에서부터 비교적 잘 알려진 호비트, 드워프 등이 있습니다.

거인족들은 신화에 따라 해석이 달라집니다. 그리스 신화의 제우스의 아버지도 거인족입니다. 말하자면 신족인 셈인데 포워드 족이나 인간 사이에서 태어난 가르강튀아 같은 경우는 인간족이라고 봐도 어색하지 않죠.

그 외에도 너무나 잘 알려진 엘프도 유사 인간에 속합니다. 예를 든 것 말고도 유사 인간의 종류는 매우 다양하지만 공통된 특징은 지능이 높은 편이며, 인간의 말과 글을 사용할 수 있으며, 무리 지어 생활하는 등 인간의 생활 환경과 비슷한 점이 많다는 것입니다.

신인작가 모집

시작이 반이라고 했습니다.
작가의 길에 대한 보이지 않는 벽을 과감히 깨뜨리십시오!
청어람은 작가 지망생 여러분들의
멋진 방향타가 되어 드리겠습니다.

저희 도서출판 청어람에서는
판타지 소설 신인 작가분들을 모집합니다.
판타지 소설을 사랑하시는 분들의 많은 참여를 바랍니다.
소정의 원고(A4용지 150매)를 메일이나 우편으로 보내주시면
검토 후 출판 여부를 알려 드리겠습니다.

주소:경기도 부천시 원미구 심곡1동 350-1 남성B/D 3F · 우편번호420-011
TEL:032-656-4452 · FAX:032-656-4453
e-mail:eoram99@chollian.net

레이피어 던전

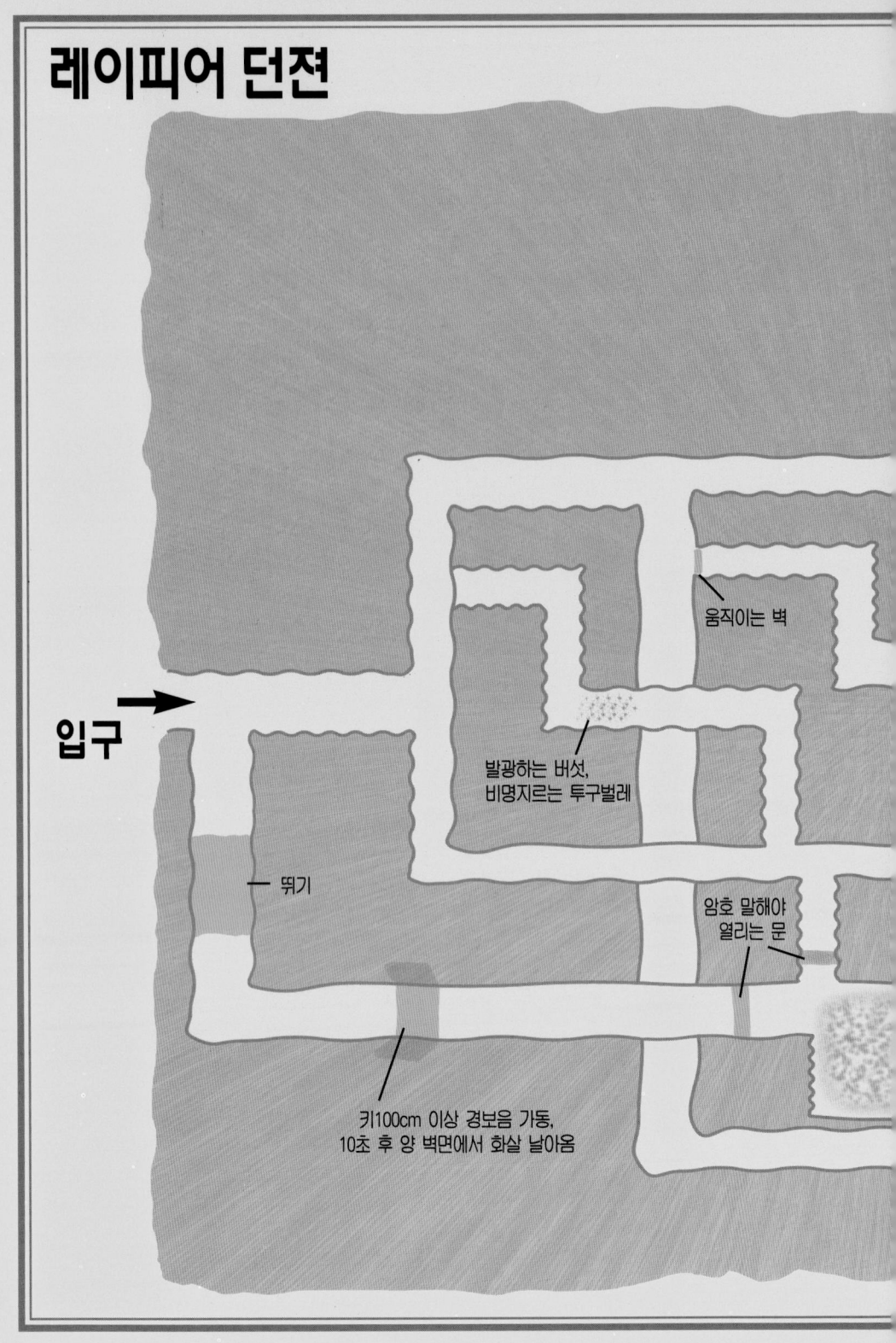

입구

움직이는 벽

발광하는 버섯,
비명지르는 투구벌레

암호 말해야
열리는 문

뛰기

키100cm 이상 경보음 가동,
10초 후 양 벽면에서 화살 날아옴

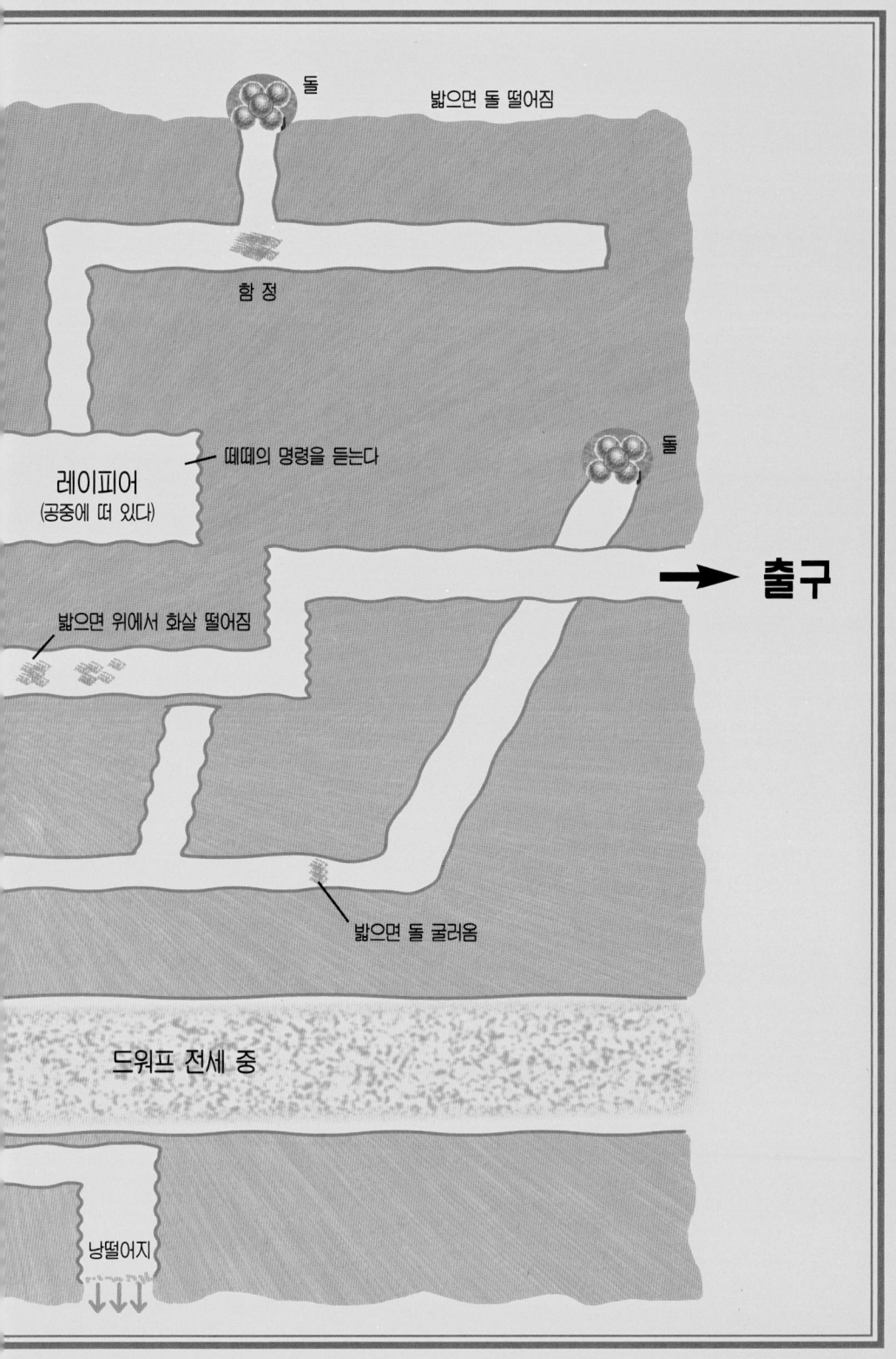